新潮文庫

泳ぐ者

青山文平著

新潮社版

11801

泳ぐ者

「空《あ》いてるかい」

という声で箸《はし》を持つ手を止め、目を上げると、上役《うわやく》の内藤雅之《ないとうまさゆき》の笑顔があった。

「おっ、掻《か》き鯛《だい》かい！　いいねえ」

かれこれ四月《よつき》振りに会ったというのに、まるで昨夜も猪口《ちょこ》を傾け合っていたかの風で言う。

「利休飯《りきゅうめし》の付け合わせに掻き鯛たあ、けっこうな食養生《くいようじょう》だ。腹でもこわしたかい？」

三十歳まであとひとつになった徒目付《かちめつけ》を子供扱いするその口振りも、四月も顔を見なければただ懐《なつ》かしい。片岡直人《かたおかなおと》は浮かせていた箸を置き、目の前にさっさと座した徒目付組頭《くみがしら》に答えた。

「ま、そんなところです」

このところずっと胃の腑《ふ》がはたらかない。で、飯屋《めしや》がわりに使わせてもらっている江戸は神田《かんだ》多町《たちょう》の居酒屋、七五屋《しちごや》の店主の喜助《きすけ》に利休飯を頼んだら、気を利《き》かせて搔き鯛を付けてくれた。

名前こそ凝《こ》っているものの、利休飯は質素も極まる。焙《ほう》じ茶を炊《た》き水にした飯に吸い物よりは薄くした出汁《だし》をかけ、笹搔《ささが》き茗荷《みょうが》と浅草海苔《あさくさのり》を散らしただけの飯物《はんもの》だ。利休煮などとちがって胡麻《ごま》の気配《けはい》もない。それでは精がつくまいと案じてくれたのだろう、「お待たせしました」と配した利休飯の膳《ぜん》の上には、三枚に下ろした小鯛を出刃《でば》の刃先で削《そ》いだ搔き鯛の小鉢が添えられていた。

口に含んでみれば、酒と梅干しを煮込んで濾《こ》した煎《い》り酒《ざけ》が刷《は》かれていて、舌にも腹にも柔らかい。想《おも》わず、ふっと息が洩《も》れたとき、不意に雅之が現れたのだった。

「川鱚《かわぎす》がありますが」

馴染《なじ》んだ声を聴きつけて小上《こあが》りの脇《わき》に立った喜助が、燗徳利《かんどっくり》と通しの新漬け山椒《さんしょう》を置きつつ言う。

「川鱚かぁ。ぶっ込みかい、吸い込みかい？」

「ぶっ込みのほうで」

ぶっ込み釣りは錘《おもり》と鉤《はり》だけの仕掛けを投げ置いて獲物《えもの》が食いつくのをただ待つ。技を繰《く》り出すおもしろさはからっきしの代わりに、なにが掛かってくるか知れぬ昂《たかぶ》りが味わえる釣りだが、それも底魚《そこうお》が数居《かずい》る海ならばの話で、川ではどうか。

「手前《てめえ》の持ち船で荒海に繰り出す喜助の釣りとも思えねえな」

「久々の川釣りで、ちっと横着《おうちゃく》させてもらいました」

顔は綻《ほころ》んでいるから再会を喜んではいるのだろうが、話はいきなり釣りで始まり、そこから逸《そ》れない。

「のんびりを決め込む手合いじゃあなかろうよ。川魚随一の白身《しろみ》が欲しくなったにちげえねえ」

傍《はた》から見れば七五屋は、当人は否《いな》むものの、喜助が己れで釣り上げた獲物を披露するために開いた店と映る。そして、もしも一人だけに披露するとしたら、きっとその一人は雅之だ。三年前の文化《ぶんか》五年、初めてこの店に連れられてきて食通ぶりを目《ま》の当たりにしたとき、武家が喰い物に淫《いん》するのはいかがなものかと糺《ただ》したら、

「そりゃ、もっともだ」と雅之は答えた。「旨《うま》いもんじゃなきゃなんねえ、なんてことはさらさらねえ」。そして、つづけた。「けどな、旨いもんを喰やあ、人間、知らずに笑顔になる」。

あのときは、結局、己れの舌を恃《たの》んでいて、「旨いもんじゃなきゃなんねえ、なんてことはさらさらねえ」の台詞《せりふ》は食道楽《くいどうらく》を自賛する前の露払いのようなものなのだろうと想ったものだが、一年が経《た》った頃には、この上役は胸底《むなそこ》の想いをそのまま言葉にしただけなのだと察《さっ》した。江戸者《えどもん》ならではの照れと張りが入らなければ、話す順が変わっていただろう。きっと「旨いもんを喰やあ、人間、知らずに笑顔になる」と言ってから、「けどな、旨いもんじゃなきゃなんねえ、なんてことはさらさらねえ」とつづけたはずだ。雅之の舌は、そのように奢《おご》っている。

「川にも鱚が居るのですか」

二人が語り合うほどに四月の雅之の不在が宙に浮いて、直人はその行方《ゆくえ》が気になり出す。四月を空けるからには遠国御用《おんごくごよう》だろうが、行き先も御用の中身も聞かされていなかった。というよりも、雅之の姿が消えて初めて御用旅に出たと知った。徒目付は監察《かんさつ》を担《にな》う御家人《ごけにん》だ。あらゆる幕臣の非違《ひい》を糺す御目付の耳目《じもく》となって動く。おのずと、秘すべき御勤めはすくなくない。今回もその内々御用《ないない》であるのは明らかだ。気にはなってもこちらから尋ねる筋合《すじあい》ではない。直人はとりあえず話の流れに乗った。直人にとってもまた、釣りは唯一《ゆいいつ》の遊びらしい遊びだ。

「川鱚ってのは通り名さ」

燗徳利を傾けながら雅之は言う。

「鱚に似た姿形《すがたかたち》をしているし、びっくりすると砂に潜るなんてところもそっくりだ。けど、鱚とはちがう。鯉《こい》の仲間さ。よっく見ると、ちゃんと髭《ひげ》だって生えている」

「本当の名はカマツカと言いましてね」

喜助が受ける。

「鱗《うろこ》がめっぽう硬くて、鎌《かま》の柄《つか》のようだということでカマツカになったとか、煮ると鎌の柄のように硬いからカマツカになったとか言われています」

「ところが、その鱗を取り去ると皮がなんとも趣《おもむ》きのある風味なんだよ。川魚とは思えねえ。身だって臭みのひとつもねえ白身で、俺はシロギスよりも気に入っている。喜助が言ったように煮ると強張《こわば》りはするから、焼いてから煮る焼きびたしにしたりするんだが、こいつがもうなんとも……」

「じゃ、その焼きびたしにしますか」

喜助が目尻《めじり》に皺《しわ》を寄せて言う。

「そいつぁいいな。ああ、それと湯引きもほしい」

「承《うけたまわ》りました」

喜助の姿が板場に消えると、通路の向こうの開け放した戸口《とぐち》から神田多町の夜気《やき》が忍び寄ってくる。多町は神田青物五町《あおものごかちょう》のひとつであり、また、神田鍋町《なべちょう》や竪大工町《たてだいくちょう》と隣り合う職人の影が濃い町でもある。青物の町と職人の町が入り交《いりま》じる。おまけに、陽《ひ》のあるうちに春をひさぐ比丘尼《びくに》が夜の寝座《ねぐら》にする町でもある。そろそろ、切り取られた戸口の四角を、白い尼姿が横切る頃合《ころあい》だ。

八月の江戸は午間《ひるま》はまだ盛夏を残しているが、通りを薄藍《うすあい》が染めればはっきりと秋を孕《はら》んで、袈裟《けさ》の白をいっそう白く浮かび上がらせる。ともあれ、この入り組んだ町風《まちふう》の神田多町に、組頭は還《かえ》ってきたのだと思ったとき、雅之が手酌《てじゃく》で酒を注《つ》ぎながら言った。

「どこに行ってきたかとか訊《き》かねえのかい？」

雅之は手酌がよく似合う。

「ずいぶんな無沙汰《ぶさた》だ。ふつうは訊くんじゃねえか」

声の色は「腹でもこわしたかい？」と言ってきたときと変わらない。

「訊いてもいいのですか」

訊きたくはある。が、それは雅之と喜助とのやりとりを目にしていたいましがたになってのことだ。四月のあいだは想わなかった。どこに居ようと雅之らしく、御用を勤め上げているのだろうとだけ想った。雅之はもろもろ想わずとも済む人で、だから直人は、部下の役にのめり込むことができる。

「俺が片岡に話しちゃなんねえ御用なんぞなかろうぜ」

猪口の花筏《はないかだ》を腹に送ってから、雅之はつづけた。

「こっちが無理言って引き留めたんだ」

七五屋は伊丹の上酒《じょうしゅ》を三十五文で出す。

「そう器用に上役面《うわやくづら》もできねえ」

雅之は去年の年の瀬に二人のあいだに起きたことを言っているようだ。直人がずっと願っていた勘定所《かんじょうしょ》への役替《やくが》えを、引合《ひきあい》が寄せられていたにもかかわらず雅之がつぶした。決定は目付筋の総意だが、頭《あたま》に立ったのは自分だと雅之は明かした。いま、おめえを手放すわけにはいかねえ、と言ってから、恨《うら》んだっていいんだぜ、とつづけたが、直人はもうその頃には徒目付という御役目の〝人臭さ〟に惹《ひ》かれていて、その〝人臭さ〟に気付かせてくれた上役から、それほどまでに求めてもらえたことが逆に嬉《うれ》しかった。

それに、その話を聞いたとき、直人は懐《ふところ》に致仕《ちし》願いを呑《の》んでいた。昔、義理のあった武家が窮迫《きゅうはく》して、ご法度《はっと》の町人稼ぎをしていたのを見逃した。そのツケが回り回って、雅之の眼前で直人を襲撃した。軽くても遠島は免《まぬが》れなかったその武家を雅之は、直人が徒目付にとどまるのと引き換えに江戸十里四方《じゅうりしほう》追放に処してくれた。軽くはない罪を犯しはしたけれど、情状を酌《く》むべき余地があるときに言い渡される刑で、軽追放よりもさらに軽い。そして、その減刑は、直人に致仕願いを出させないための仕掛けでもあった。書いたからには出さぬことはありえぬ致仕願いだが、それで遠島から江戸十里四方追放に替わるのであれば引っ込めざるをえない。

で、いまもこうして、就《つ》いたときはあくまで踏み台のつもりだった徒目付として居る。直人としては借りばかりがあって、雅之への貸しなど欠片《かけら》もない。なのに、このひと周《まわ》り年嵩《としかさ》の上役は、借りを背負《しょ》ったつもりでいてくれるようだった。それも、内々御用を隠さぬほどの。直人はまだ底が隠れている利休飯の椀《わん》をそっと置き、正対《せいたい》して、問うた。

「どこに行かれていたのですか」

空かぬ路《みち》が空いたからには通らねばならない。

「ま、そいつを腹に入れちまってから話そうか」

重みを撒《ま》かぬ声の色に促されて、直人はゆっくりと椀に手を戻し、箸を手繰《たぐ》った。

「心当たりとかはあったかい？」

直人が出汁の淡《あわ》さと深みに助けられて椀を空にすると雅之は言った。

「時節《じせつ》からすれば……」

雅之の行き先を想いはしなかったが、そこだけはふっと頭に浮かんだ。

「対馬《つしま》、かと」

「ああ……」

新漬け山椒をつつく手を止めてつづける。

「対馬も、行った」

今年の三月二十九日から、難産だった第十二回朝鮮信使《ちょうせんしんし》の易地聘礼《えきちへいれい》が対馬で始まった。一連の行事が終わったのは六月の終わりのはずである。対馬から江戸までは早ければ五十日余りというから、ここ数日のうちに雅之が対馬から戻ったとすれば時期は合う。

それに、今回の易地聘礼にはいくつか解《げ》しにくい点があった。易地聘礼の易地とは処《ところ》を替えるという意味だ。つまり、江戸から対馬へ、処を替えて聘礼を行うわけだが、御公儀が朝鮮にこの打診をしたのはいまからもう二十年も前の寛政《かんせい》三年のことである。それさえも、本来の朝鮮信使のあり方からすれば遅い。そもそも信使は新しい公方様《くぼうさま》を祝賀する使節のはずだから、御当代様《ごとうだいさま》が将軍職にお就きになった天《てん》明《めい》七年から間《ま》を空けずに派遣を促すのが筋だ。なのに、翌年には延期の使者を送っている。それからさらに三年経っての易地聘礼の打診である。以降も事態はじっと動かず、交渉に入ったのは十五年が過ぎた文化三年、対馬での合意を見たのはさらに四年後の文化七年、つまりは去年だ。とにかく、時《とき》がかかり過ぎている。

延期から易地聘礼に至る理由は、寛政の御主法替《ごしゅほうがえ》が求める御省略、つまりは倹約《けんやく》のゆえとされる。が、洩れ伝わるところでは、対馬の国分寺《こくぶんじ》に新設なった信使客館《きゃっかん》の普請《ふしん》だけでも十二万両を費やしたらしい。幕府から対馬に渡ったのは上使となった豊前小倉《ぶぜんこくら》藩主、小笠原大膳大夫忠固《おがさわらだいぜんだいぶただかた》様以下六百七十九名。信使一行は三百三十六名。千名を上回る人員が三月《みつき》にわたって饗宴《きょうえん》をつづけるのだから、御省略の実《じつ》はほとんど上げられなかったと伝わるのも無理もない。対馬から大坂《おおさか》を経て江戸に至る街道筋で朝鮮信使を衆目《しゅうもく》に晒《さら》し、御公儀の御威光を天下に知らしめてこその巨費の投入だ。四方を海に遮《さえぎ》られた島で、易地を無意味にする費用を注《つ》ぎ込むのはなにゆえか。徒目付の御用はたっぷりとありそうだ。

「易地聘礼が魯西亜《ロシア》と関わりがあるという噂《うわさ》は耳に入っているかい」

雅之は新漬け山椒の小鉢に箸を戻す。

「噂の域を出ぬ程度であれば……」

いきなり耳に入ってきた「魯西亜」にも意外の感は薄い。本来、伝わってはならぬはずの知らせを伝える仕掛けは読売《よみうり》だけではない。寛政四年に禁書となって板木《はんぎ》を没収された林子平《はやししへい》の『海国兵談《かいこくへいだん》』にしても、多くの貸本屋から手で写した写本《しゃほん》が出ていて、いくらでも読むことができる。さながら、意図して流布《るふ》させているかのようで、巷《ちまた》にさえ真説めかした魯西亜絡《がら》みの噂が流れることになる。とはいえ、魯西亜と易地聘礼が関わっているとなると、さすがに噂どまりと見なす向きが多いようだ。

「俺も片岡と似たようなもんだが、一連の流れを追っていけば、ありえねえ話でもねえだろう」

　めずらしく、燗徳利よりも先に小鉢が空《から》になる。

「寛政の御主法替は、天明期を奢侈《しゃし》に過ぎたと省《かえり》みるところから始まった」

　自慢の舌を痺《しび》れさせる実山椒《みざんしょう》を通しでつつくのはらしくもないが、こと新漬けとなると雅之は是非《ぜひ》がなくなる。

「おそらく、寛政三年に易地聘礼を打診するところまでは、素直に御省略のためと診《み》ていいだろう」

　その新漬け山椒のように、今夜の雅之の話にはそぐわなさを感じなくもない。意外ではないが、らしくもない。

「けれど、その年が替わるやいなや、蝦夷《えぞ》地には次々と大波が襲った」

なんでだろうと訝《いぶか》って、すぐに雅之が七五屋で政《まつりごと》に絡《から》む話をするのは初めてだと察した。御用の話はしても、それは人の話であって、政の話ではなかった。思わず雅之の語りの意図に気が行きかけたが、しかし、雅之が話すのであれば、ともあれ、それは雅之の話になる。政の話であっても雅之の話ではある。

「とりわけ最初の大波がでけえ」

直人は気を戻し、逆に自分のほうから話を合わせた。

「ラクスマンですか」

「まだ片岡が目付筋に入ってくる前の話だがな、あのときラクスマンに会ったのはうちの御目付さ。漂流して保護されていた大黒屋《だいこくや》光太夫《こうだゆう》を伴って根室《ねむろ》に現れた魯西亜人のラクスマンに、御目付お二方《ふたかた》がお会いになって通商の申し入れを聞いた。当時はまだ松平越中守定信《まつだいらえっちゅうのかみさだのぶ》様が御老中首座で、話だけは聞くという御方針だったらしい。で、通商に絡む交渉の場は長崎《ながさき》のみである旨《むね》を伝えて、入港を許す信牌《しんぱい》を与えて別れた」

それまでにも魯西亜の南下を仄《ほの》めかす兆候《ちょうこう》はあったし、天明期には幕府のほうから蝦夷地を検分《けんぶん》するための一行を幾度か送ってもいる。田沼《たぬま》政権が意を注《そそ》いだ施策のひとつは蝦夷地の開発だった。けれど、北から異国が迫っていることを、江戸前《まえ》海《うみ》の守りを講じねばならぬほどに思い知らされたのは、このときが初めてだったはずだ。

前海で最も狭い観音崎《かんのんざき》と富津《ふっつ》岬とのあいだはおよそ六十四町《ちょう》、いっぽう持てる大《おお》筒《づつ》の射程は長くて十八町ほど。前海の真ん中を通ればどちらの岬からも三十二町あって、砲弾の立てる水柱《みずばしら》は船から十四町の向こうだ。台場《だいば》を築いたとて気休めにしかならない。それがずっと気にもならなかったのは、そんな異国船が現れるとは露《つゆ》ほども想わなかったからだ。ラクスマンは、喉元《のどもと》に突きつけられていたけれど見えてはいなかった匕首《あいくち》を、くっきりとさせた。

「その信牌を携えて、十二年後の文化元年九月に長崎にやって来たのがレザノフだが、そのときにはもうとっくに越中守様は幕閣から退《しりぞ》かれていた。おのずと扱いは変わって、二度と来る気にならぬよう、手荒に遇《ぐう》するという策を採《と》ったらしいが、このあたりのこともう承知かい」

「上《うわ》っ面《つら》のみですが」

「策が替わったというよりも、どうしていいかわからなくなっていたのが実情だろう。是非はともあれ、蝦夷地について独りだけ己れの識見《しきけん》を持っていた幕閣が越中守様だった。その越中守様の姿が消えて、なにをどう考えてよいのか見えなくなった、そんなところだろう。皇帝の親書を持った正式の外交使節に、科人《とがにん》まがいの扱いをして半年も待たせたというところにも混乱が見て取れる。御重役方の頭のなかはとにかく前例踏襲だ。けれど、魯西亜の前例なんぞない。魯西亜のことなんてなにひとつ知らない。わからないから、臆病《おくびょう》と乱暴のあいだを揺れ動く。で、その混乱の収拾《しゅうしゅう》をまだ前例踏襲に染まっていなかった一人の御目付に押し付けた」

「遠山《とおやま》様ですね」

もしも、若手の幕臣に目指すべき吏僚《りりょう》を一人だけ挙げさせたとしたら、遠山左衛《さえ》門尉景晋《もんのじょうかげみち》様の名が最も多くなるのは疑いなかろう。天明七年、明日の能吏《のうり》が集まる小姓組番番士《こしょうぐみばんばんし》として幕臣の路を歩み出すが、すでに三十六歳と齢《とし》は喰っていた。その後《おく》れを一気に取り戻した契機が七年後の第二回学問吟味《がくもんぎんみ》甲科《こうか》筆頭《ひっとう》合格だ。吟味を受けた側であるにもかかわらず、吟味をする側の大学頭《だいがくのかみ》、林述斎《じゅっさい》から試験のあり方について意見を求められるほどの俊才《しゅんさい》ぶりに幕閣も頼り甲斐《がい》を感じたのだろうか、あるいは、これまでの前例踏襲に慣れ切った面々では埒《らち》が明かぬと診たのだろうか、寛政十一年、西丸《にしのまる》小姓組番番士のまま蝦夷地御用に加わることを命じられる。ラクスマンの根室来航を受けて、松前《まつまえ》藩に預けていた東蝦夷地を幕府の直轄地《ちょっかつち》とする決定の検分だ。

三月の二十日から九月の十四日まで旅程は百七十二日間。北の未見《みけん》の荒地《あれち》では一日一日前例のないことが起こる。常に新知識を集め、洞察し、判断しなければならない。その日々の送り様《よう》が、ただの学問の徒に非《あら》ずと認められたのだろう、翌年には御徒頭《おかちがしら》へ、さらに二年後には御目付へと、あたかもレザノフの船が長崎に現れる日に備えるがごとく、足早《あしばや》に出世の階梯《かいてい》を上る。そして、御目付になって三年後、その日は来るのだ。文化二年二月晦日《みそか》、遠山様は長崎に着く。レザノフと見《まみ》えたのは翌三月の六日。次いで七日、九日と、交渉の席に臨んだ。

「狂歌師《きょうかし》の大田南畝《おおたなんぽ》は知ってるな」

「名前だけは」

直人は狂歌そのものを好まない。一から歌を創《つく》り上げるのではなく、元歌《もとうた》を斜めから切り取って細工する。新しいなにものかを生み出すのではなく、旧《ふる》いものをどれだけ知っているかを仲間内でひけらかし合っているようだ。

「通り名は直次郎《なおじろう》。御徒から勘定所の支配勘定《しはいかんじょう》に移って、当時は長崎奉行所に赴任していた。その直次郎がレザノフとの会談の様子を『御目付も御出席候《そうろう》処早速事件決し、国家之大事僅《わずか》に三日に相済《あいすみ》候事感心いたし候』などと持ち上げている。『東都の御威光は遠国にありて却《かえっ》て勢強く候事今更《いまさら》驚《おどろき》入《いり》候』ともな。天明の頃に狂歌で名を上げすぎたせいか、寛政からこのかたはもっぱら幕臣としての己れを表に出している。ま、保身のための追従《ついしょう》だとしても、門前払いは首尾よく運んだらしい。あらかじめ決められていた、日本が通信通商を取り交す国は支那《シナ》、朝鮮、琉球、阿蘭陀《オランダ》に限るのが『歴世《れきせい》の法』であるという建前をなんとか崩さずに済んだ」

　そのときだけを見れば、「国家之大事」が「僅に三日に相済」んだかに見えもしよう。

「でも、レザノフが抗《あらが》わなかったのは長く留め置かれたゆえの疲弊《ひへい》と病《やまい》のせいで、『東都の御威光』なんぞでないことは誰よりも遠山様がご承知だ。『魯西亜の処置は果てぬ』として、長崎から江戸へ戻って三月後の文化二年八月十三日には再び蝦夷地巡察に向かわれている。戻られたのは丸一年後の文化三年八月十三日。入れ替わりのようになったが、その年の九月から始まる文化魯寇《ぶんかろこう》もおそらくは見越《みこ》されていたのだろう」

「文化魯寇？」

「ひょっとすると初耳かい？」

「わたしはレザノフまでです」

事件があった文化三年、直人はまだ小普請世話役《こぶしんせわやく》である。無役の小普請を束ねる小普請組支配の下吏《かり》だ。その二年前までは直人自身が小普請で、なんとか無役から這《は》い上がろうと十五のときより権家《けんか》の御屋敷に未明から日参《にっさん》する逢対《あいたい》を繰り返してきた。直人としては一刻も早く次の踏み台である徒目付に移り、間《ま》を置かずに目指す勘定所へ役替えになることで頭が塞《ふさ》がっていて、直《じか》には己れの御用と関わりのない蝦夷地の風聞《ふうぶん》に耳を貸す余裕はなかったのである。

勘定所に移っても当座は御目見以下《おめみえいか》の支配勘定だから、速《すみや》かに旗本《はたもと》の勘定になって片岡の家を永々《えいえい》御目見以上《いじょう》の家筋《いえすじ》にする……それが片岡家当主としての直人に課せられた責務だった。だから、徒目付になった翌四年も、要らぬものは見ぬ構えはつづいた。むろん、やることを挙《あ》げるよりやらぬことを挙げたほうが早い徒目付だから、御用を重ねるほどにもろもろの知識が積み上がってはいく。とはいえ、習わぬ経《きょう》を読む学び方なので、意外なことまで識《し》っている代わりに意外なことを識らなかったりする。雅之の口振りからすると、きっと「文化魯寇」も当然識っておくべき識らぬことなのだろうと直人は判じた。

「じゃ、『北海異談《ほっかいいだん》』の件もお初《はつ》だな」

「ええ」

聞いたことすらない。徒目付なのに識らぬのは甚《いた》く恥ずかしい。しかし、識らぬのに識った風は、恥ずかしいでは済まぬ。

「名からすると読本《よみほん》ですか」

「ああ、三年前の文化五年、大坂の南豊亭永助《なんぽうていえいすけ》ってえ講談師が文化魯寇を題材にして二十巻の読本を書いた。といっても、幕府がひた隠しにしている文化魯寇だから、そのまんまじゃあ危ねえと察したんだろう、幕府に都合がいいように事実とは筋を変えて結末を締め括《くく》っている。書肆《しょし》では売らずに、貸本屋の写本で回したりもした。でも、そんな逃げは通用しなかった。どう小細工をしようと、文化魯寇に触れることじたいが厳禁だったのさ。永助は処刑されて、ネタ元も貸本屋も遠島になった。それほど、知られるのを恐れていたってえことだ」

「変えた筋ですが……」

『海国兵談』のときとはずいぶんちがう。

「そうだったな」

「なにをどう変えたのでしょう」

まずは、そこからだ。

「そいつはめっぽうたわいねえ。負けを勝ちに変えたのさ。戦って幕府が魯西亜に負けたのを勝ったことにした」

「戦ったのですか」

負けたことにも驚いたが、その前に、戦ったことに驚いた。小さい頃から、日本は武威《ぶい》の国だから異国はその強さに恐れをなして攻めかかることができないと教え込まれてきたからだ。支那や朝鮮といった文官が治める国を、長袖族《ちょうしゅうぞく》の国と揶揄《やゆ》して貶《おとし》めてもいた。別に信じたつもりはなかったが、現実に異国との戦《いくさ》の風聞など絶えてなかったので疑うこともしなかった。だから、戦って負けたと聞かされて驚く己れにも驚いた。

「蝦夷地の択捉《えとろふ》という島での話ではあるがな。ただし、松前藩と魯西亜との戦じゃあねえ。たしかに文化三年のときは樺太《からふと》にあった松前藩の入植地が襲撃を受けたが、四年の四月二十九日は択捉の紗那《しゃな》にあったれっきとした幕府の会所《かいしょ》が襲われた。番小屋なんかじゃあねえんだ。守っていた主力は南部《なんぶ》と津軽《つがる》の藩兵だが二百三十名から詰めていたし、鉄砲百余挺《ちょう》に加えて数門の大筒まで用意していた。湊《みなと》には南部の軍船も泊っていた。なによりも会所を与《あずか》って全軍の指揮を執《と》っていたのは、箱館《はこだて》奉行配下の幕臣だ。どっから見ても、幕府の戦になる」

「なのに、負けたのですね」

　どこかでまだ、信じていない。

「魯西亜の軍船二隻《せき》にな。率《ひき》いていたのはフボストフという軍人だ」

「フボストフ……」

「レザノフの部下さ。沿岸を荒らし回って恐怖を与え、漁ができなくなるようにしろ、という命をレザノフから受けていた」

「長崎の意趣返《いしゅがえ》しですか」

「レザノフ本人はそれが故国の為《ため》になると信じていたらしい。蝦夷地の日本人から食糧を取り上げることで魯西亜との交易に頼らざるをえない状況をつくり出そうとしていたようだ。そうでもしない限り日本という頑迷《がんめい》な国は門戸《もんこ》を開かないと、ま、長崎で学んだということなんだろう。実際、レザノフは軍人であり宮廷の侍従長《じじゅうちょう》でもある誇りを抑えて、日本人を刺激しないように長崎での半年を送ったらしい。最後まで上陸を許されなかった軍船の艦長をはじめとする部下たちの憤懣《ふんまん》も抑え込んだ。レザノフにしてみれば、そういう艱難辛苦《かんなんしんく》の見返りが門前払いだったわけだ。だから、レザノフは現実に即した策のつもりだったのだろうが、胸底には、そりゃあ意趣返しもあったろう」

「で、負けた」

「それも負けっぷりがわるかった。とびっきりな。そんとき幕府の会所を指揮していたのは次席の戸田《とだ》亦大夫《まただゆう》で、当初は上陸してきた魯西亜隊に応戦したようだが、どうしようもない火力の差にやがて戦意を失ったらしい。南部、津軽の隊長と、そのとき調査で紗那に来ていた間宮林蔵《まみやりんぞう》らは徹底抗戦を訴えたようだ。武家にとってはたとえ生きて帰れても敵前逃亡の汚名は死よりも怖い。間宮なんぞは、自分は撤退に反対したと証書に残してくれと執拗《しつよう》に詰め寄ったと聞いている。が、戸田は撤退を決めて、無人となった紗那の会所は略奪され、焼き尽くされた。退《ひ》く途中の陣地で戸田は自裁《じさい》したから真意は質《ただ》すべくもないが、完敗は完敗だ。負けてはならない武威の国が、完膚《かんぷ》なきまでに負けた」

そこまで聞いてくれば、さすがに直人の裡《うち》から〝異国が震え上がる武威の国〟は消えていた。が、それでも根は残って、なにかの拍子にまた頭を擡《もた》げそうな気もして、幼い頃から反復して植えつけられたものの怖《こわ》さを想わずにはいられなかった。

「しかもだ」

喜助が音もなくやって来て、空いた燗徳利を下げ、新しいのをそっと置く。直人には喜助が自分で炒《い》った焙じ茶だ。そのまま会釈《えしゃく》をすることもなくすっと消える。

「それで終《しま》いならまだ救われるんだが、そうじゃあねえんだよ」

カマツカの湯引きと焼きびたしにかかるのは、席の様子を量《はか》って控えているらしい。もしも喜助が七五屋を畳《たた》んだら、雅之はさぞかし弱るだろう。

「幕府は紗那であったことを隠した。ひたすら隠し通そうとした。二度ばかり触《ふ》れこそ出したがいかにも形だけで、要はたいしたことはないから騒ぐなという封じ込めだ。武威の国の看板をどうしても下ろすわけにはいかなかったんだろう。下ろしゃあ、武家が武家以外の身分を治める根拠がなくなっちまう。武家の政の礎《いしずえ》が崩れるってことさ」

ただ、負けたのではない……。北の島の、小さな戦ではない。

「だから、なんとしても隠さざるをえねえ。でもな、言ったように、紗那の事件では、南部と津軽の藩兵だけでも二百三十余名が渦のただなかに居た。隠すには関わった人間の数が多すぎる。隠し通せるもんじゃねえんだ。なのに隠そうとするから、なんにもなかったと聞く側は疑心暗鬼《ぎしんあんき》になって逆に尾鰭《おひれ》が付いて回る。で、収拾がつかなくなって、終いには、とうとう京都の帝《みかど》にまで報告しなければならないところまで追い込まれた」

隠せるはずもないのに隠せると思い込む。そういうことでは子供の悪戯《いたずら》と変わらない。まさかそんなことはすまいと想うことを、人は往々《おうおう》にしてする。もしも、その人が政に携わっていたら、国がすることになる。よくもわるくも国は人で動く。

「ちょうど、今上《きんじょう》の帝が父の典仁《すけひと》親王に太上《だいじょう》天皇の尊号《そんごう》を贈ろうとした尊号一件で、幕府と朝廷の間柄があらためて問い直されていた微妙な時期だ。その当の帝に負け戦を明かさなければならなかったのだから、幕府としては深傷《ふかで》をさらに抉《えぐ》られるようなもんだったろう。当然、魯西亜の動きにはいくら目を配り過ぎても足りねえ」

二本目の燗徳利を傾けて、喉を湿《しめ》らせてから言葉を繋《つな》げた。

「ずいぶんと長話《ながばなし》になっちまったが、そういう魯西亜との因縁《いんねん》が、対馬での易地聘礼の噂とどう関わるのかについちゃあ、ここらで区切りがつく」

直人は耳に気を集める。

「幕府は朝鮮が魯西亜に因果《いんが》を含まされる最悪の図をいっとう恐れたってことさ」

「最悪の図？」

「南北両方から同時に攻められるっていう図だよ」

空の小鉢にふっと目を遣《や》ってつづけた。

「北からは魯西亜、南からは朝鮮だ」

それは、恐れざるをえまい。

「で、対馬での易地聘礼の交渉を長引かせ、時を稼ぎながら、朝鮮の動向を見極めていたってわけだ」

「そう伺《うかが》ってくれれば……」

まだ熱《あつ》い焙じ茶の湯呑みに両手を添えて、直人は言った。

「むしろ、そっちの筋のほうがすっと入る気がします」

「ちなみに、対馬での易地聘礼を朝鮮が同意したのは去年の文化七年だが、両国の役人が最後に詰めの場を持ったのはその前年の六年だった。そんときの幕府側の交渉役は誰だったと思うね」

「遠山様……」

「当たりさ。対馬には林述斎も同行した。むろん、今回の聘礼本番でも四月の四日に渡って、始まった直後から終わったあとまでずっと対馬に居らした。島を発《た》ったのは七月に入ってからのはずで、まだ、江戸にはお戻りになっていねえ」

「では、組頭も遠山様と……？」

行動を共にしていたならば、もう、決まったようなものではないか。

「いや、俺は別件だ」

けれど、雅之はすっと言った。

「対馬へは近いってえことで御用のあとに寄っただけだ。噂話が当たっているにしろいないにしろ、朝鮮信使の聘礼なんて滅多にあるもんじゃねえからな。俺のほうは掛け値なしに後学《こうがく》のためってやつだ」

「ならば組頭はどちらに？」

即座に、雅之は答えた。

「長崎だよ」

「長崎」

「ああ、こっちはフェートン号絡《がら》みさ」

ふっと息をしてからつづけた。

「今度はエゲレスだ」

「フェートン号の件のあらましについちゃあ片岡も承知だね」

「あらましならば……」

文化五年八月十五日、長崎に赤白青の阿蘭陀国旗を掲げた船が姿を見せる。当時の阿蘭陀船の来航は五月あたりに集まっていたから、時期は外れている。阿蘭陀商館員二名と長崎通詞《つうじ》が旗合わせのために船に向かうと、それはエゲレスの軍船フェートン号で、二名の商館員が拉致《らち》された。長崎奉行松平康英《やすひで》にしてみれば、阿蘭陀商館員は御公儀が正式に滞在を許した者であり、日本人を拉致されたに等しい。直《ただ》ちに解放を要求するも、エゲレス船は水と食糧を要求するのみだ。あまつさえ、一転、エゲレス国旗をはためかせた武装短艇《たんてい》でなにかを探索するように湾内を巡《めぐ》る。商館員の無事を優先させて事《こと》に当たってきた奉行も止《や》むを得ず、福岡藩と交代で警備を担っていた佐賀藩にフェートン号の焼打ちを命じた。

が、膨大な借財の圧縮のために御主法替を進めていた佐賀藩は、八百余名配備すべき藩兵を幕府に無断で百五十名ほどに減らしており、強硬策は叶《かな》わない。急遽《きゅうきょ》、大村、久留米、熊本、薩摩《さつま》の諸藩に応援を求めて待機していた翌十六日、フェートン号は商館員一人を解き放って再び食糧等を求める。応じなければ湾内の日本と支那の船を焼き払うという脅《おど》し付きだ。やむなく奉行は応援が着く時を稼ぎつつも要求に応じ、残る一人も戻される。最も早く到着した援軍は、藩主大村純昌《すみよし》率いる大村藩の軍で十七日未明。しかし、そのときすでにフェートン号は長崎をあとにしていた。

実害は、阿蘭陀商館員二名が連れ去られたのみだ。無事に戻ってもいる。引き渡した水、穀物、豚、牛はこの際、実害に入れずともよかろう。しかし、幕府が失ったものは実害では計れなかった。なによりも護《まも》らねばならぬ、武威の国の武威が損《そこな》われた。十八日も明けやらぬ頃、幕府への上申《じょうしん》の報告書を認《したた》め終えた松平康英は五箇条の遺言を残し、誰にも告げぬまま自裁している。無断で藩兵を削っていた佐賀藩では、聞役《ききやく》と長崎番所の番頭《ばんがしら》二名が切腹、組頭十名が家禄《かろく》没収。藩主、鍋島斉直《なべしまなりなお》は江戸城に呼び付けられて、蟄居《ちっきょ》百日を命じられた。

「あの事件は、ま、巷間《こうかん》伝えられるような説で収まりを見せているんだが……」

そう言って手に取った猪口は空だった。

「実あ、おかしなことがけっこうあるって声もなくはない」

今夜の雅之は燗徳利を傾ける間《ま》がけっこう空く。

「片岡はどう見るね」

直人はゆっくりと雅之の目を見る。これまで直人は異国が絡んだ御用を勤めたことがない。常日頃から、あらましをなぞったくらいで物を語ってはならぬと自戒してもいる。けれど、直人は言っていた。

「その声のとおりなのではないでしょうか」

問う相手を雅之が違《たが》えているという想いは残る。が、フェートン号事件に限っては辻褄《つじつま》が合わぬことが多過ぎた。門外《もんがい》の者がさっと経過を追っただけで脈絡のざらつきが伝わってくる。己れから口に出すまでの裏付けがあるはずもないが、問われれば黙すわけにはゆかない。

「フェートン号事件には、かねてから不審に思っていた点がふたつほどあります」

「ほお……」

なぜか雅之の目が光を増す。

「聞きてえな。まず、ひとつ目はなんだい？」

先刻、直人は政を語る雅之にそぐわなさを覚えた。逆に、雅之の目にも、政に言い及ぶ直人は妙に映っているかもしれない。

「フェートン号が長崎に来た目的です。そもそも、フェートン号はいったい長崎になにをしに来たのでしょう」

でも、直人は語りを止めようとはしなかった。雅之という上役に想うことを伝えぬのは、どんなことであれ、昨年末の義理ある武家の事件を最後にすると決めている。

「そこか」

「彼らのやったことと言えば、いきなり商館員を拉致し、武装短艇でなにかを探し回って、水食糧を強奪まがいに要求しただけです。これまでの異国船のように通商を求めるわけでもありません。しかも、水食糧が手に入ると二日と経たぬうちにさっさと引き揚げている。いったい、なにが目的だったのか、組頭はわかりますか」

「阿蘭陀商館長のドーフはエゲレスと魯西亜が同盟を結んでいて、魯西亜の要請でエゲレス船が長崎を調べに来たと説いているな」

「そいつがわからない。あれが調査でしょうか。調査ならもっとやりようがあるはずです。我々が欧羅巴《エウロッパ》を識るとしたら阿蘭陀商館という窓しかないので、とりあえずは聞き置くしかありませんが、事実は異なる気がする。一連の行為から目的を推量するとすれば、なにかを探しに来て、それがなかったからさっさと引き揚げたという筋しか考えつかない。そして、それは、阿蘭陀商館と関わりがある。だからドーフは、明らかにできないのではないでしょうか」

「実は、俺も同盟はおかしいと思っていた。片岡の言うようにいまは調べようがねえがな。今回、ドーフとも顔合わせて、まちがいねえとは感じたよ。なにかを隠している。実あ、いま、千島《ちしま》に測量に来たと陳述している魯西亜軍の大尉《たいい》、ゴロウニンを箱館に留め置いている。今月の末には松前へ送って本式の取り調べが始まるから、いまの欧羅巴がどうなっているかも、かなりの部分わかるだろう。すくなくとも、同盟のあるないははっきりするはずだ。ま、きっとなにかの事情があって、ドーフはドーフで必死んなって阿蘭陀商館を護ってんだろう。それがわかったら直《す》ぐに片岡にも知らせよう。で、ふたつ目を聞こうか」

「佐賀藩への処罰です」

淀《よど》みなく、直人は答える。

「御公儀に無断で警備の藩兵を削っていたのが事実であるとすれば、御咎《おとが》めが軽過ぎやしませんか」

「そうかな」

「藩主は蟄居百日です。御咎めはなきに等しい。ならば、家老が自裁して波除《なみよけ》になったのかといえば、それもない。腹を切ったのは警備の現場を与っていた長崎番所番頭と聞役の二名のみで、重臣ではありません。人、二人の命は重いが、これまでの御公儀の前例からすればいかにも軽い。帳尻《ちょうじり》が合わない。これが長崎という、実質、ただひとつ外へ開かれた重要な湊の警備を怠った罰とは信じられません」

「だとしたら、なんでか、思うところはあるかい」

「ひとつは、実は無断で藩兵を減らしていたのではなかったという筋です」

「無断ではなかった……」

雅之は意外に驚かない。

「もう、ずっと、阿蘭陀船の来航が疎《まば》らになるあの季節には兵を引き揚げるのが暗黙の了解になっていて、それを長崎奉行も、あるいは御公儀も黙認していた。むしろん、福岡藩が警備を担うときも佐賀藩と同じことをやっていたのでしょう。長崎奉行は長崎在勤《ざいきん》と江戸在府《ざいふ》の二名体制で、在府奉行を通じて常に長崎の状況は江戸に届いていますから、当然、御城《おしろ》も承知していておかしくありません。でも、その了解《りょう》事《かいごと》を公《おおやけ》にしてしまったら、未曾《みぞ》有《う》の不始末の責めは幕府が負わなければならなくなる。で、暗黙の了解を反故《ほご》にして、〝無断で〟になった。となれば、当然、重い責めを問うのは無理がありましょう」

無言でふーと息をついてから雅之は言った。

「ひとつは、ってことは、まだあるんだろう」

「はい」

相手が雅之だから話せる。

「あるいは、御公儀にとってフェートン号事件は不幸中の幸いだったのではないでしょうか」

話す相手をまちがえれば、ただでは済まぬだろう。

「幸い？」

「すくなくとも最悪ではなかった。それも佐賀藩のお蔭《かげ》で」

「どういうことだい」

「もしも佐賀藩の藩兵八百余名がしっかり詰めていたら、なにしろ武威の国です、戦闘に入らざるをえなかったでしょう。勝てばよし、万が一負ければ、幕府の守りの欠陥があからさまになって御威光は地に落ちます。佐賀藩が百五十名に削っていてくれたお蔭で、戦わぬ名分《めいぶん》ができ、危な過ぎる賭《か》けに乗らずに済んだのです」

「たしかに八百余名から居て負けたら逆にえらいことになっただろうな」

「先ほど組頭からお聞きした文化魯寇でそれと気づきました。おそらく、択捉でも兵員の数で言えば日本が有利であったはずです」

「当たってるぜ」

すっと雅之が言葉を挟む。

「こっちは二百三十人。向こうは七十人ほどだった」

「なのに二隻の軍船に完膚なきまでに負けた。蹂躙《じゅうりん》された。火力の差です。同じことがフェートン号でも言える。フェートン号の軍装は大筒三十八門、それに同程度の口径の近距離砲が十門と聞きました。紗那での悲惨な戦いが、長崎で再現されてもおかしくはありません」

黙したままうなずく雅之を認めて、直人はつづける。

「九州は、小倉藩の外《ほか》はあらかたが薩摩をはじめとする外様《とざま》の雄藩《ゆうはん》が治める土地です。その九州中から長崎に目が注がれているのです。幕閣の皆が皆、長崎での敗戦を恐れたことでしょう。前年に悪夢を見たばかりなのです。紗那を想い起こさぬはずもありません。その意味では、佐賀藩が兵を引き揚げていたのは僥倖《ぎょうこう》でさえあったでしょう。つまり、実は戦わずに済んでありがたかったのですから、重い責めを問えるわけもありません。そういうことであります」

「いやはや」

伸びをするように背を反《そ》らせて、雅之は言った。

「伊達《だて》にもろもろ人を見抜いてきたわけじゃあねえってか」

再び燗徳利に寄ってつづける。

「あんだけの材料から能《よ》くそこへたどり着くもんだ」

十人居る御目付の誰からも信を置かれる雅之からそう言われれば、わるい気はしない。いまは気分も体調も定まらぬので滋養にもなる。とはいえ、それ以上に面映《おもは》ゆい。さして気を集めて得た筋ではない。垣間《かいま》見ただけで〝見抜いた〟には程遠い。泳ぐ魚が泳ぎを褒《ほ》められたら面喰らうだろう。

「こんな聴いた話を持ち出すのは頓珍漢《とんちんかん》かもしれねえけどさ」

そんな直人の胸の裡を知ってか知らずか雅之はつづける。

「レザノフが遠山様と初めての交渉を持つ前の数日でさ。長崎奉行所の地役人がレザノフに繰り返し教えようとしたことがあるんだが、それがなんだかわかるかい？」

「はて……」

考えつく前に雅之は答を言った。

「おじぎだよ」

音は届いたが、直ぐには意味を結ばない。

「お辞儀の仕方さ。江戸から遠路はるばる下ってくる偉い御目付に粗相《そそう》があったら、自分の責めになるという想いでいっぱいだったのかもしれねえがな。魯西亜式の立礼《りつれい》を主張するレザノフに、ひたすら膝《ひざ》を折り曲げる日本流のお辞儀の稽古《けいこ》を求めたらしいぜ。ところが、遠山様は長崎到着後に二十二ケ条の式次第を示していて、魯西亜では座礼の習慣がないのでどんな礼の仕方をしても頓着しないという指示を出していた。人に目が行き届かねえと、国の方針もいくらでも変わっちまうってことさ」

思わず息が洩れる。

「笑わねえな」

真顔で雅之は言った。

「笑うところですか」

「この話で笑う輩《やから》がたんと居るんだよ。笑うことで、俺はちがうって言いてえんだろう。そんなふざけたやつも気に喰わねえし、直ぐに〝だから地役人は〟と言い出すやつも気に喰わねえ」

想いはぴったり重なる。

「笑うような話じゃねえだろう。まともにものを考えていたら、歯なんぞ見せられねえはずなんだ。それが元でレザノフは、上から下まで形ばっかに拘泥《こうでい》する日本人にはなにを言っても無駄って気になってさ、蝦夷地を襲わせたのかもしれねえんだ。文化魯寇はお辞儀が招いたかもしれねえんだよ」

ありえなくはない。ほんとうにそうだったかもしれない。鬱屈《うっくつ》が溜《た》まりに溜まった人間の背中を最後にひと押しするのは、存外《ぞんがい》取るに足らぬことだ。その無意味な軽さが、己れの失ったものの重さを際立《きわだ》たせる。

「〝だから地役人は〟と見下したような台詞を口にするやつにしてもさ。そういうやつに限って、てめえもおんなじことをやっているのに気づいてねえんだ」

地役人だから、そうなのではない。そいつがそういう輩だから、そうなのだ。

「お辞儀ってのはつまり自分で杭《くい》を打った領分のことだけに気が入って、目の前で起きてることをまるっきり観《み》ていねえってことさ。そんなんなら、上にもそのずっと上にもたんと居るよ。そうじゃねえやつを見つけるほうが難儀だ。ありのままを観ようとするやつをな。そんなのは得がたい。実あ、居るようでいてめったに居るもんじゃあねえんだ」

ふっと息をしてつづけた。

「片岡みてえなやつはな」

「それがし、ですか」

話がまた自分に戻ってくるとは想っていなかった。

「ああ、片岡は半席《はんせき》だ。だから一刻も早く勘定所の勘定になって、片岡の家を永々御目見以上の旗本の家筋にしようっていう、ぶっとい杭を打った。つまりは、てめえの領分にずっぽり潜り込んじまっても、ちっとも不思議はねえ立場の人間だったってことだ」

旗本とは公方様への御目見が叶う御用を勤める者を言う。ただし、御目見以上の御用が一度だけでは一代御目見《いちだいおめみえ》の半席となり、当人は旗本になっても子は御家人のままに据え置かれる。孫子《まごこ》の代まで旗本として遇されるためには、御目見以上の御用に二度就かなければならない。

ただし、この二度は親子二代で実現してもよい。片岡の家はといえば、父の直十郎《なおじゅうろう》が一度だけ小十人《こじゅうにん》に番入りしたことがあった。わずか百俵十人扶持《ぶち》の歩行の番方《ばんかた》とはいえ、かろうじて御目見以上ではあるので、直人が勘定所に移って勘定になれば父と合わせて二度となり、片岡の家はれっきとした旗本の家格に上がることができる。

だから直人は、やがて縁付いて得るのであろう子供だけは御勤めのみに集中できるように、脇目も振らずに御用を勤めて、一刻も早く半席から脱け出さなければならないと念じてきた。去年の暮れに、ずっと徒目付でやっていくと腹を据えるまでは。

「なのに、片岡は御用に入るとてめえで打った杭が見えなくなっちまう。きっと頭んなかじゃあ半席の呪文《じゅもん》が響いているんだろう。でも、気のほうは領分を忘れて事件にすっと入っていく。頼まれ御用にはうってつけだ」

どんな御役目よりも御用繁多《はんた》の徒目付だ。どこにでも顔を出して、なんにでも手を着ける。おのずと人の知らぬことをたんと知ることになるから身分を越えて頼りにされる。つまりは余禄が大きい。とりわけ厚く頼られるのが各藩の江戸屋敷だ。御公儀から国の成立ちを護る砦《とりで》である江戸屋敷は〝御用頼み〟と称される幕臣の協力者を張り巡らせるのが常だが、その〝御用頼み〟の核となるのが徒目付なのである。いくつかの藩から頼まれれば、その見返りは役高の百俵五人扶持はおろか並みの旗本の世禄《せいろく》さえ上回る。

けれど、雅之が直人に振ってきた頼まれ御用はそういう余禄の御用とは意味合いがちがって、なぜその事件が起きねばならなかったのかを解き明かすものだった。評定所《ひょうじょうしょ》も御番所《ごばんしょ》も、罪科を定め、刑罰を執行する要件になぜは入っていない。手続きを前へ進めるための要件は自白のみだ。けれど、仕法はそうだったとしても、肉親を事件で失った者であれば最も知りたいのは命を落とさねばならなかった理由だろう。なぜ、命を奪われなければならなかったのかだろう。だから、頼む者が居て、頼まれる者が居る。

「頼まれ御用で大事《でえじ》なのは御頭《おつむ》が切れることとじゃねえ。てめえが薄いことさ。科人の気持ちの奥底に紛《まぎ》れちまって、滲《にじ》んでさ、終いにゃ己れが消えちまう奴《やつ》がいい。片岡には生憎《あいにく》だったがな、勘定所から引合があったとき、俺があいつは出せねえと言わなきゃなんなかったのはそこさ」

頼まれ御用で直人がやるべきは事件を調べ直すことではなかった。すでに、科人は罪を認めている。いつ刑が執行されるかわからない。そのわずかな猶予《ゆうよ》のなかで、科人の口からなぜを引き出すのが頼まれる者の務めだ。

そのためには、己れをできうる限り薄くして、染《し》み通るように人の気持ちの奥底へ分け入らなければならない。そうしてのみ、的《まと》を外さぬ仮の筋を、速《すみ》やかに立てることができる。腹はあの世まで持っていこうと思い詰めている科人も、どこかにすべてを明かしたい情動は残している。見抜かれることで一気にその栓が外れ、なぜがほとばしる。彼らとて見抜く者を待っているやもしれない。

その見抜く者になろうとする路筋で、直人は否応《いやおう》なくみずからの頑迷《がんめい》さや偏狭《へんきょう》さを突きつけられ、退《の》けに退けて、薄い己れに近づけてきたつもりだが、雅之が言った「己れが消えちまう」ところまでは程遠い。もしも、そこまで届いていたら、雅之の居ないあいだに勤めた見抜く御用を、あんないっとう避けなければならない形で、しくじることはなかっただろう。

胃の腑がまたきゅーと硬くなって、初めての失敗が蘇《よみがえ》ろうとする。雅之に話せば少しは楽になるかと想わなくもなかったが、どうにも踏ん切りがつかない。どこからどう話してよいやらもわからない。唇を動かすのが、怖くもある。

「まだ……」

焙じ茶をひと口含んでから直人は言う。

「長崎でなにをされていたのかをお聞きしていませんね」

これ以上のなぜの話は勘忍だ。直人は話を替えようとする。

「ああ」

雅之もひとまず収めるようだ。

「御公儀の費用が入った案件の吟味だよ。神社仏閣《じんじゃぶっかく》の普請のときみてえにな」

それもまた、徒目付の数多《あまた》ある御用のひとつだ。勘定所が案件を許しても、徒目付が普請の詳細を調べ、御目付が検印を押さなければ柱一本立たない。だから、幕府の御入用《おいりよう》普請があれば、徒目付は全国どこへでもなんにでも出張《でば》る。

「どんな案件だと思うね？」

長崎であれば、フェートン号事件のあととあって、幕府が遅ればせながら異国船への諸々《もろもろ》の備えを整えているところだ。

「台場、でしょうか」

高鉾《たかほこ》や魚見岳《うおみだけ》など四箇所で、新たな台場が築かれたのを頭の片隅に浮かべながら直人は答えた。

「ま、台場、といえば台場だが……」

そろそろ二本目の燗徳利が空く。

「大筒は乗らねえ。そういうキナくせえもんとは無縁だ。もっと軽くて、ちっちゃい」

「小さい……」

「字典さ。文典と言ってもいいかな。ただし、エゲレスのだ」

エゲレス言葉の節用集《せつようしゅう》といったところか。

「事件の翌年から編纂《へんさん》にかかって、とりあえず、この春、エゲレスの言葉と短文を集めた『諳厄利亜《アンゲリア》興学小筌《こうがくしょうせん》』十巻が調《ととの》った」

ならば、たしかに、「台場、といえば台場」だ。紙の台場だからこそ念を入れて、素晴らしいものができるといい。

「魯西亜が現れたとき、儒教じゃどうにもわかりようがなくてこれからは蘭学だってことになり、こんどはエゲレスがやって来て蘭学よりもエゲレスの学問だって流れになっているわけだ。学問も動いている。そういう動きに付き合うのも徒目付の御勤めってことさ」

言うと、雅之は板場の向きに首を回して、そろそろ川鱚を頼むかと独《ひと》りごちた。が、喜助には声を掛けぬまま顔を直人に戻し、「さっき片岡が語った佐賀藩の話な」と振る。

「あれは人を見抜くときの筋の追い方そのものだぜ」

自分ではわからない。

「なぜを追ってきた者だけがたどり着ける筋だ」

そうであるといい。

「国といったって動くのは人だ。国なんざ動かない。人が動いて国が動く。国が戦を始めるんじゃねえんだよ。人が始めるんだ。人を見抜けなければ国も見抜けない。国でもなんでも、人がやることを見抜くには、人を見抜けなきゃあなんない。国と人は別々じゃあねえんだ」

あるいは、その話がつづくのかと想ったが、そうではなかった。

「俺が居ねえあいだに片岡がしくじったらしい御用な」

虚《きょ》を突かれつつも、すでに耳に届いていたのだと直人は思う。あるいは、エゲレス語の字典の話をしているあいだも、雅之は頭のなかで自分の話をつづけてくれていたのかもしれない。

「他になんかやりようがあったとか思うかい」

思わず直人は息をつく。いまはそれを己れに突きつけるのがいっとうきつい。

「あったのでしょう」

でも、あったのだ、きっと。雅之が問うてくれたから、そう思える。内藤雅之が甘いまんまで仕舞《しま》うはずがない。しっかり、傷口の真ん中に触れてくれる。

「いまは皆目《かいもく》見えませんが」

とっかかりさえ摑《つか》めていない。いや、摑もうとさえしていない。打ちのめされたっきりだ。

「あったとさえ思ってりゃ、いずれ見えるだろうよ」

いつものように、すっと雅之は言う。そうして、こんどこそ、板場から顔を覗《のぞ》かせた喜助に片手を揺らした。

◆◆◆

今年に入ってから、直人は表《おもて》の御用でもなぜを追うようになった。むろん、徒目《かちめ》付《つけ》のすべてがそうしているわけではない。六十人から居る徒目付の御用の仕法を一斉に変えたりすれば、御公儀の監察が頓挫《とんざ》する。直人を含めた数人に限ってのことだ。

数人とはいえ、なんでそうなったのかと言えば、かねてからの内藤雅之の考えを御目付衆が容《い》れたからということになろう。これまでにも、雅之の発案を御目付が採《と》り上げた例は一度ではなくある。記憶に新しいのは昨年末の大名屋敷まで組み込んだ新しい火消《ひけし》の仕組だ。「あいつはこれをきっかけに……」と、御目付は言ったものだ。「各自《かくじ》火消《びけし》が足を延ばす先例を江戸中に広げて、ちっとでも焼け跡の仏を減らしたいんだろうよ」。

江戸の火消しは大名火消《だいみょうびけし》や町火消《まちびけし》だけではない。各藩の江戸屋敷がみずからの火事を消すための各自火消を備えており、屋敷の周《まわ》り二、三町に出火があった場合はその各自火消を差し向ける決まりになっている。火消でいっとう大事な、小火《ぼや》のうちに鎮火させるための仕掛けだ。雅之は屋敷の風上に他の江戸屋敷がなく、速《すみ》やかな消火がむずかしい地域に限り、周囲三町の外でも各自火消に出動してもらえるよう、火事場の指揮に当たる火口番《ひのくちばん》の御目付を通じて働きかけ、合意を得た。

当初は直人も、選び抜かれた旗本である御目付が御目見《おめみえ》以下《いか》の徒目付組頭《くみがしら》の意を汲《く》むのを奇異に見ていたが、徒目付が詰める本丸表御殿《ほんまるおもてごてん》中央の内所《ないしょ》が馴染《なじ》むに連れ、選び抜かれた旗本だからこそと映るようになった。

旗本の誰もが上層の幕吏《ばくり》を目指すわけではない。資格を持つのは、公方《くぼう》様をお護《まも》りする五つの番方《ばんかた》、五番方《ごばんかた》のなかでも小姓組番《こしょうぐみばん》と書院番組《しょいんばんぐみ》の両番《りょうばん》の家に生まれた者のみである。彼ら両番家筋《りょうばんけすじ》は一様《いちよう》に目付を目指すが、しかし、その席は目的地とはちがう。目付を目指すのは、そこから遠国《おんごく》奉行へ、そして町奉行、勘定《かんじょう》奉行へという世に出る路《みち》が延びているからだ。そういう将来ある御目付にとってなによりも重要なのは、徒目付一統の芯《しん》になる者は誰なのかを見極めることである。実務に当たるのは徒目付であり、小人目付《こびと》だ。己れではない。遠国奉行として江戸をあとにできるか否《いな》かは、彼らが己れの想《おも》うように動いてくれるかどうかにかかっている。だから御目付衆は、徒目付組頭、内藤雅之が発する言葉に耳を傾けざるをえない。

雅之が、群れる羊《ひつじ》の真ん中に居る一頭の山羊《やぎ》であることは、誰よりも直人が識《し》っている。雅之が語ったように、直人は「てめえの領分にずっぽり潜り込んじまっても、ちっとも不思議はねえ立場の人間」だった。その直人が「領分」から抜け出し、ついには、ずっと徒目付でやっていくと腹を据えるに至ったのは、偏《ひとえ》に、雅之に備わったものに動かされたからである。

徒目付を目指す者は、概《おおむ》ね二つの型に分けられる。直人のように、勘定所の勘定への踏み台とする者と、そして、ひたすら〝御用頼み〟の余禄《よろく》を蓄えようとする者である。つまりは栄達か、あるいは蓄財かだ。雅之はそのどちらでもない。いまでもまだ四十一と、欲と無縁になる齢《とし》とは遠いにもかかわらず、旗本へ身上《みあ》がろうとも〝御用頼み〟に居座《いすわ》ろうともせず、残った場処でゆっくりと深く息をしている。そこに雅之が居ることで、初めてそんな処《ところ》があったのだとわかる場処だ。そういう雅之の傍《かたわ》らに居ると、自分がずいぶん昔に思いちがいをして、ずっとそのまんまになっているような気にさせられて、それをたしかめたいがために、迷惑でしかなかった頼まれ御用の誘いを受けた。そうしてなぜが孕《はら》んでいる〝人臭さ〟を否応《いやおう》なく躰《からだ》が覚えていって、いまの己れが在る。

そのように、徒目付のそれぞれにそれぞれの内藤雅之が居る。雅之は持ち込まれた頼まれ御用のあらかたを人に回す。蓄財の者にも回す。回された連中は最初はあとが怖そうだと身構えるのだが、直《す》ぐに上前《うわまえ》を取ろうなどという気がさらさらないのを察して用心を忘れる。そして忘れるほどに、雅之の気配を忘れられなくなる。蓄財しか頭にないはずの者が時に目を見張る働きを見せたりする。新任の御目付とて数日も経《た》てば、誰が羊のなかの山羊であるかを察する。山羊が羊の輪の真ん中に分け入ったのではなく、山羊の周りに羊が勝手に寄ってきて輪をつくったのを察する。そして、山羊の顔を確《しか》と覚える。

その山羊、内藤雅之が表の御用にもなぜを取り入れようとした理由はさまざまに考えられる。そのうちどれが核となる理由であるかは、雅之の人となりを見抜かなければならない。でも直人は、まだ当分は雅之の部下の役にのめり込んでいたいので、そんな真似《まね》はご免だ。だから、雅之の胸底はさて置いて、直人なりに御目付衆が採り入れた意図のほうを推量すれば、それはおそらく直人が徒目付から勘定を目指した理由と重なる。実は徒目付と勘定は一見なんの関わりも持たぬようでいて、人の質という横串《よこぐし》で貫《つらぬ》かれている。直人もその横串を伝って徒目付から勘定に移ろうとした。

戦国の世が終わって二百余年が経った文化の御代《みよ》でも、幕府の編成はいまなお軍団のままである。武家の政権ゆえ、戦時体制の組織を解《ほど》くことがない。とはいえ、平時《へいじ》に果たさねばならぬのは軍事ではなく行政である。軍団という行政の素人《しろうと》が行政を司《つかさど》る危《あや》うさは、そのまま幕府の危うさとなる。その危うさを封じ込めているのが役方《やくかた》の財政と監察だ。カネの出入りをきっちりする部署と、ヒトのタガをしっかりする部署。この両翼が機能している限り、危うさの露呈《ろてい》は先送りできる。たとえ組織の土台が破《や》れてもずいぶんな延命が利《き》く。それゆえ御公儀は勘定所と目付筋の陣容を厚くして編成の欠陥を補う。人の数をそろえるだけでなく質をもつぶさに吟味する。監察ではその質が、表の御用にもなぜを取り入れることでさらに上がる。雅之の言葉を借りれば、人がやることを見抜くには人が見抜けなければならないからだ。なぜを追えば、おのずと人を見抜かざるをえない。日々の御用がそのまま、人がやることを見抜く稽古《けいこ》になる。

　直人にしても表の御用になぜを入れることに異存はない。もともと見返りを期待して受けていた頼まれ御用ではない。最初は雅之の醸《かも》す気配に、やがてはなぜの孕む人臭さに惹《ひ》き寄せられてのことだ。仕法が替わって、なぜを止められればこれからの路を思案せねばならなくなるが、逆に表でもできるとなれば格好だ。そうして監察の質が上がれば、ないとは言えぬ理不尽な吟味等も減じよう。なによりも、なぜが解き明かされたときの頼んだ側の心情や、すべてを語り尽くしたあとの科人《とがにん》の境地に息が届く処で触れてきた身であってみれば、今回の仕法替えをあと押ししない理由はなにもない。

　で、直人は進んで御用に当たった。すでになぜを追うのには馴染んでいるが、手の内に入っているなどとは毛頭《もうとう》言えない。なぜの解明に型などありえず、一回一回が手探りである。表の御用で吟味と同時に進めればすくなくとも時だけは十分にあるから多少は楽になるかと想ったが、いざやってみるとちがった。

　時の猶予《ゆうよ》があるのはよいのだが、逆に言えば、十分な時は集中力を薄める。いつ刑罰が執行されるかわからぬ研《と》がれた時に気を集めていたときは、己れが導き出したとは想えぬ筋が不意に降りてきたりしたものだが、そういう、己れの力以上のものが発現《はつげん》する手触りが弱い。他にも勝手がちがうことは幾つかあったし、己れの勤め様《よう》を新たな表の御用の先例として見ようとする周りからの視線も伝わってくる。それでもどうにか、己れでも得心《とくしん》できる御用を勤めることができていたのだが、雅之の姿が内所から消えてふた月ばかり経った頃に振られたあの事件だけは、初めから不安を覚えた。わからぬことがあまりに多かったのである。

まず第一に、殺《あや》められた者は患《わずら》っていた。それも血が滞《とどこお》る重い病《やまい》で、すでに両足は自由が利かず、目も光を失って、床《とこ》に臥《ふ》せったままの状態がつづいていた。齢は六十八歳。病のゆえに勘定組頭を致仕《ちし》し、すでに父子《おやこ》で勘定所勤めをしていた跡取りの長子《ちょうし》に家督を譲《ゆず》ってから三年が経っている。経歴から見る限り、そのような最期《さいご》を迎えなければならない理由があるとは想えない。

そして第二に、科人として長子に捕らえられた者の素性《すじょう》だ。実は、元勘定組頭は致仕する半年前、今年六十三歳になる妻女《さいじょ》に離縁を申し渡してもいた。科人はその元の妻女だったのである。病のゆえに御役目を離れなければならなかった夫が、いよいよ世話にならなければならないときになって妻に暇を出すのも奇妙なら、どんな因縁《いんねん》があるにせよ、離縁より三年半も経ってから、病状がより重篤《じゅうとく》になった元夫を手にかけるのもどうにも解《げ》せない。それも得物《えもの》は懐剣《かいけん》だ。毒薬ならば科人がするのは盛るだけで、殺めるのは己れではなく薬であるとも言えようが、懐剣は骨に当たり肉を切り裂くざらついた響きが直《じか》に己が手に伝わってくる。

当初は、ほんとうに元妻が科人なのかを疑いさえした。が、元妻は理由は言わぬものの罪を認めているし、犯行は今年父と同じ勘定組頭の席に就《つ》いた長子の眼前で行われていて、どうにも動かしがたい。そして、その事実もまた、新たな疑念を生んだ。長子は変事《へんじ》があれば直ぐに制止できる距離に居た。もしも元妻がためらう素振りを見せたり、たとえ短刀を振ったとしても動きに迷いがあれば、致命傷は与えられないまま確保されたはずである。けれど、元妻は取り出した短刀を両手で握り締めると柄頭《つかがしら》を己れの胸に当て、倒れ込むようにして元夫の胸に刀身を埋《うず》めたらしい。躰の重みをその一点に集めた動きには逡巡《しゅんじゅん》の欠片《かけら》もなく、長子が呆気《あっけ》に取られているうちにすべては終わっていたようだ。

いったいどんな理由であれば、長年連れ添った元妻にそのような短刀の遣《つか》い方をさせることができるのだろう……。知らずに直人は、頼まれ御用に手を染め始めた頃、雅之からしばしば言われた「爺殺し《じじいごろ》」という言葉を想い浮かべていた。

雅之は「年寄りってのは、青くて、硬くて、不器用な若えのが大好き《でえす》」で、だから、直人が訊《き》き取れば落ちる、と言った。あのときは、いくら「青くて、硬くて」も、そういう言い回しが雅之ならではの気働き《きばたら》であるくらいは伝わって、力が入り過ぎた躰を解《ほぐ》してもらったものだが、さすがに「若えの」だけは、二十七にもなる男にそれはなかろうと感じたのは事実だ。だから、たぶん雅之流の褒《ほ》め言葉なのだろう「爺殺し」も、七分《しちぶ》ほどにして受け取っていたのだが、あの事件の景色を見渡したときは、己れは確かに「爺殺し」なのだろうと思った。つまり、女のことがわからないという意味で。

直人には姉が居たらしいが、直人が生まれる前に風病《ふうびょう》で逝《い》っていた。母は直人が七歳のときに産褥《さんじょく》で赤児《あかご》ともども没している。以降、父は後添《のちぞえ》をもらわなかったから、直人が育った片岡の家の女っ気《け》といえば居ない時も多かった一季《いっき》奉公《ぼうこう》の下女と、飯炊《めした》きの婆《ばあ》さんくらいのものだった。

本来なら女性《にょしょう》に関心を示す齢になっても、十五歳から二十二歳までのいちばん血気盛んな七年間は役を得るための逢対《あいたい》に明け暮れている。そうして初めての御役目である小普請世話役《こぶしんせわやく》を得たあとも、頭にあるのは一刻も早く徒目付になり勘定所の勘定になることだけだった。その間、まったく女と縁がなかったわけではない。が、抜きがたい関わりになるのは避けてきた。御用の監察でも、町方《まちかた》とちがって扱うのは男だけと言って差し支えなかったから、女に関してはからっきし勘働《かんばたら》きが利かない。

だから、己れでは役に立たぬ御勤めなのではあるまいかという危惧《きぐ》は大いにあった。これが雅之ならば、いともたやすくなぜに漕《こ》ぎ着けるのだろう、と想ったとき、直人の脳裏にある人物が浮かんだ。下谷広小路《したやひろこうじ》で偽系図《にせけいず》を商っていた浪人、沢田源内《さわだげんない》である。源内なら、きっと露店で座したまま、あの飄然《ひょうぜん》とした口調で元妻が刺した理由を言い当てるのかもしれない。

沢田源内と初めて口をきいたのは一昨年の六月、まさに頼まれ御用で動いている最中《さなか》だった。広小路に差し掛かった辺りで迷い事が生まれ、はてと立ち止まったときに目が合った。手招きされるままに露店の前で踵《かかと》をそろえ、名を告げると、あれこれと怪《あや》しげな系図を見繕《みつくろ》う。沢田源内という名にしてからが本名ではなく、百年よりもずっと前の偽系図づくりの元祖の名で、「剣術における宮本武蔵《みやもとむさし》のようなもの」らしい。足を停める客はみんな偽を承知していて、系図をどう使おうと客の随意だと言うので、「それでよいのかな」と返すと、笑みは切らさぬまま「系図だぞ」と答えた。「ただの空《くう》だ。実《じつ》、はなにもない。使う者が実をこしらえる。それで、過不足《かぶそく》なかろう」。

そのように、源内の話はいつも浮き世離れしていて、その気で語り出すと、あらかたがわからなかった。様子も常に飄々《ひょうひょう》として笑みを絶やさず、どこかしら雅之と重なる。そういうわるびれぬ源内に、直人はいつも助けられていた。穿《うが》つごとき夏の陽《ひ》にも、避けようのない驟雨《しゅうう》にも変わることのない笑顔を認めると、人間どこに居ようと彼岸《ひがん》はあるのだと思えてきて、取るに足らない言葉を交《か》わしているうちに、川霧《かわぎり》が消えるように疲れが薄れていくのだった。

二度目に出逢《であ》ったのはその年の十一月、七五屋《しちごや》のある神田《かんだ》多町《たちょう》の路上でだった。源内は青物の籠《かご》を抱えていて、聞けば、ある比丘尼《びくに》の世話になっている代わりに、炊事、洗濯等、身の回りの一切の面倒を引き受けていると言う。ならば、それは比丘尼のヒモということでよいのかと問うと、「それがしはヒモとはちがうと存じておるが」と答えてからつづけた。

「敢《あ》えて反駁《はんばく》する気はない。この世に真実はない。あるのは事実だけだ。偽系図商いで学んだ。ヒモの真実はないが、ヒモの事実はあるということだ」

そのわからなさが逆に直人を跳《と》ばせた。居着《いつ》きがちな頭がふっと解けて、模糊《もこ》としていたなにかが輪郭を結んでいった。それが機縁になって、科人のなぜにたどり着いたことは三度を数えるが、実は、直人の頭にいまもひときわくっきりと刻まれている源内の言葉は御用と関わりがない。あのとき源内はいつものように、恬淡《てんたん》と己れの比丘尼を直人に勧めた。

「寄っていくか。紹介する。多町一の比丘尼だ」

「いや、これから向かわなければならん処がある」

嘘《うそ》ではなかったが、逃げもした。

「惜しいな。これで、おぬしは女で人生棒に振る、希有《けう》な機会を逸した」

「俺《おれ》にそんな甲斐性《かいしょう》はない」

「己れをみくびるな。おぬしとて、相手さえ得れば、立派に転《ころ》がり落ちることができる」

あのときは直人のほうから話を切り替えて、そっちの新たな話が事件の解明に結びついた。けれど、直人はその話をするあいだも頭のどこかでずっと多町一の比丘尼の話を考えつづけていた。十五から脇目《わきめ》も振らずに旗本を目指してきた己れがほんとうに「相手さえ得れば、立派に転がり落ちることができる」のかと。「女で人生棒に振る」ことができるのかと。直人には、道を踏み外す己れを想像することすら新鮮だった。

あれから一年と七月《ななつき》が経とうとしているが、女っ気のなさは変わらない。その間、二度の縁談話があったが、所帯を持った己れを想い浮かべることができずに遠慮した。相変わらず勘働きも利かなかろう。考えるほどに己れで務まるかの問いを繰り返すことになるが、ともあれ御用だ、たとえ適材から遠くとも向き合わねばならない。

それに、「爺殺し」が示すように、これまで直人が手がけた頼まれ御用はあらかたが老人が引き起こした事件だった。老人のこととてわかっていたわけではない。また、老人とて一様《いちよう》であるはずもない。一人の老いた者はわかったとしても他の老いた者はわからない。「老人」という一語で括《くく》られるものではないのだ。

そのように、己れが見抜くべきは「老人」ではなく「女」ではなく、一人一人がそれぞれに異なる人だろうと叱咤《しった》して、まずは一部始終《いちぶしじゅう》を目の当《ま》たりにしていた現当主、藤尾正嗣《ふじおまさつぐ》に、なんでこんな事態に至ったのかと、真正面から話を訊いたのだった。


「それがしは子供の時分、己れを養子なのではないかと疑っていたものです」

江戸川に臨《のぞ》む小日向《こひなた》の屋敷で正嗣はぽつりぽつりと語り出した。自分で自分の言葉をたしかめるように。

「母親にかまってもらった記憶がないのです。向けられた笑顔を思い出すこともできません」

正嗣は今年三十七歳だが童顔で、見た目はずいぶんと若く映る。勘定組頭の役名《やくめい》から描く像とはかなり遠い。

「いつも、それがしなど居ないかのようでした。目の前に居てもです。外腹《ほかばら》の意味がわかるようになってからは、養子でなければ外腹なのだろうと思っていました」

とはいえ、紛《まぎ》れもなく勘定組頭ではある。母の菊枝《きくえ》の犯行について問うたのにいきなり赤裸《せきら》に自《みずか》らを語り出すのが意外ではあったが、直人はそのまま流した。話を止めないのは見抜く者の鉄則だ。求める筋から外れていようと、とにかく語っているうちは語るままにする。そうするうちに要らぬ話が腹の深い処に居着いていた要る話を汲《く》み上げる。

「代わりに父にはかわいがられました。男親にもかかわらず父はきめ細《こま》やかでそれがしのわずかな変調も見逃さない。酷《ひど》い喘息《ぜんそく》持ちの子供だったそれがしがなんとか元服《げんぷく》まで漕ぎ着けることができたのは、偏に父の細やかさのお蔭《かげ》です」

そこまで語ると、正嗣は開け放たれた障子の向こうに顔を向けて直人に「庭をご覧になっていただけますか」と言った。促される前から庭が気にはなっていた。六月も半ばの庭には、とりどりの花が競うように咲き誇っていたからである。クチナシの白、キキョウの紫、そしてゼニアオイの牡丹《ぼたん》色……遠慮なく目を預ければ、それぞれの配置も絶妙で、まさに丹精《たんせい》込めたのがひしひしと伝わってくる。

「見事ですね」

知らずに言葉が出た。父の藤尾信久《のぶひさ》を語っていた途中で話を庭に振ったからには、あるいは亡《な》くなった信久がつくった庭なのかもしれぬが、とても素人の手とは思えない。

「花、でしょうか」

目は庭へ遣《や》ったまま正嗣は問う。

「ええ」

花でなければなんなのかと想いつつ直人は返した。

「開花期のいまはたしかに見事なのですが、当家で育てているのは花を楽しむというより実《み》や根を得るためです。ゼニアオイは花も用《もち》いますが」

顔を直人に戻して正嗣は言った。

「ああ」

瞬時に直人は一年半前に起きたある事件を思い出していた。一季奉公を重ねて旗本の侍を長年勤めた忠義者《ちゅうぎもの》が、手にかけるはずもない主人《あるじ》を手にかけた。あのときも庭が関わっていた。旗本とはいえ小禄にとどまる家の庭は見て愛《め》でる庭ではなかった。野菜を育て、梅や柿《かき》を育て、ニワトコやサイカチなどの漢方の木や草を育てる庭だった。そうやってすこしでも家の活計《たっき》を助《す》ける。

花の脇に目を移せば、クコや白朮酒《びゃくじゅつしゅ》を漬けるオケラもあるし、サイカチも大木《たいぼく》になろうとしていた。が、キキョウやゼニアオイまで薬になるとは知らなかった。

「薬草ですか」

「ええ」

すぐに正嗣はつづけた。

「キキョウの根は咳《せき》を止め、痰《たん》を出やすくしますし、クチナシの実のサンシシは熱冷ましや毒消しに用います。ゼニアオイは喉《のど》で、クコは強壮。みんな虚弱だったそれがしのために父が一株ずつ植えて育てました」

「父上が」

やはり、と思うと同時に、ふと、信久にとってそこは薬草園のみならず花畑でもあったのではないかと想った。躰が弱く臥《ふ》せりがちな息子の気をすこしでも晴れやかにするための花畑。思わず声が漏れるほどの群れる花の美しさも、気を賦活《ふかつ》させる薬ではあろう。もしも、当たっていれば、信久はそこまで気が回っていたということになる。藤尾信久という父親は薬を得るだけで良しとはしなかった。

「ご存知のように勘定所は多忙です。午《ひる》の八つ半に帰れるような役所ではありません。それでも父は陽の落ちる前には戻って庭をつくり、母に構ってもらえぬそれがしの相手をしてくれました。当初は周りから奇異に見られていたけれど、そのうち藤尾組に回れば早く帰れるという定評ができたそうです。いまはそれがしが見習ってそれをやっています。執務のあいだは人一倍きっちりと勤めて、遅くとも七つ半にはすべての御用を終える。そうして、この庭が荒れないようにしています。新たな藤尾組をつくって、父に報《むく》いようとしていたところでした」

美しい薬草の庭は父と子の固い絆《きずな》を伝えて、まちがっても正嗣が信久に害を為《な》すことはないと信じることができた。いっとき、元妻の菊枝がほんとうに科人なのかを訝《いぶか》ったときは、おのずと唯一《ゆいいつ》の証人であり、また他で最も血の濃い正嗣が浮かび上がることになったが、周辺を洗っても藤尾父子の仲の好ましさは評判で、正嗣の言《げん》を疑う理由はまったく見出《みいだ》せなかった。

「実は父は生まれついての幕臣ではありません。越後国《えちごのくに》の水原《すいばら》代官所で元締手代《もとじめてだい》を勤めておりました。江戸へ戻る御代官に引かれて勘定所へ入ったのです。御代官が実績を上げられるかどうかは元締手代次第《しだい》です。それだけ秀《ひい》でていたのだろうと想われますが、元はといえば百姓です。勘定所勤めも正規の幕臣ではない普請役から始めました。そうして御家人の支配勘定になり、旗本の勘定になり、ついには役高《やくだか》三百五十俵の勘定組頭にまで身上がったのです。当人の力本位の勘定所だからこそでしょう。とはいえ、それがしの前では〝俺は百姓だから〟が口癖《くちぐせ》でした。卑下《ひげ》と取れる日もあれば、逆に誇りと取れる日もありました。また、開き直りの日も覚悟の日もあり、いろいろな意味での〝俺は百姓だから〟でした。それゆえでしょうか、生粋《きっすい》の武家の父子とちがって我々はなんでも話すことができました。当然、己れは養子か外腹なのではないかと訊きもしました」

「なんとおっしゃられていましたか」

「即座に、紛《まぎ》れもなく母と父の子であると断言しました。父と母の子ではなく、母と父の子なのです。それは己れの誇りであるとも言いました。そして、〝俺は百姓だが、おまえは上様をお護りする五番方の家筋《いえすじ》のなかでも最も由緒《ゆいしょ》ある大番《おおばん》家筋《すじ》の血を引く者なのだ〟と幾度となく繰り返しました。母は大番を勤める家の三女として生まれた者だったのです。文官の役方だからこそ、それも勘定所勤めだったからこそ異例の出世を遂げることができた父ですが、父の裡《うち》では武家とは変わらずに武官の番方だったのでしょう。ですから、妻はなんとしても五番方から、それも大番家筋から迎えなければならなかった。その宿願を叶《かな》えて得た子だからこそ、父と母の子ではなく、母と父の子だったのです」

五番方のなかで幕府における出世の階梯《かいてい》を上るのは小姓組番と書院番組の両番である。最も早く編成された番方である大番は、あらかたが役高二百俵の大番士のまま幕臣を全《まっと》うする。が、番方で終わる番方だからこそ、武家本来の姿と見る向きも多い。それが証拠に、番頭《ばんがしら》としての格は小姓組番頭よりも書院番頭よりも大番頭のほうが上だ。幕府における騎馬《きば》の侍大将《さむらいだいしょう》は大番頭であり、五千石より上の大身旗本ならば町奉行よりも勘定奉行よりも大番頭の座を望む。越後の水原代官所の元締手代として地方《じかた》の現場で手腕を奮《ふる》ってきた藤尾信久も、目はどこまでも武家の目だったということなのだろうか。

「そんな父だったからでしょう。それがしがいくら母への不満を訴えても、父が母をわるく言うことはけっしてありませんでした。おまえの母は立派な人である、ただ、人の慈《いつく》しみ方を知らないだけなのだと言うのです。逆に、そういうかわいそうな人なのだから、男子のおまえもそのつもりで支えてあげてくれ、と頼まれました。父のことなので方便《ほうべん》で言ったとは思えないのですが、あれで、それがしはずいぶん楽になった。子供だったからこそ、なのでしょう。かわいそうな人、をまともに受け容れて、なにがあっても、かわいそうな人なのだから、で済ますことが習いになったのです」

必死になって背筋を伸ばそうとする少年の正嗣が目に見えるようだった。

「それからはもうずっとそうです。父に頼まれた日から、あの日まで、子供の頃も、元服を終えても、御目見にあずかっても、御役目を得ても、ずっと、かわいそうな人なのだから、です。逆に言えば、母に、それ以外の想いを抱いたことはありません。すべての想いを封じなければ、かわいそうな人なのだから、を己れの護符《ごふ》にすることはできなかったのでしょう。ですから、なんであういうことになったのかと問われても、それがしにはわかりません。母に関しては、かわいそうな人なのだから、より外《ほか》のことはわからないのです。いま、でさえです。この期《ご》に及べば、もはや、かわいそうな人なのだから、とは到底《とうてい》思えぬはずなのに、どこかに、かわいそうな人なのだから、と思おうとする己れが居る。赦《ゆる》しがたいが、どうにもなりません」

そこまで聞いて直人は、なんで正嗣が己れの子供時分の話から語り出したのかに得心がいった。いきなり、母のことはわからない、とだけ言われれば延々と理由を訊かねばならなくなる。振り返れば正嗣は最短で、なぜ母をわからぬかを語り尽くしていた。

「ならば、父上のことをお尋ねしますが……」

直人は矛先《ほこさき》を転じた。今日のところは菊枝はここまでだ。日を限られた頼まれ御用ではない。時はある。

「どうぞ」

「そのように対してきた伴侶《はんりょ》を、なにゆえ父上は離縁したのでしょう。それも、いよいよ病が重くなろうとしていた三年半前にです。世の習いで申さば、たとえ夫婦仲がわるかったとしても、身の回りの世話を頼まざるをえないとなれば堪《こら》えて共に暮らすところでしょう。まして、伺えば、こちらでは父上がずっと庇《かば》いつづけてきたご様子です。なのに六十五になっての離縁はいかにも唐突《とうとつ》な感が否《いな》めない。なにか心当たりはございませんか」

「その件については、それがしも驚きました」

ひとつ息をついてから正嗣はつづけた。

「ここまで来たからには、これからもそのままなのだろうとばかり想っていました。それがなのに、最後の力でし残したことを仕上げるかのように離縁を申し渡した。それがしも驚きましたが、母はそれがし以上に驚いたのでしょう。ありえぬものを見るかのように父を凝視《ぎょうし》していました。すぐに母らしく無言で背中を見せましたが、母らしくなく動転もしていたのではないでしょうか。あとになって父から離縁の理由は聞いています。しかし、その理由というのが父にしてはあまりにありきたりで、それがしにはどうしても真の理由とは思えません」

「お聞かせ願えますか」

「構いません」

記憶をたしかめるように、心持ち顎《あご》を上げてつづけた。

「『同じ墓に入りたくなかった』。父はそう言いました」

「『同じ墓に入りたくなかった』……」

たしかに、ありきたりだ。信久が菊枝に暇をとらせる理由としては陳腐《ちんぷ》すぎる。菊枝を庇いつつも、その実、二人を分かつ溝が戻りようがないほどに広がっていたとしても、信久のことだ、そんなことはとうに承知していただろう。いよいよ死が身近に感じられて、土の下で永遠《とわ》に添うということが肌で感じられるようになったのかもしれぬが、そうだとしても腹には落ちにくい。ほんとうに『同じ墓に入りたくなかった』だけなのか、それとも真の理由は別にあるのか……。

「それから、いましがたのお尋ねのなかに事実とは異なる内容がありましたので、説かせていただきます」

正嗣が言葉を繋《つな》げて、直人は離縁の理由をいったん置く。

「恐れ入ります」

言って、耳に気を集めた。

「〝たとえ夫婦仲がわるくとも、身の回りの世話を頼まざるをえないとなれば〟というお話でしたが、母が手ずから父の身の回りの世話をしたことはありません。それがしが物心《ものごころ》ついたときからはずっとそうでした。父はなんでも己れでするのが習いになっている者で、当初は下帯《したおび》を洗うのさえ下女任せにはしなかったほどです。さすがに、躰が動かしづらくなってからは人に頼りましたが、世話をするのは下女であり、それがしが妻《さい》を迎えてからは、それがしの妻と下女でした。母ではありません。母が慈しまぬのはそれがしだけではなかったのです。父もまた、放り置かれました。父の病は、ゆえに生じたと言ってもよいかと思います」

「どういうことでしょう」

「父はいい人間にすぎました。それがしには申し分のない父親でしたし、あの母をも夫として終始庇いつづけた。代官所の手代上がりで勘定組頭にまで身上がったのですから、役所でも存分に力を発揮し、上役受けも同僚受けもよかったのでしょう。でも、そんななにからなにまで完璧《かんぺき》な人間なんぞ居ません。まして父は平坦《へいたん》な麓《ふもと》から勘定組頭という小山の頂きを目指したのではなかった。小山の高さに倍する深い谷底から取り付いたのです。役所では蔑《さげす》みの目を日々跳ね除《の》けて実績を積まなければならなかったし、屋敷に戻れば戻ったで、背中を折り曲げて嫌な咳をする独り息子の世話をし、己れを放り置く妻を労《いた》わらなければならなかった。どこかに綻《ほころ》びが出なければ破裂するしかありません」

耳にしているだけで、信久が過ごした日々の息苦しさが伝わってくる。

「父の場合、その綻びが酒でした。当然、楽しい酒ではない。夕餉《ゆうげ》もとらずに、皆が寝静まった頃を見計《みはか》らって黙々と呑《の》みつづけるのです。肴《さかな》はわずかな香《こう》の物《もの》だけ。滋養《じよう》なんぞ摂《と》れるはずもありません。そんな暮らしを長くつづけていれば躰を傷《いた》めぬわけがない。それがしの妻が屋敷に入ってからはなんとか人並みに近い膳《ぜん》をとるようになりましたが、妻を迎えたのは母がこの家を出てからなのですでに遅く、病は重篤になっていきました。よくあの齢まで持ったと思えるほどです。己れの労苦を察してくれて、日々の膳にも気配りを怠《おこた》らない伴侶があれば、あんな酒にはならなかったでしょう」

折からの風が座敷にクチナシの香りを運んだが、場はほんのすこしだけ和《やわ》らいだだけだった。

「父の酒で哀《かな》しいのは、荒《すさ》んだ酒なのに乱れぬことです。逃《のが》れて呑むのに、己れを酔いに委《ゆだ》ねることがない。人と接する限りはどこまでもいい人間なのです。子供のそれがしが夜更《ふ》けて喘息の発作《ほっさ》を起こせば、酔いなど微塵《みじん》も窺《うかが》わせずに介抱《かいほう》してくれました。すでに酩酊《めいてい》していてもおかしくないほど入っているのに、手抜きはいっさいなしでです。避難する場にまで己れで枠《わく》をつくる。あんな最期《さいご》でしたが、父はまちがいなく極楽には居るでしょうから、せめて極楽では存分に酔い潰《つぶ》れてほしいと願わずにはいられません」

語る声は、時折、震えた。

「いったい、なんで……」

菊枝については今日はここまでと己れで縛っておきながら思わず言葉が出た。

「それほどに放り置いたのでしょう」

「申し上げたように……」

すぐに正嗣は返した。

「それがしには母がわかりません。ですから、その問いにお答えすることはできません。むしろ、それがしが知りたい。ゆえあって、母の実家の山脇《やまわき》家はいまではまったくの他家の血筋になっており、母を知る者も居《お》りません。しかし、山脇の長女がさる書院番家筋の家に嫁《か》しており、今年六十七歳になりましたが存命でおります。そちらを訪ねれば、すこしはお役に立つのではないでしょうか」

三人の女《むすめ》を嫁に出したあとに、山脇家は齢ではいちばん下の独り息子が跡を継いだが、急逝《きゅうせい》して他家から養子を迎えた。その後、双親《ふたおや》が相次いで亡くなって、いまの山脇家は養子の家の血筋になっている。だから、離縁後、菊枝も実家には戻れず、信久の計《はか》いで、尼僧《にそう》が預かるある塔頭《たっちゅう》に寓居《ぐうきょ》した。離縁はしても放り出すことなく、日々の暮らしに困らぬよう気を働かせたのがいかにも信久らしい。が、菊枝にしてみれば、己れに暇を出した者の世話など断わって姉の佳津《かづ》の婚家に身を寄せてもよかったはずだ。なんで、そうしなかったのか……。直人は正嗣の言葉に従うことにした。

選ばれた書院番家といえども、皆が皆、出世するわけではないし、高禄というわけでもない。勘定組頭の職禄よりも家禄が低い家とてめずらしくはない。あるいは、姉の佳津が嫁した北澤《きたざわ》家もそのような家で、菊枝の居場処など割《さ》きようもなかったのかと由緒書《ゆいしょがき》を捲《めく》ってみたら、とんでもなかった。佳津の伴侶である先の当主はすでに鬼籍《きせき》に入っているが、幕臣としての最後を先手頭《さきてがしら》で締め括っている。職禄千五百石。番方としてはほぼ上り詰めたと言っていい。

跡を継いだ長子もいま御徒頭《おかちがしら》を勤めていて、御家人《ごけにん》身分の歩行の士である御徒を束ねる。旗本を率《ひき》いるわけではないので閑職《かんしょく》のように想ったら、それは浅慮《せんりょ》だ。徒頭は小十人頭《こじゅうにんがしら》、使番《つかいばん》と並ぶ出世の王道である。そこで認められれば次は御目付の席が待つ。まさに遠山左衛門尉《とおやまさえもんのじょう》様が歩んだ途《みち》であり、遠からず直人が仕《つか》えるかもしれぬということだ。家禄にしても、北澤家代々の世禄《せいろく》は徒頭の職禄である千石には届かぬものの、十分に高禄の部類である。同じ旗本どうしの縁組とはいえ、家禄二百五十石の山脇家から北澤家に嫁入りする佳津を、世間は玉の輿《こし》に乗ったと見ただろう。

実際に番町《ばんちょう》にある屋敷に足を運んでみても、家禄から予期した以上に立派な構えである。明らかに千石級の敷地と造作《ぞうさく》で、上級の幕吏になる家筋の格を漂わせる。案内に出た若い家侍《いえざむらい》の応対がまた丁寧でありながら徒《いたず》らな重さを感じさせない。所《しょ》作《さ》のひとつひとつに江戸で生まれ育った譜代の家臣ならではの練られた軽さがあって、それが逆に家の由緒を感じさせた。快《こころよ》く導かれて外廊下を渡れば、ゆったりととった庭は畑でも薬草園でもなく見て愛でる庭だ。きちんと作庭《さくてい》の定石《じょうせき》を踏まえていることが三尊石《さんぞんせき》の配置などから伝わってくる。そのよく手入れが行き届いた庭を南と東の二面から見渡せる十二畳と八畳の続《つづ》き間《ま》に、姉の佳津は当主の御母堂《ごぼどう》として起居《ききょ》していた。

背筋を伸ばしてすっと座した佳津は、銀色の髪と身に着けた鶯《うぐいす》色の絽《ろ》縮緬《ちりめん》がよく合って老いを感じさせず、美しいとさえ映る。女としては大柄だが、それをも佳津は己れの味方につけている。老女には老女の、顔貌《かおかたち》なんぞを超えた美しさがあることを、直人はあらためて悟《さと》らされた気がした。きっと、美しさを彫ったのはこの庭に満ちている家風なのだろう。大番家の長女が、いまや、北澤家の奥《おく》の要《かなめ》として、両番家の柄《がら》を家の者に伝えている。

佳津は両手を突き、腰を深く折り曲げ、畳に顔を着けるようにして、菊枝の身内としての詫《わ》びの言葉を重々述べてから、直人に言った。

「お話がお話ですので、このような処までお出《い》でいただきました。ご足労をおかけして申し訳ございません」

上級旗本の屋敷ともなれば公《こう》の表《おもて》と私《し》の奥は厳然《げんぜん》と分けられており、奥に訪問者を招き入れることは通常はありえない。佳津はそのことを言っている。

「当方こそ、念入りにお話を伺う場を頂いて感謝申し上げます」

語ると佳津はさらに美しく見えた。いつだったか、雅之が男女《おとこおんな》に限らず「語って美しい者は照々《しょうしょう》と考える者だ」と言ったことがある。「人には見えねえものに光を当てて見通す。その目の明るさが様子に出るんだろう」と。

「なにからお話し申し上げたものか……」

けれど、佳津の言葉は直ぐに流れ出ない。

「妹、のこととなると、いつもそうなのです。考えるそばから散っていく」

「妹」と言ったあとに間《ま》が空いて、彫り上げた顔に翳《かげ》りが広がる。菊枝は光の及ばぬ処に居るということか。あるいは、光を当てる気になれぬ事情があるのか。

「もう、訊き取りは終えられたのでしょうか」

翳りに脆《もろ》さが重なる。

「いえ」

佳津には似合わぬ気がするが、あんな事件の直後だ。書院番家の御母堂もまた傷んでいるのだろう。

「これからです」

事件の初動《しょどう》には他の者が当たって、直人は途中から引き継いだ。が、菊枝の訊き取りをあとに回したのは、だから、ではない。表の御用でもなぜを追うにはどのような手順を踏むべきか……それを探るのも御用のひとつである。直人はとりあえず、科人が理由を言わずに罪を認めているのであれば、頼まれ御用のときの見抜くやり方をそのままつづけることにした。つまり、事件の背景を摑《つか》んで仮説を得てから、当人と対するやり方だ。勝手がわかっている手順で進めるほうが修正の必要に気づきやすい。調《ととの》える方向性も判断がつく。

「それでしたら……」

佳津は話しつつ、どうすれば閊《つか》えずに話を進められるかを手探りしているようだ。

「顔を合わせられたら、ずいぶん驚かれるのではないかと存じます」

「ほお……」

佳津の言葉をいったん呑み込んでから、おもむろに直人は言った。

「なにゆえ、でしょうか」

「美しいのです」

「美しい……」

「ええ、それは美しい」

意外な答だが、それが佳津が選んだ、菊枝を語る入り口なのだろう。

「娘時代から菊枝は花貌《かぼう》で知られておりました」

花貌とはとびっきりの美形《びけい》を指す。

「きっと、いまもさして変わらぬと想《おも》います」

「繁《しげ》く、お会いになっていたのですか」

菊枝は今年六十三だ。「さして変わらぬ」とは思いにくい。

「わたくしが当家に入ってから菊枝を目にしたのは二度だけです。一度は嫁した直ぐあとの春で、菊枝がこの屋敷に遊びに来ました。以来、顔を合わせることはなかったのですが、十年ほど前にさる集まりで偶然、姿を見かけました。すでに五十三になっていたはずですが、娘の頃となんら変わらずに華《はな》が立ち込めていた。美しさという点では、あの娘《こ》は化物《ばけもの》なのです」

ついいましがた、直人は目の前の佳津を美しいと感じたばかりだ。が、直人の「美しい」と佳津の「美しい」は意味が異なるのだろう。佳津は明らかに、菊枝が老女として美しいのではなく、女として美しいと言っている。だからこその「化物」だろう。

「顔貌だけではありません。あの娘はなにをやっても並外れていました。御茶や御花、裁縫など、女が身につけるべき稽古事はもちろん、和歌や俳諧《はいかい》、漢詩に至るまで、なにをやらせてもとびっきりなのです」

菊枝への礼賛《らいさん》はつづく。

「さすがに、殿方《とのがた》の嗜《たしな》みである漢詩は荷が重すぎるのではと想ったのですが、苦もなく会得《えとく》して、絶句《ぜっく》や律詩《りっし》の容《い》れ物に江戸の女の世界を立ち上がらせてみせました。それは鮮やかなものでした」

佳津はその鮮やかさから、どこへ話を持っていくつもりなのだろう。

「盛唐詩《せいとうし》の縛りにも写実《しゃじつ》の教義にも囚《とら》われなかった。わたくしなぞ比べるのも嫌《いや》になるほどでした」

「御母堂がですか」

いまの二人が居る場処からは想い描きにくい。

「はい」

話が妙につるんとしたまま流れていくのも気になる。

「不躾《ぶしつけ》を申しますが」

直人はあえて話の流れを乱すことにした。

「どうぞ」

「そこに身内の欲目《よくめ》は入っておりませんか」

佳津の言《げん》を偽《いつわ》りとは思わぬ。しかし、目の偏《かたよ》りはあるかもしれない。

「親の欲目、ならばあるのでしょうが……」

佳津は拍子抜けしたかのように吐息《といき》をついてからつづけた。

「姉の欲目なるものはないのではないでしょうか」

物言いは丁寧だが、言葉には芯《しん》がある。

「女は姉妹《きょうだい》でも張り合います。いえ、姉妹だからこそ張り合います。最も近い女どうしですからね。姉妹どころか母娘《おやこ》で張り合ったって女なら驚かないでしょう」

言われれば、そういうものかと思うしかない直人だ。

「わたくしも当初は張り合いました。姿形《すがたかたち》では無理でも稽古事ではけっして負けまいと念じました。ですから、師匠が自分よりもあの娘を上としても素直には受け容れられません。師匠の目のほうが誤っているのだと思おうとします。そうして、実はたいしたことはないと安んじようとする。欲目どころか貶《おとし》めたいのです。そういう迷い路《みち》をさんざ歩き回った末に降参をいたしました」

直人の問いはあまりに的を外しているらしい。でも、それがために話は動いている。

「ですから、身内の欲目ではありません。むしろ、欲目ならよかったのに、と思いつづけてきました」

「どういうことでしょう」

「わたくしは、己れが誤ってこの家に嫁したという想いにずっと囚われてきたのです」

「誤って……ですか」

いまや、北澤家の奥の要としか映らぬ佳津がか……。

「この家に入るときも、また入ってからも、ほんとうならここに居るのは菊枝なのだと感じてきました。菊枝より勝《まさ》るところはひとつもないどころか、なにしろ、この大女でございましょう、女扱いされなくても致し方ないとさえ念じて嫁したのです」

そのあまりの直截《ちょくせつ》さが引っかかる。なんで初めて会う徒目付《かちめつけ》に、これほどまで己れをさらけ出すのだろう。いましがた耳にしたことのあらかたが、女ならあの世まで持っていく類《たぐい》の話ではないのか。

「子ができれば妻の座にも収まりやすくなるのかと望みを繫《つな》げましたが、跡取りを得ても、そぐわなさが消えることはありません。次男を、長女を得ても、変わることはなかった」

引っかかりはいよいよざらつく。

「そして、この想いは逆の形で、菊枝もまた抱いているのだろうと想わずにはいられませんでした」

ひとつ息をついてからつづけた。

「きっと菊枝も、自分が北澤の家に嫁《とつ》ぐはずだったのにそうはならずにいると思いつづけているだろうということです」

そういうことか、と直人は思う。この人は頼み人なのだ。むろん、いま直人がここに来ているのは表の御用である。頼まれ御用ではない。が、もしも、表の御用でないなぜを探らなければ、佳津は頼まれ御用に持ち込んでもこの事件が起きた理由を探ったことだろう。己れが書院番家の嫁となり、菊枝がならなかったことが、藤尾信久殺害という厄災《やくさい》を引き起こしたのではないのか……佳津はそれを見極めようとしている。だから、秘すべきもろもろをもさらけ出す。

「なにか別段《べつだん》の事情があったのでしょうか」

ならば、まず、なにゆえに〝入れちがった〟のかを識《し》らねばならない。

「ございません」

言下《げんか》に佳津は言う。

「別段の事情はございません。ごく当たり前の事情でこのようになりました」

あとは言わずもがなの風だが、直人にはわからない。ごく当たり前の事情とはなんだろう……。

「片岡様はまだお独りですか」

そうと察したのだろう、佳津が訊いた。

「さようです」

「女のご姉妹は？」

「おりません」

「ならば、嫁入りの際の持参金をお知りになる機会もなかったかもしれませんね」

「持参金であれば」

さすがに、それくらいは知っている。

「存じております」

女が嫁す際には持参金を携《たずさ》えてゆかねばならぬ。活計が回らぬ家は、嫁の持参金でひと息つくために縁組を企《たくら》むとも聴いた。

「では、同じ家に娘が幾人か居たとすれば、玉の輿に乗れるかもしれぬのは長女だけなのはご存知ですか」

「いえ」

それもまた持参金に絡《から》んだ話なのだろうが、直《す》ぐには結び目が見えない。

「存じません」

「持参金の額は婚家《こんか》の家格によって定まります。つまり、良縁であるほど高額になるということです」

「ええ」

「実家の山脇の家禄は二百五十石です。旗本としての体面を保つには苦しい高《たか》で、借財を重ねてなんとか日々の暮らしをやりくりしていたのが実情です。もしも相応の持参金を用意するとなれば、手元でどうにかなるはずもありません。新たな借財に頼ることになります」

旗本はおおむね禄高百五十石からである。そこから二百五十石あたりまでの家がいっとう活計に苦労を強《し》いられる。佳津が言ったように、小禄にもかかわらず旗本としての体面を保たねばならぬからだ。

「すでに借財があるところへ無理して大きな借財を背負《しょ》い込むわけですから、二人目、三人目の嫁入りとなると、もう借財じたいがむずかしくなります。ですから、玉の輿に乗ることができるのは家がまだ持参金で疲弊《ひへい》していない長女のときだけで、次女、三女となると、持参金を節約するためにあえて格下の家を嫁入り先に選ぶのが当たり前になっているのです」

その「当たり前」を直人は識らなかった。

「それでも小さくはない額なので、山脇のように、二つちがいの三人の娘を次々に嫁に出すとなると、事情を識る者なら誰もが他人事《ひとごと》ながらもぞっとします。夜逃げさえ危《あや》ぶまれる窮状に陥《おちい》るのが容易に想像できて、身につまされるのです」

幕臣の夜逃げはめずらしくもない。そうと聞けば、山脇の跡取りが急逝したのも三人の姉の嫁入りが残した借財の重みに押し潰されたのかもしれぬし、急逝のあと、親類筋ではなく無縁の家から養子を迎えたのも溜《た》まりに溜まった借財をどうにかするためだったと察せざるをえない。そういう内実《ないじつ》を識らぬまま、持参金のことくらい知っていると思ったいましがたの己れがいかにも愚《おろ》かしく感じられる。

「で、持参金の縛りに促されるままに、長女は書院番家の北澤家に嫁がれ、三女は勘定の藤尾家に嫁いだ」

己れの短慮《たんりょ》を引きずりながらも、直人は話の流れを調えようとした。

「しかしながら、書院番家への嫁入りをいったん置けば、勘定への嫁入りがさほどわるい縁とは思えません。嫁して程なく、藤尾殿は職禄三百五十俵の勘定組頭に就かれている。勘定所は請願の多い役所ですから、職禄が示す以上に内福《ないふく》だったでしょう。逆に、人も羨《うらや》む良縁と観《み》る者もすくなくなかったのではないでしょうか」

永々御目見以上《えいえいおめみえいじょう》を目指していた頃の直人の目標は職禄百五十俵の勘定になることだった。藤尾信久は直人が考えることすらしなかった上席を得ている。

「世間ではそうでしょう」

即座に、佳津は言った。これまで繰り返し、そのことを考えてきた口振りだった。

「ちなみに次女は嫁して十年足らずで病で逝《ゆ》きましたが、嫁ぎ先は小十人の家でした」

小十人は五番方で唯一、騎馬を許されぬ番方で職禄は百俵十人扶持《ぶち》の百五十俵。

とはいえ小十人になるべく定められたおよそ千二百家の小十人筋のなかで番入りできるのはわずか二百家にすぎない。残った千家のうち三百五十家近くは家禄が百俵を下回る。俗にいう〝貧乏旗本〟はこの小十人筋を指す。暮らし向きに限れば、旗本とは名ばかりだ。

「赤貧《せきひん》に塗《まみ》れて逝った次女と比べれば菊枝は別段の身分です。おっしゃるように内福の家であることに加えて、御相手から是が非にでもと望まれての御縁でした。そのあたりの事情はもうお聞き及びですか」

「聞いております」

藤尾正嗣が言った「母と父の子」がよみがえる。

「ならば、わかっていただけると存じますが、菊枝の縁組に限っては持参金も求められなかったのです。その話に及ぼうとすると、信久殿はめっそうもないという様子だったと父から聞きました。ですから、わたくしも繰り返し己れを説き伏せました。別に己れが菊枝の邪魔立てをしたのではない。生まれた順という、動かしがたい理由でたまたまこうなった。それに、菊枝もまた良縁に恵まれたのだ。もはや番方の御世《みよ》でもない。勘定組頭に嫁したと聞けば、おしなべて羨望《せんぼう》の色が洩《も》れる。己れが思い煩《わずら》うことなどなにもないのだ。飽きることなく、呪《まじな》いをかけるように己れに説きつづけたのです」

それは呪いというよりも道理だろう。説けば受け入れる者はすくなくないはずだ。

「でも、駄目でした。なんの効き目もございません。妥当な見方など、毛ほどの役にも立たない。菊枝が己れこそ北澤の嫁にふさわしいと信じている限り、そして、わたくしがその想いを埒外《らちがい》と撥《は》ねつけることができぬ限り、現《うつつ》との落差は広がりつづけて、きりきりと軋《きし》む響きが大きくなるばかりなのです」

いつの間にか佳津から、北澤家の奥の要が持つ重みが消えている。

「今回の厄災はそういうわたくしの想いを裏付けるものでした」

そこからが佳津には本題のようだ。

「菊枝は書院番家の嫁に己れを見ていた。勘定の藤尾信久殿に嫁している己れのほうがまちがいだったのです。すべては、藤尾家の奥になってしまった己れを憎む菊枝の気持ちから発しています」

見てきたように佳津は説く。

「妹御は息子の正嗣殿に母の顔を見せなかったのですが、それもお耳に入っておりますか」

「ええ」

藤尾正嗣の「なにがあっても、かわいそうな人なのだから、で済ますことが習いになった」という言葉はくっきりと刻まれている。心底から得心したわけではない。夫はともあれ、実の我が子はまた別なのではないかという想いはいまなお残る。子の正嗣の気持ちはわかるが、母の菊枝の気持ちはわからない。

「腹を痛めたなどという決まり文句は菊枝には通じません。腹を痛めたからこそ子と認めることはできない。信久殿は元は百姓でした。己れの躰《からだ》が越後の百姓を迎え入れた証《あかし》だからこそ目にしたくもないのです。だから、夫も子も放り置いた」

「ならば、妹御にとって……」

説かれるほどにわからなくなる。が、わからねばならない。

「離縁は望むところ、だったのではないでしょうか。藤尾殿の妻であり、正嗣殿の母であることから解き放たれるのですから」

菊枝が聴いてきたような者であれば、夫のことも子のこともたちどころに忘れ去るだろう。惨劇は起こりようがなくなる。

「菊枝から言い出したのであればね」

間を置かずに佳津は答えた。

「でも、離縁は信久殿から持ち出された。菊枝にしてみればありえぬことです。菊枝は信久殿を夫と認めていない。夫でもない男からなんで離縁を言い渡されなければならぬと勃然《ぼつぜん》としたでしょう」

「わかりませんね」

『勃然』という言葉の強さに思わず唇が動く。

「妻であり母である役割は堪えがたく、放棄して恥じぬが、その座を追われることはもっと堪えがたいということでしょうか」

「おかしいですか」

「いささか」

「あの娘に人並みの理《ことわり》を当てはめても駄目です」

いかにも菊枝をわかってないと、佳津の目が言っている。

「菊枝にはおかしくもなんともない。それだけでも懐剣を手にしたかもしれません」

いちいち得心できぬまま話が進んでいくのは、なぜを追ってから初めてだ。これまでは脈絡がないような事件でも科人《とがにん》の胸裡《きょうり》に分け入れば腹に落ちざるをえない人の理があった。そのやむにやまれぬ理が人臭さを醸《かも》していた。佳津が語る菊枝にはまったく知らぬ臭《にお》いが立つ。

「でも、三年と半年はそうしなかった。なんで、三年半の後だったのでしょう」

「信久殿の病が重くなったからですよ」

知らずに息が洩れて、直人ははじめに察した佳津の目の明るさを疑う。信久が後《のち》添《ぞ》えを得て幸せに暮らしていたならともあれ、脚を失い、目を失って、なんで別れた妻に刺されなければならない。

「信久殿は後添えを迎えなかった。世話をする伴侶が居なかった。世の習いならば、たとえ別れた妻でも呼び戻して力になってほしいところでございましょう。離縁した三年半前とは事情がちがいます」

その限りではそのとおりだ。

「なのに、一向に頭を下げて復縁を乞《こ》うてこない。菊枝にしてみれば、信久殿の病が重くなるほどにまったく頼られぬ己れが浮き彫りになって、世間から貶められることになります」

「そういう話になるのですか」

また、わからぬ話に戻る。菊枝が妻の分を放棄した年月はどこかへ飛んで消えている。

「なりますでしょう」

己れのことのように、佳津は受けた。

「まるで、見せしめにされているようではありませんか」

直人はまだ見ぬ菊枝と佳津が重なるような感覚に囚われる。

「無理を押して長く藤尾の家に居てやった己れに対してあまりに非礼だと菊枝は思ったでしょう。かくなる上は信久殿の重篤《じゅうとく》の状態を断って見せしめを終わらせるしかありません。で、あの日に至ったのです」

直人はいったん佳津の語りから引く。引いて、聴いてきた話はあくまで佳津の恐れのなかでのことだろうと思う。先刻来、耳に気を集めてきたが、菊枝自身が北澤の家に嫁すはずだったと語ったとは、佳津はひとことも言っていない。

「妹御は言葉で、己れこそが北澤の嫁にふさわしい旨《むね》を伝えたのでしょうか」

直人は質《ただ》す。

「そのままの言葉ではありません」

きっぱりと佳津は答える。

「しかし、伝えたようなものです」

澱《よど》みなくつづけた。

「先刻、お話ししたとおり、嫁して以来、わたくしが菊枝の顔を見たのはわずかに二度です。一度は出先で見かけただけなので、顔を合わせて話を交わしたのは、この家に入ったすぐあとに菊枝が遊びに来たときのみでした。わたくしが二十三、菊枝が十九の春です。菊枝にもまだふつうの娘《むすめ》らしいところは残っていて、姉妹らしい会話をしていたのですが、この庭を目にしたとたん、顔が変わっていった」

庭、をか。

「思うに、家の格が目に見えるのは屋敷もさることながら庭です。小禄の家の庭は畑であり薬草園であり作業場ですが、高禄の家の庭は絵です。それも、人がなかに分け入り、巡ることのできる絵なのです。奥山に源《みなもと》を発した水の流れが山を縫い、麓《ふもと》に広がり、海に至る見立てになっていて、己れの足でその見立てをたどることができる。ただし、丹精しなければすぐに荒れた小山に戻り、絵は消え失《う》せます。その丹精を含めて、高禄の家にしか望めぬ庭なのです。菊枝は憑《つ》かれたように春の庭に目を預けていましたが、不意に戻すと言葉すくなになり、急に帰り支度《じたく》を始めました。そして、別れ際《ぎわ》、無言でわたくしの顔を穴が開くほど見つめつづけてから言ったのです。『ぬすっと！』と」

「盗っ人、ですか」

もはや意外には響かない。むしろ陳腐にすら感じられて拍子抜けさえする。

「その言葉も忘れられませんが、いまも忸怩《じくじ》たる想いが蘇《よみがえ》るのは、耳にしたときのわたくしの振舞いです」

話す声に悔しさが滲《にじ》み出る。

「『ぬすっと』が『盗っ人』とわかっていながら、自分の聴きまちがいだと思おうとした。必死になって〝ほんとうの〟言葉を探《さぐ》りました。実は菊枝は『なになに』『なさって』と言って、その『なになに』のほうをわたくしが聴き逃して『なさって』が『ぬすっと』になったのではないか。さらには『茄子《なす》を取って』を『ぬすっと』と聴きちがえたのではないか。季節は春で、茄子なんてないのに、『取って』

は収穫の『穫《と》って』ではなかったかとこじつけ、庭で茄子を育てたらどうかと言ったのではないかなどと足掻《あが》きました」

そこまで語ってから、吐き捨てるように言った。

「菊枝にほんとうに憎まれたと認めるのが怖かったのです」

そして、つづけた。

「でも、その後の菊枝の動きからすれば、『ぬすっと』は『盗っ人』でしかありえなかった。あの日以来、菊枝は一度としてわたくしと会おうとはしなかったのです。それがどういうことか、おわかりになりますか。信久殿との縁組披露の席にもわたくしどもを呼ばなかったのです。そもそも、知らせてこぬのです。それを皮切りに菊枝は次々と家族の絆《きずな》を断ってゆきました。次女の葬儀にも顔を出さなかったし、あげくは、両親を看取《みと》ることもしなかった。父母との縁さえ切ったのです。生前の母から、持参金が要らぬ話に飛びついて自分を百姓に売ったと詰《なじ》られたと聞きました」

それが事実なら、たしかに『茄子を穫って』も笑えまい。

「申すまでもなく、武家は縁戚《えんせき》でまとまってこそ武家です。独りの武家など武家ではありません。縁戚のしがらみでがんじがらめになって初めて武家であり、しがらみの抜けがたさがそのまま、いざというときの支えの強さに繋がるのです。菊枝は情《じょう》においても、また実《じつ》においても山脇の家を壊した。本来なら、いくら菊枝が縁を切りたくとも当主の信久殿が制するはずですが、信久殿は菊枝にはなにも言えなかった。また、信久殿が言って聞くような菊枝でもありません。菊枝は山脇のみならず藤尾の家も壊したのです。その仕上げが今回の厄災です。菊枝が己れこそ北澤の嫁にふさわしいと信じていたとわたくしが判じても無理はないのではないでしょうか」

「無理はないでしょうが……」

直人は返した。

「しかし、それでは妹御は本物の化物になってしまいますね」

「そうですよ」

なんでそんな当たり前のことを訊《き》くのかという風でつづけた。

「あれは化け物です。我《が》の化け物。そう言いませんでしたか」

貴方《あなた》は『美しさという点では』化物と言ったのだ、とは口にしなかった。

翌日から直人は化物ではない菊枝を探し歩いた。が、菊枝の話をしてくれる者を見つけることじたいが簡単ではなかった。

まずは菊枝が娘時代に親しくしていた者を当たろうと、前日、佳津に心当たりを尋ねたのだが、「あの娘と仲良くしていた幼馴染《おさななじ》みが居るとお考えですか」という予期はしていた答が返ってきた。頼りにしていた漢詩の吟社《ぎんしゃ》は主宰者が鬼籍に入ってすでになく、俳諧の宗匠は江戸を引き払って郷里に戻っており、唯一《ゆいいつ》、和歌の師匠とだけ会うことができたが、すでに八十歳を越えたこともあってか菊枝の記憶は曖昧《あいまい》で、居たかもしれぬが定かではない、というものだった。

とはいえ、その答は、苦いばかりではなかった。もしも佳津の語るとおり、菊枝が化物のように美しく、才に溢《あふ》れ返っていたとしたら、いかに高齢とはいえ、すくなくとも居たことくらいは覚えているはずだ。なのに、模糊《もこ》としているということは、佳津の話にも裂け目があるのを示している。まだ脈はある。直人はそう判じて、藤尾の屋敷に奉公していた下女たちを訪ねることにした。もともといっとう話を訊きたかったのは菊枝の暮らしを間近で知る下女だった。一年こっきりの一季奉公だろうから入れ替わり立ち替わりで、ここ十年、二十年のあいだに居たすべての下女の居場所を知るのは至難《しなん》だろうが、そのうち幾人かはいまもどこかの屋敷で下女奉公をしていてもよいはずだ。直人は藤尾の屋敷に使いを送って、出入りの人宿《ひとやど》を照会した。

が、翌々日に届いた書状には人宿の所在地とともに添《そ》え文《ぶみ》があって、この一月の浅草茅町《あさくさかやちょう》からの火事で以前からの店が焼け落ちたため寄子《よりこ》の名簿も焼失したのではないかという危惧《きぐ》が記《しる》されていた。それでも足を運んでみると、たしかに危惧は当たっていたが、番頭が三名だけではあるものの奉公した者を覚えていて、内二名はいまも江戸で下女奉公をしていると伝えた。

最初に会ったのは七年ほど前に奉公したと聞いた松《まつ》という女で、菊枝のことを尋ねると、すっと「わたしにはよかったですよ」と言った。「あとになって、いろいろ奥様のよくはない噂《うわさ》が耳に入りましたが、わたしにはよかったです」。

「どのように」

いきなり、化物ではない菊枝と出逢《であ》えた直人は気負って問うた。

「いろいろ教えていただいて。まだ二十歳《はたち》前でしたので、まるで下女奉公じゃあなくて行儀見習いに出たようで嬉《うれ》しかった。わたしはいま裁縫でなんとか身を立てることができているんですが、それも奥様のお陰です。見よう見まねの我流《がりゅう》を、足袋《たび》底《ぞこ》を縫うところから鍛え直していただきました。厚い足袋底で真っ直ぐ縫えるようになれば、どんなものでも真っ直ぐ縫えるとおっしゃって」

「裁縫は達者だったか」

たしか佳津からも聞いてはいたはずだが、化物と裁縫とが折り合わず、頭から抜けていた。平たい生地を人の躰《からだ》を包む衣に仕立てる裁縫は、化物からいっとう遠い技のような気がした。

「それはもう。解《ほど》いても針目が見えぬほどでした。いまだに奥様よりも上手な縫手《ぬいて》に会ったことがございません」

幸先《さいさき》のいい出だしに気をよくして松の前に奉公していたという佐和《さわ》に会ってみると、しかし、そんな屋敷に奉公していた覚えはないと言った。忘れたのかもしれぬからとにかく思い出してみてくれ、と言っても、忘れたのではないと言い張る。なおも食い下がると、ようやく重い唇を開いて、思い出したくもないのだと洩らした。菊枝が突然怒り出すのだが、なんで怒っているのかが皆目《かいもく》わからない。そんなことが度《たび》重なって、一年と持たずに屋敷を出たらしい。「ですから、あの奥様がどうかと問われても答えようがない。関わりを持たないようにする御方としか申せません」。

どちらがほんとうの菊枝なのだろうと想いつつ話を訊いた三人目の由《よし》は、松のあとに働いていた下女だった。佐和が仕えた化物の菊枝が松のときには化物ではなかったとすれば、由の知る菊枝も化物ではない歩《ぶ》が高くなる。けれど、顔を合わせてみれば由は「関わりを持たないようにする」を地で行っていた。言葉だけは滑らかに並べるのだが、「ええ、ええ、いい奥様でしたよ」の一点張りだ。どのようにいい奥様」だったのかを問うても、「どのようにとお尋ねになられても……とにかく、いい御方でした」としか返ってこない。己れの身に火の粉が降りかかるのを避けているのがあからさまである。まともに訊くのはあきらめて、もう一度あの屋敷で働く気はあるか、と質すと、ようやく顔つきが変わって、無言のまま苦笑いをした。

化物ではない菊枝を化物の菊枝が両側から挟み込んでぎゅうぎゅうと圧《あ》っしているようで、松の言葉で膨らんだ化物ではない菊枝は急に萎《しぼ》んだ。流れは化物の菊枝がくっきりしていく向きで、振り返れば、和歌の師匠の言葉だって二人の下女の言葉と変わらぬように思える。きっと、「関わりを持たないようにする」ための〝居たかもしれぬが定かではない〟だったのかもしれない。直人の胸裡にはみずから手を動かしながら裁縫を教える菊枝がなお生きていたが、その顔はいかにも苦しげだった。

はてさて、これからどうしたものかと思いつつ、由の奉公先のあった明神下《みょうじんした》を北へ歩いた。程なく湯島天神《ゆしまてんじん》の裏門坂《うらもんざか》通りに突き当たったのは、やはり、下谷広小路《したやひろこうじ》に出ようとしていたのだろう。並ぶ露店をひと回りふた回りして、偽系図《にせけいず》売りの浪人、沢田源内の姿を探そうとしたのだ。

去年の三月に最後に出逢って以来、躰が空いたときには、そうするのが習いになっていた。どうせ、もうそこには戻ってこないだろうが、いないのを分かっていても、広小路をぶらぶらしていると、腹の底の底あたりで源内と言葉にならぬ言葉を交《か》わしているようで、なんとはなしに気持ちが鎮《しず》まった。

浮世離れした源内の語りを聞いていると頭がまっさらに近くなって、曖昧としていたなにかが輪郭を結んでいく。それが緒《いとぐち》になって、科人《とがにん》のなぜにたどり着いたことは三度を数えた。当初はそれがために己の記憶に源内が深く残っているのだと思っていたが、頼まれ御用を重ねるうちにそうではないことを悟った。

源内の言葉が直人の胸の裡《うち》に深く分け入ってくるのは、どこでなにをしていようと源内が武家でしかありえないからだった。武家とは自裁《じさい》できる者だ。己れで罪を決め、己れで罰を与える。常に、死の脈動《みゃくどう》と添っている。かつて知ったどの武家よりも源内は死を宿しつつ生きていた。旗本に身上《みあ》がろうとするあまり、己の裡の武家を放り置いていた直人だからこそ、それがわかった。

菊枝を語るとすれば相手は源内でしかありえず、直人はいつものように露店をひとつひとつ回った。いつものように源内の姿はなかったが、もはや、気落ちを覚えることはなかった。その営みはいつしか源内を探すというよりも、見抜く者として独り立ちするための儀式になっていた。源内とはちがう顔を見届けるたびにいちいち覚悟を求められて、萎《な》えかけた気に芯が通るのだった。

その日も御利益《ごりやく》はあった。露店を巡るうちに、己れがなんで化物ではない菊枝を望んでいるのかが、水に落とした石の波紋が岸に触れるように察せられた。そして、その答は、御役目に励んで片岡の家を永々御目見以上の家筋にすることしか眼中になかった直人が、頼まれ御用を受け、惹《ひ》かれ、そして去年の暮れ、ずっと徒目付でやっていくと腹を据えるに至った理由に、以前よりももっと強い光を当てもした。

もしも今回の事件のなぜを追って、行き着いた先が化物の菊枝であったとしたら、なんにもならぬと直人は感じてきた。広小路の露店巡りは、なんで、なんにもならぬのかをくっきりとさせた。菊枝は己れが北澤家の嫁になるはずだったと思い込んだまま、夫を殺《あや》めた罪を露ほども感じずに刑を受けるのだろうし、藤尾正嗣は母の菊枝のみならず、この期《ご》に及んでも菊枝をかわいそうな人なのだからと思おうとする己れをも赦《ゆる》せずに残りの生を生きるのだろう。科人も被害者の家族も、直人が見抜く前となにも変わらないことになる。

今回は表の御用だ。なぜを解明しさえすれば御勤めとしては済むのかもしれぬ。が、それでは、直人が永々御目見以上の宿願を捨ててまでなろうとしている見抜く者ではない。なぜは解き明かせたかもしれぬが、見抜く者としてはなにも果たせていない。科人の裡に棲《す》む鬼《おに》を追い遣《や》って罪ある己れを悟らせ、残された家族に科人と自らへの赦しの機会を供してこそ見抜く者だ。よしんば、信久を殺めたときの菊枝が化物であったとしても、冥土《めいど》へ渡るときは化物ではない菊枝でなければならない。

そうと見渡したとき、菊枝のことはひとまず措《お》こうと直人は思った。このまま突き進めば化物の菊枝が待つ擂鉢《すりばち》の底へひたすら墜《お》ちて行きそうだ。ここはいったん置いて、藤尾信久が離縁をした理由を追おう。わざわざあの時期を選《よ》って申し渡したのも不可解なら、『同じ墓に入りたくなかった』という物言いもいかにも座りがわるい。その先に化物ではない菊枝が居るかどうかは皆目わからぬが、とにかくいまとはちがう景色は開けるだろう。その景色が化物の菊枝を化物ではない菊枝に戻してくれるかもしれない。

直人は夏でも黒門前《くろもんまえ》の青空にひるがえる菅凧《すがだこ》を見上げてふーと息をつくと、その足で藤尾の屋敷を再訪することにした。忌明《いみあ》けはまだ先だから正嗣は居るはずだ。なにはともあれ、信久が言った『同じ墓』がどこにあって、どういう墓なのかを知りたかった。

「墓については、もうずいぶんと以前に父から言われておりました」

不意の訪問なのに、待たされることもなく正嗣は現れた。待ち構えていたようですらあった。

「故郷の越後《えちご》に葬《ほうむ》ってほしいとはっきり頼まれました。忌明けを終えたら御許しを願い出て越後へ向かうつもりです」

「越後で埋葬ということは……」

「火葬です。江戸の火屋《ひや》で御骨《おこつ》にしました」

「火葬、なのですね」

火屋とは火葬場のことで、直人にとっては意外だった。取り立てて考えることもなく土葬と想っていた。江戸でも火葬はあるが土葬のほうが遥《はる》かに多いし、『同じ墓に入りたくなかった』という言葉からも、御棺のまま土の下で隣り合う図が浮かんだ。

「越後ではもっぱら火葬のようです。奇妙に聴こえるかもしれませんが、父が故郷を語るときは決まったように火屋の話になりました。子供の時分は怖くもあったので、はっきりと覚えています」

「さようですか」

火葬の話をする正嗣の口調は軽かった。怖くはあったが、それ以上に、父の大事な思い出話なのだろう。

「父は火屋を三昧《さんまい》と呼んでいましたが、田圃路《たんぼみち》を小半刻《こはんとき》も歩けば二つは三昧を目にしたそうです。大きさは畳六枚ほど。北国なので雪の重みに負けぬよう、しっかりと切出し石で組み上げて、屋根も瓦《かわら》で葺《ふ》かれていたと聞きました。そこに据え置かれた火床《かしょう》で余所《よそ》の手を借りずに村の者たちで御骨にする。不謹慎かもしれませんが、そういう話なのに、語っている父は楽しそうでした。きっと、父も子供の頃はどきどきしながらそこを通り抜けたのではないでしょうか」

話すほどに正嗣の顔が和《やわ》らぐ。

「歩き慣れたいつもの田圃路です。どこにどんな草が生えているかまで知っています。でも、三昧が見えてくると、いつもの路がいつもの路でなくなるのだそうです。この世とあの世との間《あわい》がゆらゆらと揺れて、一歩踏み入れると、あっちへ行ったきりになってしまいそうな想いに囚われる。誤って〝間〟に触れぬよう、路の反対側に寄って足早に通り過ぎたと言っておりました。過ぎてもしばらくは胸の鼓動が収まらない。でも、また、三昧のある路を往《ゆ》かずにはいられない。〝間〟を察したときの魂の震えが忘れられずに、引き寄せられるように足が向かってしまうのだと繰り返していました」

だから、故郷の思い出といえば三昧のある路が出てくるのだろう。水原の元締手代上がりの勘定組頭《かんじょうくみがしら》、藤尾信久の子供の頃が目に浮かぶようだった。

「越後には行かれたことはございますか」

三昧のある路を歩いてみたいと思いつつ、直人は問うた。

「いえ、まだです」

直ぐに正嗣は返した。

「それがしには語りましたが、父はなるたけ家では越後のことに触れないようにしておりました。越後に触れれば己れの出自《しゅつじ》に触れることになるからか、母の前ではいっさい越後という言葉を出さぬようにしていたのかはわかりません。おそらくはその両方だったのかもしれません」

大事なものは大事さをわかってくれる相手だけに伝えたい。解《かい》そうとせぬ者に語れば大事さが毀損《きそん》する。おそらく、子供の正嗣もまた父の話を聴きながら、三昧のある路の〝間〟に震えたのだろう。折に触れて正嗣にだけ三昧の話をしたのは、息子だからという理由だけではあるまい。

「すると、まだ父上の話で聞いただけで、三昧を目にされたことはないのですね」

「ええ、三昧も、藤尾家代々の墓もまだです。越後で大きな法事があってどうしても外せぬときは、父独りで行っておりました」

風がすっと動いて、正嗣は薬草の庭に目を遣る。そして、おもむろにつづけた。

「こんな話をしてよいものかどうか……」

キキョウとゼニアオイはまだ咲いている。

「お話しいただけるなら、なんであれ、ありがたく」

雲を摑《つか》むように直人は話を訊いている。己れの問いが的を射ている自信はまったくない。正嗣のほうから話してくれるなら願ってもなかった。

「どうということもない話なのです。庭の花が目に入って、父が語っていたことを思い出しただけで」

「けっこうです」

どうということもない話ほど良い。

「焼いた御骨ですが、すべてを骨壺《こつつぼ》にお納めするわけではないようです。目ぼしい御骨だけを砕いて納め、残りは三昧の傍《わき》にある灰捨て場に撒《ま》くらしい。もうずっと、何代にもわたってそうしてきているので、その灰が肥《こえ》になって辺《あた》りの樹々《きぎ》が大きく育ち、季節には花が咲き乱れるのだそうです。一面の田圃のなかに三昧の周《まわ》りだけがとりどりの色で溢れていて、得《え》も言われぬほど美しいと語っておりました」

三昧が育《はぐく》む花畑。疑いなく「得も言われぬほど美しい」だろう。

「見てみたいものですね」

「ええ、ですが……」

ためらう顔つきを浮かべてから正嗣はつづけた。

「あるいは、それがしも、また片岡殿も見ているかもしれぬのです」

瞬間、正嗣がなにを言わんとしているかがわかった。

「この庭が！」

直人はキキョウとゼニアオイに目を遣る。そのつもりで見れば、黄花《きばな》のカタバミや白いシラヤマギクも揺れている。

「そうと父が言ったわけではありません。それがしが勝手に想っているだけです。それも先日、片岡殿とお会いしたあとでふっと浮かんだ。実は、それがしはこの庭を薬草の庭とばかり思い込んでいて花に目が行っていなかったのです。あの日、片岡殿に花を見事と言っていただいて、そうか、花か、と思った。むろん、灰はありませんが、父は田圃路の花畑を目に浮かべつつ手を動かしていたのではないか、と。越後へ行ったら、まず三昧へ寄ってたしかめてくるつもりです」

そして、くっきりと言った。

「それがしは越後の水原から出てきて勘定組頭にまでなった父を心底《しんてい》より敬っております。越後では、大番家《おおばんけ》の血を引く己れではなく、越後の百姓の血を引く己れを確《しか》と見届けてきたいと思っております」

ここまでの話だけでも、ずいぶんと『同じ墓に入りたくなかった』に奥行きが出てくる。

三昧のある路は信久の大事な場処だった。江戸にあって振り返れば、折に触れて和《なご》む場処でさえあっただろう。幾つになっても三昧のある路を思い出しさえすれば、あの〝間〟が揺らぐ。そして魂が震える。そうやって、いつでも田圃路を往く己れに還《かえ》ることができる。でも、その震えは子供の時分とはずいぶん変わっていたのではあるまいか。

おそらく、子供の信久は幾度となく陽炎《かげろう》の向こうに何人もの人影が揺れる三昧を目にしたことだろう。そのとき震えを占めていたのは、得体《えたい》の知れぬ昂《たかぶ》りを伴う恐れだったはずだ。でも、江戸へ出て、四十になり、五十になり、六十を越え、病を得て、三昧の火床に横たわる己れが近づくに連れて恐れは消え、包まれるような心地《ここち》に変わっていったのではないか。むしろ、先人たちの滋養を得て花が咲き乱れるそここそが己れが還るべき場処であり、安んずる場処であり、赦される場処となったのではなかろうか。〝間〟に震えながら、己れも樹々の、花の、糧《かて》になるのを願ったのではないか。

ならば、そこへ還るのは独りだ。どこまでも独りだ。だから信久は菊枝を離縁し、致仕して越後へ還ろうとした。が、すでに遅く、病は越後への旅を許さなかった。信久は独りで越後に葬られたかっただけで、菊枝とは関わりなかったことになる。もしも信久がいよいよ菊枝を疎《うと》ましくなって離縁を言い出したと菊枝が想《おも》い込んでいたとしたら、それは見当ちがいだと言うことはできる。

とはいえ、確証はなにもない。ただの想察《そうさつ》といえば想察だ。それを説きさえすれば直ちに菊枝の裡の鬼が逃げ出す話でもない。が、北側の明《あか》り採《と》り程度とはいえ窓は開いた。その窓からまたどこかへ抜けられるかもしれぬと直人は已れを奮い立たせたが、しかし、それはいかにも甘かった。

動くほどに痛感させられるのは、二人を識《し》る人のあまりの少なさだった。

菊枝はともあれ、信久は勘定組頭だ。いかに勘定所が当人の力本位の役所とはいえ、交わりを手狭《てぜま》にして就ける御役目ではない。信久のように武家の親類がないなら、勘定所勤めの家から嫁を取り、新たな縁戚づくりに努めるのが常道だ。代官所の元締手代から勘定組頭に身上がったと聞けば、誰もが勘定所と関わる権家《けんか》と太い糸を持ったと観るだろう。おのずと交わりは手広になっていくはずだが、実際の信久は番方の大番家から嫁を迎えた。それも、人との縁を次々と断つとされる菊枝を迎えた。みずから縁戚の支えを捨てたと言ってよい。おのずと御用を終えたあとの交わりは狭まっていく。信久の勤め振りについてなら誰でも語ってくれるが、御役所の外の信久を語る者は誰も居ない。

「なのに、どうして勘定組頭になれたのでしょう」

誰もが不思議でならぬことを、直人は幾度かの御用を通じて面識のあった勘定組頭の筆頭格、三谷一利《みたにかずとし》に尋ねた。

「勘定所は大所帯です」

一利は箸《はし》を動かしながら答えた。日本橋室町《にほんばしむろまち》一丁目は高砂新道《たかさごじんみち》にある押鮨《おしずし》屋「岸福《きしふく》」である。室町は三丁目にも浮世小路《うきよしょうじ》なる細長い横丁《よこちょう》があって、分け入れば御城《おしろ》の間近であることを忘れる。

「ですから、勘定組頭も十人から居《お》ります。これが二人とか三人だったら、おそらく藤尾殿が勘定組頭の席に就くことはなかったでしょう。縁戚を固めた勘定が他にいくらでもいますからね。当人も旗本の勘定になれただけでも僥倖《ぎょうこう》という風で、内示があったときはたいそう驚いた様子でしたし。十人余りの勘定組頭の一人だったから、なれたのだと思います」

この人は酒をやらない。胃の腑《ふ》も弱く、暑気《しょき》に当たるとたんに食が細る。で、午《ひる》を共にするとなると、「岸福」の押鮨が多くなる。五十二歳の働こうとせぬ胃が酢飯《すめし》と酢で締まった魚を歓《よろこ》ぶ。

「それでも、十人余りの一人になるのは容易ではありませんね」

「岸福」を選ぶのは魚河岸《うおがし》の近くで素材がとびっきりであることに加えて、他の店の御品書きには載らぬものが味わえるからだ。今日の膳《ぜん》に乗るのは鯛《たい》の香《こう》の物《もの》鮨で、皮を引いて薄切りにした鯛と小口切りにした沢庵《たくあん》漬《づ》けを酢飯に混ぜ合わせ、半日ほど重石《おもし》をかけてからふつうの飯のように椀《わん》に盛る。直人の好物でもあるが、御用で喰うときはあまりよく味がわからなくなる。

「それはもちろんです。藤尾殿だからこそですよ。勘定所には〝藤尾に聞け〟という符牒《ふちょう》のようなものがあったくらいです」

「〝藤尾に聞け〟ですか」

「博覧強記《はくらんきょうき》なのです。御用の周《まわ》りならなんでも覚えているし、なんでも識っている」

すっと答えてから、ああ、なんだかんだ言って、やっぱりここの鮨は腹に入りますね、とつづける。一利くらいになると高価な膳も御馳走《ごちそう》にはならない。弱った胃に入るものが御馳走だ。

「それがしは勘定所は大きなことをやる役所であると承知しています」

話は鮨から急に跳ぶ。この人の語りはしばしば跳ぶ。

「ええ」

それは疑いない。勘定所は幕府を延命させている。

「大きなことをやるには、小さなことをきっちり詰めるのが必須《ひっす》です。勘定所に些《さ》事《じ》はない。どんなに細かなことでも手抜きなく仕上げてこそ勘定所です。で、あれはどうなっているとか、あれと比してどうだとか、あれの前例はどこにあるとかいう、大量の〝あれ〟が日々生まれるわけです。〝あれ〟が〝あれ〟を生んだりもする」

澄まし汁のように味噌が薄い蜆汁《しじみじる》を吸ってからつづけた。

「誰かにその大量の〝あれ〟を尋ねたとしたら、三割即答できれば天才、五割を答えたら神か仏です」

役所はちがっても意味するところはわかる。

「藤尾殿は五割を軽く超えて答えた。神か仏の上なのですから、それは十人余りの一人にもなるでしょう」

説き方がさすが勘定組頭の筆頭格だ。

「想うに、時の代官が越後の水原から藤尾殿を連れ帰ったのも、だからこそでしょう。あんな人をいつも手足のように使っていたら仕舞《しま》いには独りではなにもできなくなってしまいます。おそらく藤尾殿は江戸へ出るつもりはなかったのではないでしょうか。慣れぬ江戸で普請《ふしん》役から苦労するよりも、地元で元締手代をやっていたほうが遥かに内福な暮らしができますからね。あるいは元締手代といえども武家の肩書はいまなお輝いていたのかもしれませんが、すんなりと出てきたわけではないでしょう。ともあれ、それが勘定所にとっては大きな土産《みやげ》になった。病だから仕方ありませんが、藤尾殿が致仕したときはそれは痛かったですよ。三年が経《た》ったいまでも〝藤尾に聞け〟が使えたらなあ、と思うことがしばしばあります。と言っても跡取りがいけないということではありませんよ。正嗣殿はそういう別段の役回りではなく、勘定らしい勘定が勘定組頭らしい勘定組頭になったということです。なかなかの若手ですよ」

あらかじめ少なめに頼んだとはいえ、鯛の香の物鮨は残りひと口分になっている。この前は、「岸福」のあと、浮世小路の入り口近くにある餅菓子《もちがし》屋へ寄った。酒を受け付けない人らしく甘党で、饅頭《まんじゅう》の皮を薄く剝《は》いだ朧《おぼろ》饅頭を好む。

「じゃ、行きますか」

最後のひと口分を腹に送ると、一利は茶も飲まずに腰を浮かした。茶は朧饅頭のために取っておくらしい。

「ところで、去年の年の瀬の件ですがね」

肩を並べて往来《おうらい》を歩き出すと、早速、一利が語りを再開した。

「はあ」

急に「去年の年の瀬」と言われても心当たりはないが、藤尾信久になにかがあったのだろうか。

「片岡殿は勘定所への役替《やくが》えを断わったそうですね」

耳には入ったが、頭が付いていかない。

「いやね、あの話の言い出しっぺはそれがしなのですよ」

「役替え」の言葉がようやく輪郭をとって、ゆっくりと昨年末の内藤雅之の言葉がよみがえる。

「……ふた月ばかり前に、勘定所のほうから打診があってな。片岡を欲しいと言ってきた。こっちは、おめえは出せねえと伝えて仕掛かりになっていたんだが、今回、はっきりとつぶした……」

あのときは勘定所の誰からとは聞いていなかった。

「それは存じませず……」

「いえいえ、恩を着せるために持ち出したわけではありません。ただ、できたら、ちょっとお伝えしておきたいことがありましてね」

声の色は「岸福」に居たときとまったく変わらない。

「といっても、きちんと形を踏んで申し入れるのもいかがなものかと二の足を踏んでいたら、片岡殿のほうから藤尾殿の話を聞きたいということだったので。ま、それがしにとってはその機にというわけで、唐突で恐縮ですがこうしてお話ししています」

まさか、あの話の源《みなもと》が三谷一利だったとは。

「といっても、話は直《す》ぐに終わります」

さて、なにか……。恨《うら》み言《ごと》を口にする人ではないと思うが。

「去年は不調に終わりましたが、こちらはいまも門を閉ざしてはおりません。そういうことであります」

間《ま》を空けずにつづけた。

「ああ、なんらかの返事をしていただく必要はありません。期限のようなものもありません。心に留め置いてもらえればけっこうです。また、気が変わるときがあったら言ってください。じゃ、その話はこれで打ち切りということで、入りましょうか」

そうして餅菓子屋の暖簾《のれん》をくぐり、朧饅頭と茶を頼んだ。

「薯蕷《じょうよ》饅頭も味は好きなのですが、口に入れたときに薄皮が上顎《うわあご》に張り付く感じがなんとも気色《きしょく》わるくてね」

薯蕷饅頭は米粉《こめこ》とすりおろした山芋を練り合わせて皮をつくる。茶席に出る饅頭はあらかたが薯蕷饅頭だ。

「その点、朧饅頭は表の皮が最初からありませんから」

路上での話はなかったかのようで、それが直人にはありがたい。

「ですから、交わりは狭くとも評判はわるくなかったですよ」

この人らしく、脈絡なく藤尾信久の話に戻る。

「それはそうでしょう。誰も藤尾殿に付き合いのよさや座持ちのよさなんぞを求めてはいません。〃あれ〃に即答してもらえさえすれば、他のことなどどうでもよいのです。立派な硯《すずり》が目の前にあったとしたら、誰もが想うのは墨の摩《す》り心地《ごこち》でしょう。皿としてどうかとか、重石としてどうかなどとは想わない。それと同じです」

一利ではなく己れのほうで路上の話があとを引くかと危惧したがそれもない。信久についての語りは淀《よど》みなく入ってくる。己れの裡で役替えの件がすっかり終わっていることを、直人はあらためて悟った。

「おそらく片岡殿がお知りになりたいのは勘定所での素《す》の藤尾殿なのでしょうが、そういうわけでけっこうむずかしいです。硯は硯としか言えんのです。御役所でいっとう藤尾殿と近かったのはそれがしということになりますが、それとてあくまで比べればの話で、御用の外の藤尾殿はほとんど見ていません。御人柄《おひとがら》は御用を共にすればこそよく伝わって、なににつけ抑制が利《き》いた、仕事仲間としてはたいへん助かる方だった。いや、人というのは一緒に飯を喰ったくらいではなんにもわかりません。飯を共にする分にはいい人間だった者が、一緒に仕事をしてみるととんでもなかったということがままあります。利害を一《いつ》にして共に御用を勤めてみて初めて人の地がわかる。藤尾殿はその点、申し分のない方でした。いくら肩に重石がかかっても、いっさい変わることがないのです。片岡殿のようにね」

それを言うなら一利こそだ。胃の腑の弱ささえ、強靭《きょうじん》さの裏返しと映る。

「しかし、それがまた藤尾殿の素をよけいに見えなくしました。私《し》を語らぬのです。苦労話の類《たぐい》など聞いたことがない。なので、藤尾殿が別段の問題を抱えているようには映らなかった。正嗣殿と父子《おやこ》で勤められていたこともあって、家のほうも含めて順風とばかり想っていました。病のことも致仕が近くなって初めてそうとわかったくらいです。いまから振り返ればなにも見ていなかったということになるのでしょうが、当時は気づきようもなかった。とりわけ御妻女のこととなると、いっさい語ることはありませんでした」

「正嗣殿の子供時分の話はどうでしょう。聞かれたことはありますか」

喘息《ぜんそく》には蓋《ふた》をして、直人は問う。

「いや」

ちゃんと記憶をたどってから一利は答えた。

「なかったですね。なにかありましたか、子供の頃に」

どうやら信久は一利に正嗣の喘息の悩みを洩《も》らしてはいないようだ。

「いえ、自慢の子息のようなので。父の顔が洩れ出ることもあったかと」

もう一度、思い出す風を見せてから言った。

「やはり、ありませんね」

ならば、菊枝のことも一利には語るまい。だからといって落胆はしない。初めから、信久と一利とのあいだに深い交わりがあるとは想っていなかった。信久が職場においてしっかりと居場所を築き、家での問題を窺《うかが》わせることなく御用を勤めていたのがわかっただけで十分だ。そこに化物でない菊枝は居ないが、化物の菊枝もまた居ない。

「ああ、そういえば……」

朧饅頭の皿を空にした一利が言う。

「正嗣殿のことではないが、御妻女の関わりでは一度だけ話を聞いたことがありました」

茶を含んでからつづける。

「なんでも藤尾本家の家長が亡《な》くなったということで、葬儀のために越後へ赴《おもむ》いたことがありましてね。終えて江戸に戻られたときに挨拶《あいさつ》を受けたのですが、そのなかのことだったので申し訳ありません、記憶に埋もれていました」

「いつのことだったでしょう」

「致仕する半年ばかり前です。病からして、長旅ができるのもあれが最後だったでしょう」

「で、なんと」

「話の流れのなかで出た言葉なので、定かではないのです。言葉を正しく写そうとすれば、おそらく誤ることになるでしょう。で、言葉ではなく意味合いをお伝えすれば、御妻女にとって好ましいようなことを考えついたという話だったと思います。あるいは、わるくはない程度だったかもしれぬが、それがなにかは聞いておりません。藤尾殿もそれがしに伝えるというよりは、たまたま流れで話に出てしまったというところだったでしょうし、それがしもあくまで帰府《きふ》の挨拶として聴いていました。あのまま埋もれてしまってもおかしくなかったのに、なぜか頭をもたげたという程度に受け止めてもらったほうがよかろうかと思います」

「わかりました」

直人にとっては想いも寄らぬ収獲だった。信久がなにを為《な》そうとしていたのかはわからぬが、致仕する半年前といえば離縁を言い渡した頃と重なる。その期においても菊枝のことを気に掛けていたということだ。場の流れで洩れ出たとはいえ、けっして私を語らぬ信久の唇から洩れたとなれば軽い話ではあるまい。

それに話は越後の葬儀から戻ったばかりで語られた。きっと、墓と関わっているはずだ。これで『同じ墓に入りたくなかった』にまた表情が出る。あとひとつかふたつか、こんなことがあれば暗い路を抜けられそうな気さえする。でも、そのひとつかふたつがどうやって手に入るのかはまったく見えなかった。


頼まれ御用のときは、振ってくる内藤雅之があらかじめ仮説を組むのに要る材料を用意してくれていた。おまけに、材料の山をどんと目の前に置くのではなく、出すべき材料を出すべき順番で出してくれたし、考えずともよいことを考えずともよいと曖昧さを残さずに言い切ってくれもした。

時も手間もかけずになぜの的を射抜かなければならない直人にとっては、なにを考えねばならないかを示されることにも増して、なにを考えないでよいかを告げられるのが助け舟になった。そこは手を着けずともよいのだと、見切ることができる安堵《あんど》感はすこぶる大きい。それによって蓄えられた力を、本筋に振り向けることもできる。だからそうと思い知らされることが重なると、雅之に導かれているような気になったものだ。

でも、いまは雅之が差し向けてくれる舟はない。己れの力だけで要る材料を要るだけ集め、要らぬ材料を除《の》けなければならない。直人は雅之が居てくれたらという想いを封じて、一縷《いちる》の望みをかけられそうな相手を訪ね回った。が、一縷は文字どおり一縷でしかなく、いとも簡単に切れた。もとより表の御用とて際限《さいげん》なく時をかけられるわけではない。長くてあと半月、八月の半ばまでだろう。その日も外神田《そとかんだ》で空振りを重ねた直人は、例によって下谷広小路へ身を置いて気を立て直そうとした。が、御成道《おなりみち》を北へ往き、上野北大門町《うえのきただいもんちょう》に突き当たった処《ところ》ではたと足を停めた。そして、源内頼みもここらまでだろう、と思った。

そこを右へ折れればもう下谷広小路だ。数歩、足を動かすだけで、いつものように沢田源内の居ない露店を巡って仕切り直しができる。が、己れはいま不器用に躰《からだ》を動かして内藤雅之の導きから抜け出ようとしている。ならば、居ないとわかっている源内を広小路に探す独り立ちの儀式も、そろそろ仕舞にする頃合《ころあい》だろう。

直人は知らずに抗《あらが》おうとする躰をえいやと左に向けて湯島天神裏門坂通りに歩を進めた。とはいえ、行く当てはない。広小路に替わる場処はない。せめて〝困ったときの不忍池《しのばずのいけ》〟で気散《きさん》じを図ろうかと同朋町《どうぼうちょう》の角を曲がりかけたが、池之端仲町《いけのはたなかちょう》の雑踏が目に浮かんで、床店《とこみせ》の並ぶ通りをそのまま行った。

床店の一軒に毛鉤《けばり》を扱う店があったのを思い出したのは角から数歩足を運んだ頃だ。手間を惜しまぬ細工の物をそろえていて、二度ばかり鮎《あゆ》用を求めたことがある。あそこなら、とりあえずひと区切りにはなるかもしれない。ちょうど、テンカラ釣りをやってみようかと思っていたところでもある。浮きも錘《おもり》も付けず、竿《さお》と糸と毛鉤の削《そ》ぎ落とした仕掛けだけでアマゴやイワナを狙《ねら》う漁師釣りだ。行く手を見遣れば今日もささやかではあるが幟《のぼり》も立っている。直人は強引に己れを渓流の釣り師に仕立ててぐずっていた足を捌《さば》いた。

「そこの武家」

脇《わき》から声が掛かったのは、床店の前に立ったときだ。

「歌集は要らんか」

目を向けずとも誰かはわかった。

「ここでしか得られんぞ」

床店は露店ではないが移動はできる屋台のような店だ。その床店と床店のあいだに茣蓙《ござ》が敷かれて、座した沢田源内が笑顔を寄こしている。源内の前には大本《おおほん》の書籍が置かれているが、一冊のみだ。それが「歌集」なのだろう。

「和歌をやるのか」

懐《なつ》かしさが過ぎて、「久しいな」とかの文句が出てこない。

「いや、やらん」

「見れば一冊のようだが、ずいぶん売れたのか」

胸の裡はこれまでどうしていたのかを知りたくてはちきれそうなのに、成り行き上、昨日の今日、会ったかのような台詞《せりふ》ばかりが出てくる。

「置くのは一日一帖《じょう》のみだ。そして、売り物ではない」

源内は変わらずに飄然《ひょうぜん》と答える。

「売り物でなければなんだ？」

そのわるびれぬ口調を嬉しく聴きつつ直人は問うた。

「供養《くよう》である」

「供養」の言葉に促されて膝《ひざ》を折り、莫蓙の上の「歌集」に目を注ぐ。中の料紙《りょうし》を二つ折りにして綴《と》じた袋綴《ふくろとじ》ではなく、折ったほうを綴じて表裏《おもてうら》を使えるようにした列帖装《れつじょうそう》の体裁になっている。歌集本来の装丁になっているということだ。ならばたしかに「一冊」でなく「一帖」だろう。料紙も両面使っても墨が透《す》けない貴重な雁《がん》皮紙《ぴし》を使っており、いよいよ本式だが、表紙は紺紙《こんし》金泥《こんでい》ではなく料紙と同じ紙を使った素地《そじ》表紙で、ちぐはぐと言えばちぐはぐである。その雁皮紙ならではの卵の殻《から》色をした表紙には、墨字で「羽林家《うりんけ》晶子《あきこ》歌集」と記されている。どうやら、その墨字を表紙に黒々と入れたいがために素地表紙にしたらしい。

「羽林家というのは、あの大臣家《だいじんけ》に次ぐ公家《くげ》の家柄の羽林家か」

直ぐにでも聞きたいことを聞けぬ流れをもどかしく感じつつ直人は問う。

「さすがだな」

掛け値なしの顔つきで源内が返した。

「羽林家の文字から堂上家《どうじょうけ》を想い起こす武家など、この江戸にはおらんぞ」

堂上家とは帝《みかど》の居所である清涼殿《せいりょうでん》への昇殿を許される家格の公家を指す。武家ならば御目見以上と言えようか。その堂上家のなかでも、内大臣《ないだいじん》より上には就けぬが大納言《だいなごん》までは昇任できる家格が羽林家で、たしか二十三家あったはずだ。かつて御所の改修の絡《から》みで遣り取りを吟味したとき、その界隈《かいわい》のことを学んだ。歌集の装丁も往時《おうじ》の〝習わぬ経〟で、直人が歌をやるわけではない。

「だいたい、『うりんけ』とは読めない」

源内はつづける。

「『はねばやしけ』とか『はばやしけ』とか読むのがオチだ」

「俺も最初は『はねばやしけ』と読んだ」

言われるとおりだった。

「そうか、俺は『はりんけ』である」

二人して笑うと、いよいよ酷《むご》い暑気を忘れる。どんな処にも彼岸はあると想わせてくれる沢田源内の抜けた笑顔は健在だ。むしろ、さらにくすみが取れたようにさえ映る。

「おぬし、この一帖の供養が済めばここを空けられるのか」

直人は問う。またいつ会えるかわからない。今日はちゃんと話をしたい。振り返れば、いつも立ち話のようなものだった。

「ちょうど、ひと息入れようと思っていたところだ」

「俺は和歌をやらぬが、そういう者の供養でもよいか」

「願ってもない」

あれからどうしていたのかもさることながら、こういう成り行きになってみれば羽林家の者らしい女人《にょにん》が源内とどう関わるのかも気になるし、なぜ歌集を売るのが供養になるのかも知らずには収まらない気がする。もしも源内の顔が心なしか晴れやかになったのが誤まりでなかったとすれば、その理由も知りたい。直人はことわりを言って場を外し、隣の毛鉤屋の傍で財布にあった銭を除いた貨幣を懐紙《かいし》に包んでから戻って言った。

「心ばかりではあるが、弔慰《ちょうい》ということでお収め願いたい」

歌集の傍《かたわ》らに慎《つつし》み置く。

「痛み入る」

源内は手を合わせてから歌集を丁寧に桐油《きりあぶら》の紙に包み、直人に差し出す。様子はまさに供養で、直人は頭《こうべ》を垂《た》れて受け取りながら、ふっと、和歌を嗜《たしな》まぬ己れに後ろめたさを覚える。

「では支度をする。といっても莫蓙を丸めて隣の毛鉤屋に預けるだけだがな」

源内は立ち上がり、つづけた。

「おぬし、歩くのは苦にならんか」

「このところ歩いてばかりいる」

「ならば、向島《むこうじま》まで戻るので付き合わんか。川向こうまで行けば桜並木の樹陰《じゅいん》が出迎えてくれる」

午はとうに過ぎたが、陽はまだ高い。

「いまは向島か」

「別荘の留守番だ。俺は別棟《べつむね》の小屋で寝泊りしていて、一日一回、母屋《おもや》に風を入れる」

「その別荘を見たくなった」

話すなら茶屋でも飯屋でもないような気がしていた。できれば人の疎《まば》らな処で話したかったし、風が抜ける処で話したかった。とはいえ、ではどこなのか、が想い浮かばない。言われてみれば、川向こうの別荘までの路すがらはまさにお誂《あつら》え向《む》きだった。

「では、参ろう」

そうして直人と源内は湯島天神裏門坂通りをあとにした。

源内の足に導かれるまま下谷広小路から山下《やました》へ抜け、浅草へとつづく新寺町通《しんてらまちどお》りを往く。けれど、なかなかお誂え向きの路すがらにはならない。言葉は交わすものの、この夏はひときわ暑かったとか、本願寺《ほんがんじ》が建て替え成ったせいか人の流れがずいぶん増したとかいった話ばかりだ。大川橋《おおかわばし》を渡るまでに、あれからどうしていたのかだけは聞き終えておきたかったのだが、その端緒《たんしょ》にも着かない。

稲荷町《いなりちょう》を過ぎ、浅草田圃の遊水を抜く新堀川《しんぼりがわ》を渡り、浅草本願寺の門前に蝟集《いしゅう》する岡場処を遣り過ごす。それでも、なんら変わらない。木の香も新しい本願寺をすっかり背にしたとき、直人は源内みずから口を開くまでは問うまいと腹を据えた。一年半ばかり前に源内と最後に会ったときのことがずっと胸底にあって、無理に訊《き》き出そうとするのを制した。

昨年の三月、場処は柳原土手《やなぎわらどて》の柳森稲荷《やなぎもりいなり》だった。そこに評判を取っている屋台の蕎麦《そば》屋があると耳に挟んで、すこし腹をよくしようと、例によって頭がまとまらぬときに足を向けてみたのだった。着いてみると、屋台は蕎麦屋一軒ではなく煮売り屋やおでん屋もあって、いくつか並んだ床机《しょうぎ》に七、八人が座って蕎麦を手繰《たぐ》ったりチロリを傾けたりしている。その様子を目にするうちに蕎麦前《そばまえ》が欲しくなり、屋台の奥で顔の見えぬ蕎麦屋の店主に「つまみはなにができる」と声をかけた。と、「今宵《こよい》は青柳《あおやぎ》だな。黒江町《くろえちょう》の本場ものだ」という商売人らしからぬ声色《こわいろ》の返事が戻ってくる。思わず奥を覗《のぞ》き込むと、そこには沢田源内の顔があって、おう！　と声を上げると、おう！　と返ってきたのだった。

屋台をやっているからには、あの「多町一の比丘尼《びくに》」のヒモはやめたのかと尋ねると、「ヒモは終わった。しかし、女とはいる」と答える。「あの生業《なりわい》をつづけておれば、もとより常につつがなくというわけにはゆかぬ」。あくまで淡々と、源内は語った。「病も得るし、毒を煮詰《につ》めた者の相手にもなる。それを覚悟の身過ぎだ。いまは、それがしが世話をさせてもらっている」。それだけ言うと口を噤《つぐ》んで、先を語るつもりはないという腹が伝わってきた。

以来の邂逅《かいこう》だ。あれからどうしていたのかを聞けば、凌《しの》ぎがかなわぬほどに躰を傷《いた》めていた比丘尼がその後どうなったかを聞くことになる。もしも直人が考える前に動く者であったなら、立派に人生を転がり落としてくれたかもしれぬ「多町一の比丘尼」だ。待つのが礼儀と、自戒せざるをえなかった。

「六年前、公家の姫君を騙《かた》った騒ぎがあったのを覚えておるか」

源内がぽつりと口を開いたのは日光道《にっこうどう》を横切って、大川右岸にある駒形堂《こまがたどう》に出たときだった。

「内侍局《ないしのつぼね》か。たしか、八州廻《はっしゅうまわ》りの扱いだったな」

文化二年、武蔵国秩父郡《ちちぶごおり》のある村に京都の御所《ごしょ》で内侍勤めをしていたという姫君とその家来の公家侍《くげざむらい》が逗留《とうりゅう》した。和歌の修業のために京を離れ、全国を回っているとの触れ込みで、集まってくる近在の者に和歌や疱瘡除《ほうそうよ》けの御札を与える代わりに多額の謝礼を受け取る。噂《うわさ》が広まって関東取締出役《かんとうとりしまりでやく》の目の付けるところとなり、吟味の結果、姫君は品川の宿場女郎上がり、そして公家侍は浅草の町人と判明した。結果、女は重追放、男は手鎖《てぐさり》に処せられたが、それがまた噂になって、さまざまな異説風説が雨後《うご》の筍《たけのこ》のごとく生まれた。

「あの騒ぎから四年ほど経った頃だ。共に暮らしていた比丘尼が、実は己れも公家の出であると語り出した」
二人は大川縁《べり》を駒形町から材木町《ざいもくちょう》へと歩む。
「それまでは己れの名も言わなかったが、初めて晶子と名乗りもした」
公家であれば女性《にょしょう》の多くの名には〝子〟が付く。すくなくとも名乗りは誤っては
いないと思いつつ、直人は大川橋西詰《にしづめ》に歩を進めた。橋を渡れば川向こうだ。
「むろん、真《ま》には受けなかった。信じてあげたかったが、俺にできたのは信じた振
りだけだった。騒ぎから四年も経てば巷《ちまた》ではすっかり忘れ去られるが、遊び場では
そうではない。苦界《くがい》に沈む己れを忘れる御札として、公家の姫君はまだまだ使われ
た。下谷にも浅草にも多町にも深川《ふかがわ》にも公家の姫君が世を忍んでいた。すこしでも
高く売るための方便でもあったのかもしれぬが、あらかたは現《うつつ》の己れを見ぬためだ
ったろう」
川を渡る風が大川橋を往く二人の首筋から汗を拐《さら》う。
「公家の出と明かしても、なにがどう変わるわけでもなかった。晶子は内侍局にな
らなかったし、俺も家来の公家侍にはならなかった。変わらずに比丘尼とヒモで、
ただ、俺が信じている振りをしていることだけが変わった。日々、表立って公家の

姫君扱いしていたわけではない。心底でわかっているという振りをしていただけだ。欺《あざむ》いていたのとはちがう。公家の姫君であろうとなかろうと、俺にとっては変わるところがなかったのだ。俺は晶子が晶子であればよかった。晶子が公家の姫君である己れを望むのなら、それもまた晶子だった」

大川橋東詰《ひがしづめ》を左に折れ、左岸を歩んで源森橋《げんもりばし》へ向かう。渡ると水戸藩の下屋敷があって、過ぎれば、田地《でんち》のあいだに別荘が散在する向島となる。

「二人のあいだが変わったのは、柳森稲荷でおぬしと会ったひと月ほど前だ。晶子が病を得て伏せるようになった。医者は晶子に止められた。もう、いいと言った。いいのだ、と。頼むからこのまま他の者を入れずに二人だけで過ごさせてくれと言った。そして、柳森稲荷から八日の後、息を引き取った。間際《まぎわ》の晶子の言葉はいまも忘れん。その日は体調が持ち直したようでな、二人でとりとめもない話をしておった。この分ならずいぶん良くなるかもしれんとさえ想っていた俺に晶子がぽつりと『灯《あか》りを消したの？』と言ったのだ、明るい午下《ひるさが》りなのにな。答えようとしたときはもう息絶えていた。それほどに安らかに逝《い》った。医者を呼ぼうか呼ぶまいか、ずっと惑《まど》いつづけてきたが、そのとき、二人だけで日々を送ってよかったと心底より思った」

直人は胸の裡で手を合わせる。亡くなる間際、人は意識が途絶《とだ》えるよりも先に視界が閉じるという。

「亡くなる数日前には、苦しい息で、俺が信じた振りをつづけたことへの礼を述べた。楽しかったと言ってくれた。望外の日々だった、と」

二人は源森橋を踏む。

「そして、しかし、あれはほんとうのことなのだとつづけた」

知らずに耳に気が集まる。

「二年前に公家の出と明かしたきり己れの出自についてはひとことも語らなかったのに、最期《さいご》を悟ったのか、初めて生家の名を言った。羽林家と言い、羽林家二十三家のうちの一家の名を言った。たしかにその名の家は二十三家に入っていた」

羽林家、晶子、歌集……。

「京を出た理由も言った。最初はたまたまだったらしい。十七歳になったある日、新古今和歌集《しんこきんわかしゅう》の大江匡房《おおえのまさふさ》の歌が無性《むしょう》に胸に響いて、どうしても近江《おうみ》の瀬田橋《せたのはし》に行ってみたくなったそうだ。いったん想ったら矢も盾もたまらなくなって、独りで屋敷をあとにしてしまった」

　王朝の世の公家ではない。武家の世の公家だ。直人とて徒目付として公家の暮らしを律する御用に携わったことがある。十七の姫君をも旅へ弾《はじ》けさせるほどの屈気《くっき》が、京都《みやこ》を埋めていたとしても不思議はない。

「瀬田橋を目にしたら戻るつもりだったのに、石山《いしやま》に寄ったり唐崎《からさき》に寄ったりしていたら、もう戻れなくなっていたそうだ。もろもろの意味でな。十七の娘の行く手も定まらぬ旅だ。糧を得る手立ては限られている。あとは歌枕《うたまくら》に導かれるままに近江から美濃《みの》、信濃《しなの》、越後、上野《こうずけ》、下野《しもつけ》と回って七年前、二十歳になる手前で江戸にたどり着いた」

　岸辺が草地に替わって猛《たけだけ》々しい夏草の匂《にお》いが届く。

「歌枕のなんたるかも教えてくれた。和歌に出てくる地名ではあるが、ただの名所ではないらしい。三十一《みそひと》文字《もじ》で物語を綴《つづ》る和歌にあっては地名の字数とて無駄にはできない。歌詠《うたよ》みならばそれと了解する情趣の意味が込められているのだそうだ。もとより王朝世界のな。瀬田橋は瀬田橋であって瀬田橋ではない。歌枕の土地はいまある土地ではなく、王朝の世の歌詠みたちが繰り返し詠んできた意味の綴れ織《お》りのなかにある。そういう話を、途切れ途切れに、三日をかけて説いた。そして、説き終えた次の日、『灯りを消したの？』と言ったのだ」

水戸藩下屋敷が過ぎたとたん、目が緑に染まった。

「もはや俺としては信じるしかない。いや、信じなければならない。偽者《にせもの》が羽林家二十三家の一家を、大江匡房を、瀬田橋を語れるわけがない。そしてなにより、冥《めい》土《ど》へ渡る前の三日をかけて歌枕を説くはずがない。俺は信じた。振りではなく信じた。けれど、信じるほどに俺は当惑した。己れがまことに信じたのかが信じ切れんのだ。俺は己れが信じた証《あか》しがほしかった」

右手に桜並木も始まる。

「俺は小塚原《こづかっぱら》で壺《つぼ》に納めてもらった晶子の御骨を京の生家に届けることにした。江戸で終わった晶子の旅を遂《と》げさせてやりたくもあったし、なによりも首から御骨を下げ、野宿を重ねて歩む一日一日が証しになると思えた。江戸を発《た》ったのは昨年の五月の初め。晶子が回らなかった東海道の歌枕を訪ねつつ旅を進めたので、京に着いたのは六月の半ばになっていた。そうしてひと月半をかけて信じる気持ちを証《しょう》した。到着した日は篠突《しのつ》く雨で、水嵩《みずかさ》を増した鴨川《かもがわ》の流れを目にしたときは、己れはたしかに晶子を信じたと信じることができた」

桜並木の向こうには三囲稲荷社《みめぐりいなりのやしろ》も見えてきた。

「なのに、いざ、羽林家のその家を訪ねる段になって、揺るがぬはずの気持ちが揺らいだ。最後の最後になって、御骨を託するという行《おこな》いがいかにもありえぬことに思えた。よしんば公家の姫君が真実であったとしても、十年の行方知れずの末に骨となって戻ってきた者を羽林家の娘と認めるはずもない。信じる証しだった首にかかる重みが徒《いたず》らに重いだけになって、俺は〝逃げ出すな〟と己れを繰り返し叱咤《しった》し、なんとか門前まで追い立てた。そして案内に出てきた者に残った力を振り絞って事の次第《しだい》を伝えた。むろん、比丘尼のことは伏せてな」

稲荷社の裏手の弘福寺《こうふくじ》に差し掛かると、桜並木は左手に替わっていよいよ向島だ。

「返答を待つ俺は、門前払いを覚悟したどころか早く門前払いにしてほしいとさえ願った。一刻も早く、その場を立ち去りたかった。俺は必死に言い訳をした。俺としてできる限りのことはやった。晶子が生家と告げた屋敷に江戸から躰を運んで、しっかり口上《こうじょう》も述べた。家へ還してあげられぬかもしれぬが、これで堪忍《かんにん》してくれと下げた壺の晶子に手を合わせた。門前に立つあいだに考えていたことといえば、皆目わからぬ京都のどこに葬れば晶子の旅を終わらせてあげられるのかだけだった」

路《みち》の木洩れ陽に目を遣《や》りながら、あの源内が、と直人は思う。

「いまとなってはどれほど待ったのか覚えておらぬのだが、しかし、伝えられた返答は俺が想ってもみないものだった」

直ぐに桜餅の長命寺《ちょうめいじ》を右に見る。

「当家としては心当たりがないが、江戸から遠路はるばる来られたこともあり、また、すでに分霊《わけみたま》に還っていることでもあるので、もしも望まれるのであればお預かりする……そう、聞いた」

きっと源内はずいぶんな時を待ったのだろう。そして、その家はその家で時を短く感じながら、一向に定まらぬ返答を懸命になって定めたのだろう。

「俺は最後になって狼狽《うろた》えた己れを晶子に詫《わ》びつつ首の結び目を解《ほど》いた。後ろめたく、恥ずかしくもあったが、晶子を生家に還してあげられた喜《よろこ》びの前には、己れの気持ちの揺れなどなにほどのものでもなく、手渡したときには霧散《むさん》した。躰の隅々を、信じて、江戸を発ってよかったという気持ちがひたひたと満たして、雨でずぶ濡《ぬ》れになっているにもかかわらず、屋敷を背にした俺は雲の上を歩んでいるようだった」

諏訪明神《すわみょうじん》の角を折れ、新梅屋敷《しんうめやしき》を右に見て綾瀬川《あやせがわ》を渡った。

「御骨を届けたあとのことはなにも考えておらず、あるいは江戸へ戻ることもないかと想っていた。が、そのひたひたが江戸を愛《いと》しく振り返らせて、晶子が歩んだ近江から美濃、信濃、越後とつづく東山道《とうさんどう》と北陸道《ほくりくどう》の歌枕の旅をなぞりながら還った。旅は一年近くにもなって、着いたのはこの五月だ。それからは、晶子の遺《のこ》した歌を一日に一帖、己れの手で歌集に仕立て、人の手に取ってもらうのを日課にしている。実は、多町で共に暮らしていたとき、けっして俺には手を触れさせぬ文箱《ふばこ》があってな、晶子が明かす前はなんだろうと想っていたのだが、それが歌だった」

まるで計ったかのように、渋江村《しぶえむら》の別荘に着いた。直人の聞きたかったことはすべて聞き終えていた。

「なにはともあれ汗を拭《ふ》くか」

別荘は生垣《いけがき》に囲まれていて、木戸を開けると源内はまっすぐに井戸端《いどばた》へ向かった。冷たい水を汲《く》み上げて桶《おけ》に満たし、手拭《てぬぐ》いを濯《ゆす》いで堅く絞る。直人も倣《なら》って手拭いを取り出し、上の半身《はんみ》を陽に晒《さら》してごしごしと拭《ぬぐ》った。

終えた源内は井戸の縁《へり》にかけていた紐《ひも》を手繰り、水の滴《したた》る白い布袋を手に取る。開けると入っていたのは何本もの胡瓜《きゅうり》で、笑《え》みを浮かべつつ直人に一本を手渡した。

単衣《ひとえ》の袂《たもと》を合わせて母屋の濡れ縁に向かい、並んで腰を下ろして胡瓜を齧《かじ》る。母屋は材は吟味しているのだろうが大きな田舎家《いなかや》風で、濡れ縁の冷えた胡瓜が旨《うま》い。半分ほどが腹に消えると源内が言った。

「俺の話ばかり聞いてもらった」

残りの半分を齧ってからつづける。

「なにか俺が聞く話はないか」

むろん、ある。話したいことがいっぱいある。ありすぎて直ぐには選べない。直人は胡瓜がなくなるまで考えつづけてから、「ある」と答えた。そして、語った。

「六十五歳の隠居した武家が居た。重い病を得ていたにもかかわらず六十歳の妻に離縁を言い渡した。理由は『同じ墓に入りたくなかった』というものだ。ちなみに、武家は越後の出で、埋葬は火葬だ。『同じ墓に入りたくなかった』という理由が当たり前に過ぎて、どうにも得心《とくしん》できずにいるのだが、なにか、感ずるところはないか」

　唇を動かしながら、うつけのような物言いだと思った。あまりに漠然としている。自分でも、それだけではな……と返すだろう。言い終えて別の説き方を思案しかけたとき、源内がぽつりと言った。

「話したように……」

　目は前に遣ったままだ。

「京からの帰路は晶子の歌枕の旅をなぞった」

　そうだった。近江から東山道、そして北陸道へ回った……。

「だから、越後にも寄った。信濃川や出雲崎《いずもざき》、それに寺泊《てらどまり》も訪ねた。それぞれの地で足が向かったのは歌枕の跡だけではない。京都への旅が旅だったので、墓や埋葬と出くわすと勝手に気が行く。目を凝らす」

　直人は首を回して源内の横顔を見遣った。

「それで知ることになったのだが、越後の火葬は他の土地の火葬とはまた異なる。越後の火葬は別段《べつだん》なのだ。俺はそれまでそんな火葬があるのを知らなかった。あるいは、その御仁も俺の見た火葬で墓入りする気だったかもしれん」

「聞かせてくれ！」

直人は言った。

「その火葬の話を聞かせてくれ！」

思わず源内の肩に手を掛けていた。


聞き終えると、直人はその足で小日向《こひなた》へ向かった。藤尾正嗣にたしかめなければならぬことがあった。

別荘をあとにする前に、沢田源内がいつまで向島に居るかは問わなかった。以前であれば、出逢《であ》った次の日にはもうそこには居るまいという気にさせられた。が、京から戻った源内はちがった。問わずとも、明日も田舎家に風を入れていると想《おも》わせた。源内の裡《うち》で羽林家《うりんけ》の晶子《あきこ》の供養はまだ足りていなかろう。明日も斐紙《ひし》に歌を写し、糸で綴じているはずだ。が、だから明日も消えないと想ったわけではない。居ると察したのは、源内が変わろうとしていたからだ。

直人の目に映る源内は蛹《さなぎ》を想わせた。まだ幼子《おさなご》の頃、直人は蛹を割《さ》いたことがある。幼子は物を識《し》らぬ。だから、酷《むご》い。青虫が蛹になって蝶《ちょう》になるのだから、蛹の殻を外せば蝶のなりかけが居るはずと思い込んだ。けれど、外れた。蛹のなかに見たのは形のないどろどろとした液だけだった。青虫は殻のなかで己れを解《と》き、いったんどろどろになってから蝶になっていくのだった。源内もまた蛹になり、どろどろになろうとしていた。蛹のあいだは動かない。動かずに新たな躰が組み上がるのをじっと待たなければならない。だから直人は問わずに正嗣の屋敷へ向かった。

秋とはいっても七月末の昼間はまだ長い。小日向へ着いたときもなお陽が残っていて、例によって正嗣は待たせることなく直人を出迎えた。

「急な訪問で恐縮ですが、一点、どうしてもたしかめさせていただきたいことがございまして」

逸《はや》る気持ちをなんとか抑えて、直人は言った。

「なんなりと」

この前と同様、正嗣は待ち構えていたかのようだった。独りで腹に収めつづけるには事件はあまりに酷かろう。正嗣は己れを責めている。傍らに居て母を阻止できず、その母を憎み切れぬ己れを責めている。けれど、正嗣は事件を覆《おお》い隠さなかった。屋敷のなかでの犯行だ。家の安泰を第一に考えれば、病死として届け出て、なにもなかったことにもできたろう。なのに、御咎《おとが》め覚悟で届け出た。なにもなかったという終息《しゅうそく》を、父への想いが許さなかったのだろうか、正嗣は正嗣なりに闘っている。

「先日、藤尾殿に教えていただいた御父上の離縁の理由についてです」

いま見届けようとしている景色が、正嗣にとっても救いになってくれたらと思いつつ直人は問う。

「はあ……」

わずかに怪訝《けげん》が覗《のぞ》く。

「『同じ墓に入りたくなかった』。そうお聞きしました」

「はい」

「あの言葉ですが、一字一句、御父上が語られたとおりでしょうか」

正嗣は目を長押《なげし》のあたりに預けて言う。

「いえ」

直ぐに戻してつづけた。

「父が口にしたとおり、というわけではありません」

「ちがう、と……」

「ええ。ちがいます。その言葉では意味が伝わりにくい気がしたので、通りがよい言葉に変えました。それが、なにか……」

「その元の言葉をお聞かせ願えますか」

「はい、しかし、ほとんど変わらぬのです。文字にすれば、ちがうのは一字だけです。それでよろしいですか」

「お願いいたします」

「『同じ墓に入れたくなかった』。父はそう言いました」

『同じ墓に入れたくなかった』

「ええ」

「『入り』と『入れ』のちがいですね」

「そのとおりです。『入れたくなかった』では、いかにも排除しているようなので、『同じ墓に入りたくなかった』と言い換えました。意味するところは同じように伝わると判じましたので」

「排除……ですか」

たしかに、聞きようによっては『入りたくなかった』よりも『入れたくなかった』のほうがもっと妻を避けているように響くかもしれない。

「なにか支障がありましたでしょうか」

「いえ、助かりました。それからもうひとつ、つかぬことを伺いますが、よろしいでしょうか」

「どうぞ」

「藤尾家の越後の墓ですが、銘々《めいめい》でしょうか。それとも、家族としてひとつにされた墓でしょうか」

「その昔は銘々だったと聞きましたが……」

つかの間、考えてからつづけた。

「いつだったかは思い出せぬのですが、もう数代も前に檀家《だんか》寺《でら》の境内《けいだい》へ墓を移したのを機に藤尾家の墓としてまとめたと聞いています。そんな答でよろしいでしょうか」

「けっこうです。たいへん役立ちました。ありがとうございました」

それで十分だった。直ぐにでも小伝馬町牢屋敷《こでんまちょうろうやしき》の揚座敷《あがりざしき》に居る菊枝に会いに行きたかったが、やはり、ひと晩寝かせることにした。知りたかったことは知った。組みたかったことは組んだ。なぜ六十五歳の藤尾信久は六十歳の菊枝に離縁を言ったのか……。直人は見えなかった景色を見ている。その景色なら菊枝の裡に棲《す》む鬼の腰を浮かせられそうだ。ただし、それも明日の朝、目が覚めても、そういう気でいられたらの話だった。

菊枝が藤尾信久を殺《あや》めた理由はいまもわからない。人にできることではない。信久から頼まれたのならわかる。あの躰で生きていく苦しみを頼まれて断《た》った。が、信久が菊枝に頼んだ痕跡《こんせき》はまったく見つけられない。頼まれたのでなければ、姉の佳津が語ったとおりになる。菊枝は我の化物になる。菊枝の裡に棲む鬼が懐剣を抜かせた。

「人が生まれるとき鬼も生まれる」と、内藤雅之が語ったことがある。「人に生まれつきゃあ鬼と棲み暮らすのは避けらんねえ。でも、人は鬼じゃあねえ。鬼じゃあねえ証《あか》しがこの世の中だ。鬼に世の中はつくれねえ。つくっても直《す》ぐに壊れる。人と鬼は分けがたいが、人は鬼を馴《な》らすことができる」。だから世の中はおもしろいと雅之はつづけた。「みんな健気《けなげ》に鬼を飼い馴らしてさ。そいつが世の中の〝脈〟になるんだ。世の中が生きてくってことさ。ちゃんと顔つきを持ってな。鬼との付き合いがなきゃあ、世の中のっぺらぼうになっちまう」。

鬼を上手に馴らしたのが藤尾信久だろう。あるいは馴らしすぎたかもしれぬほどに馴らした。でも、己れの鬼を抑え切った信久とて、伴侶《はんりょ》の鬼を馴らすことはできなかったらしい。信久に無理なら自分はなお無理だろう。でも、自分は見抜く者だ。自分は退《ひ》けない。で、どうにかここまで来た。これで菊枝の鬼が居づらくなってくれたらいい。安心し切って落ち着けていた腰をそわそわさせてくれたらいい。菊枝のなぜを包む殻に走る罅《ひび》を見たい。

小日向から戻る途中、本郷《ほんごう》六丁目に差し掛かったあたりで暮れ六つになる。七五《しちご》屋《や》に寄って気を鎮《しず》めようかとも想ったが、七五屋へ行けばまた気持ちが雅之を頼る。ここが堪《こら》えどころと制して法泉寺《ほうせんじ》の門前にあった蕎麦屋でチロリとせいろを頼んだ。

一日中歩き回って、聞き漏らしちゃならない話を聞きつづけたせいだろう、一本のチロリがずいぶん効く。店を出て、こんなに遠かったかと思いながら下谷《したや》御《お》簞笥《たんす》町《まち》の組屋敷に戻ってみれば、昂《たか》ぶって眠れぬのではないかと案じたのはまったくの杞憂《きゆう》で、躰も拭かずに眠り込んだ。まだ居残っていた飯炊《めした》きの銀婆《ぎんばあ》さんに質《ただ》されると、昼間拭いたからいいという言い訳にもならぬ言い訳を言ったらしいが、なにも覚えていない。

次の朝が来て、直人は昨日見た景色を見直す。房楊枝《ふさようじ》を遣《つか》いつつ、味噌汁《みそしる》の椀《わん》を傾けつつ、欠けや歪《ゆが》みを探す。ひと晩置いても破綻《はたん》はなく、色も退いていない。直人は組屋敷を出て通い慣れた御成道《おなりみち》を往《ゆ》き、筋違御門《すじかいごもん》を抜け、今川橋《いまがわばし》を渡る。いつもなら、そのまま通町筋《とおりちょうすじ》をまっすぐ歩んで常盤橋御門《ときわばしごもん》から御城へ向かうのだが、今日は本銀町《ほんしろがねちょう》の角を左に折れる。

筋違御門前の神田須田町《かんだすだちょう》から芝《しば》の金杉橋《かなすぎばし》まで、御府内を南北に貫く通町筋は江戸の町並みの顔である。なかでも目を奪われるのが、京橋《きょうばし》側から日本橋《にほんばし》を渡ってからで、天下一と謳《うた》われる橋の意外な小ささに拍子抜けした地方からの客も、三井《みつい》越後屋をはじめとする呉服屋と向き合えばもう土産話には事欠かない。壁はもとより軒先まで厚い漆喰《しっくい》で塗り固めた土蔵造りの豪壮な店が建ち並び、引き寄せられて暖簾《のれん》を潜れば使い勝手だってよい。大店《おおだな》なのに反物の切り売りもしていて半襟《はんえり》の替えを気軽に楽しむことができるし、買ってすぐに着て帰れる仕立て売りもやっている。気持ちが弾《はず》んでくる上に一見《いちげん》の客にも寄り添っているというわけで、通りはいつも賑《にぎ》わっている。

その目抜き通りを組む本銀町から四つ角を三つ通り過ぎるだけで、練塀《ねりべい》と小さな堀に囲まれた小伝馬町牢屋敷に着く。徒目付《かちめつけ》の御用のひとつである斬首《ざんしゅ》の立会いに赴《おもむ》くたびに、直人は天国と地獄は隣り合わせだと思わされる。いくら場数《ばかず》を踏んでも首が落ちる土壇場《どたんば》に慣れることはない。

地獄のなかにある空地《あきち》が菊枝の居る揚座敷だ。家禄《かろく》が五百石に届かぬ旗本を収監する一人用の牢で、七畳の畳が敷かれる。食事も本膳《ほんぜん》になり、世話する者も付く。三百五十俵の旗本の奥方だったとはいえ三年半前に離縁されている菊枝が入るにはなんらかの配慮が働いたと想われるが、それは直人がこれから伝えようとしている景色と喧嘩《けんか》をしない。

直人は鍵役《かぎやく》の牢役人に言って、揚座敷と揚座敷のあいだにある当番処《とうばんしょ》に菊枝を呼び出す。

姿を現したときは誰かと思った。あまりに場ちがいだったからだ。

姉の佳津の目は菊枝の姿かたちに関する限り偏《かたよ》ってなどいなかった。

あの日の佳津と同じ絽《ろ》縮緬《ちりめん》を着けて牢屋敷に立つ菊枝は六十三歳にして化物だった。まさに、泥田《どろた》に咲く蓮《はす》で、蓮華《れんげ》の五徳《ごとく》を見せつけて咲き誇っているようだ。淤泥不染《おでいふぜん》にして中虚外直《ちゅうこげちょく》。泥田にあって泥に染まらず、真っ直ぐに茎を伸ばして大輪《たいりん》の花を着けている。染まらぬ泥のなかには己れの罪も交じっている。

仏の教えでは極楽に生まれる者は蓮の台《うてな》に忽然《こつぜん》と生まれるという。蓮華化生《けしょう》である。菊枝も泥のなかの厄災など与《あずか》り知らぬまま極楽へ向かうのかもしれないと想わせる。

「徒目付を勧めている片岡直人です」

それはいけなかろうと思いつつ、直人はゆっくりと己れの名を言った。

「いかがですか」

直人は麦湯《むぎゆ》を勧めるが、菊枝は応《こた》えない。

「この前は別の者が経緯《いきさつ》を訊きましたが、なにも話されなかったとか」

あらぬ向きを、菊枝は見ている。頑《かたく》なに拒む体《てい》とはちがう。躰の力を抜いて泥田の上空を渡る風を感じているかのようだ。直人の存在を歯牙《しが》にも掛けていないとも見て取れる。

「あれからなにか話す気にはなりましたか」

直人は待つ。無言で待つ。常人ならば黙しているのが難儀《なんぎ》になるほどに待つ。菊枝の唇が動いてほしいが、動かなくても落胆はしない。待つのは己れ、待たせるのは菊枝だ。無音の責は菊枝にある。その図をじっと待つことで明々にする。

「では、それがしが話しましょう」

それから四半刻《しはんとき》が経《た》った。直人はおもむろに口を開く。

「貴方《あなた》は六十歳のときに信久殿から離縁を言われたそうですね」

今日、話すのはこの一点のみだ。鬼を退《の》ければ罪が見える。罪が見えれば外直の茎も曲がるかもしれない。曲がった茎の中虚を覗くのは明日からだ。

「なんで離縁を言ったのか、子息の正嗣殿から理由を聞きました」

おそらく菊枝は理由を聞いていないはずだ。離縁を言い渡すときは、相手のその後を考慮して理由を曖昧《あいまい》にぼかすのが約束である。〝気合わず候《そうろう》につき〟とか〝互いの縁之《これ》なく〟といった当《あた》り障《さわ》りのない言い方をする。信久のことだ、きっと、菊枝に言い渡したときも、表向きの理由しか言わなかっただろう。

「信久殿は『同じ墓に入りたくなかった』と言ったそうです」

信久の言葉を聴くのは初めてのはずだが、なにも変化はない。いっさいの言葉に気が行かないのか、そのくらいのことは予期していたのか……。

「聴いたそれがしは得心できませんでした。そもそも六十五歳になっての離縁がわからなかった。信久殿の病は重篤《じゅうとく》です。世の習いであれば、そういうときこそ伴侶を得がたく感じるものでしょう。なのに離縁をするからには、言うに言われぬ理由があったはずです。『同じ墓に入りたくなかった』というようなありきたりの理由では間尺《ましゃく》に合いません」

直人は菊枝の気配に集めていた気を己れの語りのほうに移す。これからが肝《きも》だ。伝わるように伝えなければならない。

「きっと別の理由があるはずとそれがしは判じました。拠《よ》り処《どころ》は墓でした。『同じ墓に入りたくなかった』墓とは、どういう墓なのだろうと思い、正嗣殿に尋ねました。すると、まず、信久殿の念頭にあった墓は江戸の墓ではなく越後の墓であると知れました。正嗣殿はもうずいぶん以前に、信久殿から故郷の越後に葬《ほうむ》ってほしいとはっきり頼まれていたそうです」

菊枝の前では、信久は越後の百姓上がりの己れを消していた。越後の墓の話を聴くのもおそらく初めてだろう。

「江戸で埋葬といえば土葬ですが、越後では埋葬の多くが火葬です。信久殿の郷里でも、田圃路《たんぼみち》を小半刻も歩けば二つは三昧《さんまい》を目にしたそうです。三昧というのは骸《むくろ》を焼く火屋《ひや》のことで、信久殿はそう呼んでいたと聞きました。大きさは畳六枚ほど。きちんと切出し石で壁を積み、瓦《かわら》で屋根を葺《ふ》いて雪の重みにも負けぬように組み上げていました。そこに据え置かれた火床《かしょう》で、村の者たちだけで御骨にするのだそうです」

麦湯で喉《のど》を湿らせてから直人はつづけた。まだ渇いてはいなかったが、直ぐに渇きそうだった。

「知り尽くしたはずのいつもの田圃路も、三昧が見えてくるといつもの路でなくなるらしい。この世とあの世との間《あわい》が揺らいで、一歩踏み入れると、あっちへ行ったたきりになってしまいそうな想いに囚《とら》われる。まだ子供だった信久殿は路の反対側に寄って足早に通り過ぎるのが習いでしたが、しばらくすると、また三昧のある路を往かずにはいられなかったと聞きました。〝間〟を察したときの魂の震えが忘れられなくて、引き寄せられるように足が向かってしまうのだそうです。それに、三昧のある路は一面の田圃のなかでそこだけ樹《き》が聳《そび》えて陽陰《ひかげ》で憩《いこ》うことができたし、ひときわ美しくもありました。花畑が広がっていたのです」

話に聴いただけでその光景に憧《あこが》れたのは、直人にしても初めてだった。

「焼いた遺骨はすべてを骨壺にお納めするわけではありません。残りは三昧の傍にある灰捨て場に撒きます。もうずっと、何代にもわたってそうしてきているので、辺りの土地にはその灰が肥《こえ》になって染《し》み入っています。で、樹々が大きく育って樹陰をつくり、季節には花が咲き乱れるのだそうです。それがしは是非ともその北の花畑を目にしたいと思い、口に出しましたが、そのとき、正嗣殿はあるいはそれがしがすでに見ているかもしれないと答えました」

正嗣に言われるまでは想いもしなかった。

「小日向の屋敷の庭がそうだと言うのです」

菊枝が己れの屋敷と認めなかったかもしれぬ屋敷であり、菊枝が庭と認めなかったかもしれぬ庭だ。

「あの庭にはサイカチの大樹が聳え、いまの季節はクチナシやキキョウ、ゼニアオイが花を咲かせています。当初、それがしは見事な花の庭と嘆じましたが、正嗣殿から信久殿みずから丹精した薬草の庭と告げられました。言われてみれば、どれもみな漢方の素材ばかりです。花の脇《わき》にはオケラやクコも植わっていました。それがしは病弱だった息子への信久殿の想いに感じ入ったものですが、しかし、そのあと、正嗣殿はやはり花畑だったのかもしれぬと思い直したそうです。三昧の灰こそないけれど、この庭は信久殿が越後の田圃路の花畑を目に浮かべながら作った庭なのではないか、と」

聞いた瞬間、直人もまちがいなかろうと察した。

「それで、それがしも気づきました。三昧のある路は、きっと信久殿にとって郷里そのものだったのでしょう。信久殿はけっして私を語りません。まして、越後は語らない。正嗣殿を除いて封印していました。だからこそ折に触れて、三昧のある路を振り返ったのでしょう」

正嗣は「父の酒」を「哀《かな》しい」と言った。「逃れて呑《の》むのに、己れを酔いに委《ゆだ》ねることがない」と言い、「避難する場にまで己れで枠をつくる」と言った。その父に唯一《ゆいいつ》、避難処があるとしたら、それは記憶のなかの三昧のある路だっただろう。

「幾つになっても三昧のある路を思い出しさえすればあの〝間《あわい》〟が揺らぎます。そして魂が震えます。そうやって、いつでも田圃路を往く子供の己れに還《かえ》ることができる。繰り返すに連れ、震えは子供の時分とは変わっていったでしょう。子供の信久殿の震えを占めていたのは、得体《えたい》の知れぬ昂《たかぶ》りを伴う恐れだったでしょうが、江戸へ出て齢《とし》を重ね、病を得て、三昧の火床に横たわる己れが近づくに連れ、恐れは消えていったのではないでしょうか。むしろ、包まれるような心地に変わっていって、いつしか、先人たちの滋養を得て花が群れるそここそが己れが赦《ゆる》される場処となっていた。〝間〟に震えながら、己れも樹々の、花の、糧《かて》になるのを願ったのではないかと思えてなりません」

　直人とて、そこの心地よさはわかる気がする。まだ火床は遠い齢だが、武家である以上、気は常に死と添っている。

「であれば、そこへ還るのは独りです。独りだからこそ迎え入れられる。だから信久殿は貴方を離縁し、致仕して越後へ還ろうとしました。が、すでに遅く、病は越後への旅を許さなかった。ですから、離縁は信久殿が独りで越後に葬られたかったゆえで、貴方とは関わりなかったことになります。貴方をいよいよ疎《うと》ましくなって離縁を言い出したのではありません」

それを菊枝がどう取るか。己れと関わりがなかったのを良しとするか、独りで大事を決めたのが許せぬか。そもそも理由などとは関わりなく離縁を口にしたことじたいが憎いか。でも、話はまだ終わっていない。

「そこまでたどり着いたとき、まだ先があると察しました。これで仕舞いではない。まだ、なにかが欠けている、と。でも、そのなにかがなんなのかがわかりません。探しあぐねていたとき、信久殿が致仕する半年前に藤尾本家の葬儀のために越後に帰ったことを知りました。その帰郷の旅から江戸へ戻った際、同役の方は信久殿の帰府の挨拶《あいさつ》のなかで『妻女にとって好ましいようなことを考えついた』という意味合いの言葉を聞いたそうです。それがなにかは言葉にしなかったそうですが、けっして私を語らぬ信久殿の唇から洩《も》れたのです、思い付きの軽い話であるはずがありません」

ひとつ息をついて、直人はつづける。

「信久殿が離縁を切り出したのはそれから間《ま》もなくでした。となれば、『妻女にとって好ましいようなこと』とは離縁を指すと判じて差し支えないでしょう。なにゆえに離縁が好ましいのか……。話は越後の葬儀から戻ったばかりで語られたのですから、墓と関わっていると観《み》るのが自然です。お話ししたように、信久殿は郷里の三昧で花の糧になるのを願っていた。あの躰《からだ》を押して越後の葬儀に赴いたのも、己れのそのときと重ね合わせていたからこそでしょう。しかし、実際に葬列に加わって埋葬を見届けているうちに信久殿は己れの三昧を忘れていった。ありのままの越後の火葬を目の当《ま》たりにするにつれ、頭のなかは己れではなく別の者で占められていきました。申すまでもなく、貴方です。そうして、貴方のために離縁をしなければならないと思うに至ったのです。信久殿は独りで越後に葬られたいがために貴方に離縁を言い渡したのではないし、貴方とは関わりなく離縁を考えついたのでもない。すべては貴方のためでした」

直人はあえて菊枝の顔つきを読まない。

「いったい墓と離縁がどのように関わってそういうことになるのか、それがようやく摑《つか》めたのは、事件とはまったく無縁のある人物の話を聞いたときでした。その人物は亡《な》くなった伴侶《はんりょ》を偲《しの》ぶために北陸道と東山道の歌枕の旅に出たのです。当然、越後も訪れます。その上、供養《くよう》の旅ですから、知らずに墓や埋葬に目が向かう。信久殿の村と同様の三昧のある路も歩んだし、埋葬の場にも身を置きました。それで、越後の墓がいかなる墓であるかを語ってくれたのです」

それはいくら想像をはためかせても想い及ばぬ話だった。

「申し上げたように、越後では埋葬の多くが火葬です。しかし、火葬とはいっても江戸、あるいは関東の火葬とはちがうのです。関東で火葬といえば、陶器の骨壺に納めた遺骨を墓の石室《せきしつ》に安置する埋葬を想い浮かべます。でも、越後のある地域ではちがう。墓の下は石室になっていません。土を掘り抜いただけです。そこに骨壺を据え置くのでもない。容《い》れ物《もの》に納めていた遺骨をその土の室《むろ》へ撒《ま》くのです」

土に散る焼かれた骨を、沢田源内は語ってくれた。

「もしも、その墓が家族の墓ならば、信久殿の遺骨も、そしてやがて貴方が亡くなれば貴方の遺骨もそこに撒かれることになります。申すまでもなく骨と骨は直《じか》に触れ合います。関東の火葬では同じ石室にあっても遺骨はそれぞれの壺に納められ、陶器の壁に隔てられていて、実は銘々葬られてもいるのですが、越後の火葬は骨と骨が交わるのです。正嗣殿に尋ねたところ、藤尾家の墓は家族の墓とのことでした」

見抜く者を志すからには、聴く一語一語を指の腹で触《さわ》るように頭に入れなければならぬと自戒してきた。けれど、いくら戒めても網目から抜け出る言葉は多々ある。今回の火葬もそうだった。火葬は火葬と見なしてしまった。

「それを知ったとき、それがしは想っていたのとは逆の筋を考えついてしまいました。つまり、だから信久殿は『同じ墓に入りたくなかった』のかと察してしまったのです。石室の骨壺ならば、『同じ墓』とはいっても別々といえば別々です。しかし、越後の火葬では死後もずっと触れ合いつづけなければならない。もしも、おぞましいほどに相手を疎ましく感じていたとしたら、同じ墓に入るのは拷問《ごうもん》ですらあるでしょう。肌の合わぬ者が永遠に交わりつづけなければならないとなれば、これはもう理屈ではない。なんとしても避けるしかありません。となれば、当初ありきたりと思えた理由も得心するしかなくなります」

源内が語り終えたとき、一瞬、直人は無理筋だったかと気落ちした。

「ですが、その逆の筋はまったくの逆ではなかったのです。つまり、信久殿はまさにそのように想ったのです。死後もずっと触れ合いつづけなければならないとなれば、同じ墓には断じて入りたくはなかろうと想ったし、永遠に交わりつづけるのだけはなにがあっても避けようとするだろうと想ったのです。ただし、己れが、ではない。貴方がです。貴方がそのように思うだろうと、信久殿は想ったのです」

そこが哀しくも信久らしい。

「信久殿は江戸の大番家《おおばんけ》で育った貴方が百姓の自分を忌《い》み嫌《きら》っていると思っていた。越後を忌み嫌っていると思っていた。その貴方に、死後もずっと自分と触れ合いつづけ、永遠に交わりつづけさせるわけにはいかない。信久殿はそう断じました」

息子の正嗣が語ったように「避難する場にまで己れで枠をつくる」御人《おひと》だ。死んだあとだって「己れで枠をつくる」だろう。

「信久殿はさらにその先まで考えていました。越後の墓の下がなんで石室ではないのかわかりますか。石を惜しんだわけではありません。信久殿の郷里の人々は、石の壁に護《まも》られて骨としてこの世にずっと残るのを避けたのです。それよりも土に還りたいと願ったのです。土に埋もれれば灰となった骨も遠からず土になります。郷里の土に溶けます。だから石室を避けて土にした。信久殿と貴方の骨は二人で交わるのではありません。いまや土となっている先祖たちとも交わるのです。そして、みずからも土となって子孫とも交わる。それは江戸育ちで越後を嫌う貴方には堪えがたい厄災《やくさい》であろうと信久殿は想ってしまった。信久殿は貴方を、郷里の土となる定めから救おうとしたのです。その手立てが離縁でした」

信久のそこまでの想いはいったいどこから来ているのだろう……源内の話を聞き終えて向島の別荘をあとにする路すがら、直人は想った。並みの答では信久の振る舞いを解きづらい。もはや、「己れで枠をつくる」を超えている。ふっと、恋という、らしくもない言葉が浮かんだのは、源内と晶子の歌枕の旅を聞いたあとだったからかもしれない。きっと信久は縁づいて以来ずっと変わることなく、菊枝を愛《いと》しく想ってきたのではないか。たとえ、鬼を棲まわせる菊枝だったとしても、その鬼をも信久は迎え入れていたのではないか。女をわからぬ直人が、懸命に男と女の間《あわい》を想った。

「ただし、そう判じるにはひとつだけ疑念が残りました」

その疑念をたしかめに、小日向の藤尾の屋敷へ急いだのだった。

「もしも、それがしの立てた筋が的外れでなかったとしたら、『同じ墓に入りたくなかった』という言葉はおかしいのです。貴方のために同じ墓に入らないようにしたのですから、『同じ墓に入りたくなかった』はない。人によってはそういう言い方をするかもしれませんが、信久殿の物言いは外連《けれん》や想わせぶりとは無縁でしょう。もっと直截《ちょくせつ》に語るはずです。それがしは三たび正嗣殿を訪ねてほんとうにその言葉だったかを問いました。直ぐに正嗣殿は一字を替えたと認められた。元の言葉は『同じ墓に入りたくなかった』ではなく『同じ墓に入れたくなかった』でした。その言葉だけを捉《とら》えれば排除をしているようですが、信久殿が離縁で郷里の土となるのを阻止しようとしたのを識っていれば、気持ちをそのまま表したとわかるでしょう」

語りながら、最初の訊《き》き取りで藤尾正嗣が言った言葉が思い出された。

「……それがしがいくら母への不満を訴えても、父が母をわるく言うことはけっしてありませんでした。おまえの母は立派な人である、ただ、人の慈《いつく》しみ方を知らないだけなのだと言うのです。逆に、そういうかわいそうな人なのだから、男子のおまえもそのつもりで支えてあげてくれ、と頼まれました……」

あれはきっと息子への慰撫《いぶ》の言葉ではなく、信久の本心だったのだろう、と想ったとき、常にない疲れを覚えつつも直人は感じた。

菊枝の耳が開いているのを感じた。

目は変わらずにどこも見てはいない。

が、耳は直人に向かって開いている。ともあれ、話は入ったらしい。入らなければどうにもならない。

思わず安堵《あんど》してあらためて見遣《みや》ると、菊枝がゆっくりと首を回して初めて目が合った。

そして、開くのを期待していなかった口が開いた。

見かけにたがわぬ泥に染まらぬ声で、菊枝は言った。

「理由を言えばよろしいのですか」

その問いはあまりに唐突で、あまりに意外だった。まさかいきなりなぜを語るとは想いもしなかったし、初めから、訊き取りはひと晩空けるつもりでいた。もしも直人の立てた筋が的を射たとしたら、ひと晩のあいだに幾倍にも嵩《かさ》を増して、菊枝の裡の鬼を圧してくれるはずだった。菊枝を見抜くのはそれからと決めていた。とはいえ、理由を言う気を見せられれば拒めるわけもない。気持ちの用意が整わぬまま直人は言った。

「そうだ、と言えば話すのですか」

淀《よど》みなく、菊枝は答えた。

「話せば、直ぐに揚座敷に戻していただけるのであればお話しします」

初めて声に出した「理由を言えば……」のひとことで、場は菊枝を軸に回るようになっていた。もはや、直人は話を聞くしかなかった。

「戻しましょう」

ともあれ聞くだけ聞いてから、あとの算段をしようと思った。

「嫌になったんです」

直人が備える間もなく菊枝は言う。

「なにがですか」

直人は訊かされているような気になる。

「独りで死ぬのが」

やはり、そうだ。訊いているのではなく訊かされている。しかし、こんどは次にどう訊いていいのかわからない。

「尼僧《にそう》が預かる塔頭《たっちゅう》での独り暮らしでございましょう」

問いを探す直人に、菊枝は言った。「尼僧が預かる塔頭」は藤尾信久が実家に戻れぬ菊枝のために用意した住処《すみか》だ。そこで菊枝はなに不自由なく暮らしていたと聴いている。

「あっという間に三年半が経って、ああ、このままこんなおもしろくもないところで独りで死ぬんだなあって想ったら、なんだか急に嫌になってきて」

口に出すべき言葉が浮かんでこない。

「ならば、あのひとに道連れになってもらおうかなあって」

直人は努めてゆっくりと息を腹に送る。ゆっくりを繰り返して気を鎮める。

「そうすれば恩返しにもなるし」

「恩返し……」

「あんな躰でずっと伏せたっきりではたいへんでございましょう。それに、相手がわたくしだったら、あのひとは歓《よろこ》びます」

刹那《せつな》、それだけはそうかもしれぬと感じてしまう。信久は菊枝に刺されれば歓ぶかもしれない。

「貴方に延々と語っていただいたようなひとですからね。相手にしてほしいことをしてほしいと口にできないんです。なので、いろいろやってきてくれたことはたしかですから、恩返しに道連れにしてあげることにしました」

「しかし……」

「はい」

直人はようやっと言葉を見つけた。

「道連れと言いながら、貴方はまだ死んでいませんね」

「ああ」

なんということもないように菊枝は言った。

「なんだかそういう気分ではなくなってしまって。でも、そのうち死ぬんじゃないでしょうか」

一矢《いっし》も報《むく》えぬ答を得て、直人の唇が成り行きで動く。

「悔やんではいないのですか」

問いの意味がわからぬ風で菊枝は答えた。

「あのひとは嬉《うれ》しかったのですよ。嬉しいまま逝《ゆ》けたのです」

訊くまでもなかったと思い知らされると、なんでこれほど語れるのにずっと黙していたのかが気になる。

「なんで、いまになって話す気になったのでしょう」

「だって」

笑みを含んで、菊枝は答えた。

「あんなに細々《こまごま》としたお話を長々とつづけられて貴方もお疲れでございましょう。わたくしもなにかお返しをしないと申し訳ないじゃありませんか」

そして、つづけた。

「もう、よろしいですか。話はこれでぜんぶです。さきほど、話せば直ぐに戻していただけるとのお約束を頂きましたが」

菊枝に念押しされるまでもなく、直人のほうから消えてほしかった。あまりに想いもかけなかった成り行きで、構えを立て直そうにも立て直しようがない。一刻も早く一人になって、もろもろ考えたかった。

「どうぞ、戻ってください」

後ろ姿さえ中虚外直とした菊枝の背中に目を遣りつつ挽回《ばんかい》の手立てを想ったが、気持ちは萎《な》えるばかりだった。時が経つほどに、己れが菊枝の話に得心しているのを認めざるをえない。つい、いましがたまで事件はありえぬ事件のはずだった。離縁された妻が三年半も経ってから重い病で寝た切りの夫を刺し殺すという考えられぬ事件であり、いくら気を集めても真相には触りようもないはずだった。が、菊枝の口から理由が語られてみれば不審はなにも残らない。菊枝が語る限り、話に無理はなくなる。

独りで死ぬのが嫌になった。

前の夫を道連れにすることにした。

前の夫も言葉にはしなかったが心底ではそれを望んでいる。

だから、気を利《き》かして道連れにしてあげることにした。

そこに、飛躍はあっても狂人の滅裂《めつれつ》はない。

直人は、もしも菊枝が藤尾信久を殺めた理由を理解できるとすれば、信久から頼まれたときだけと想ってきた。あの躰で生きていく苦しみを頼まれて断《た》ったのならわかる気がしていた。菊枝の語りは、この唯一のわかる筋と重なっていた。信久が菊枝に頼んだ痕跡は見つけられないが、それはなににつけ己れを抑えて主張を控えてしまう信久の性癖《せいへき》のせいと説かれれば抗《あらが》うのはむずかしい。だから、得心せざるをえない。

ただし、この得心には但《ただ》し書きが付いた。〝菊枝が語る限り〟という但し書きだ。直人の頭のなかには我の化物としての菊枝という予断がある。先刻、初めて顔を合わせ、泥田に咲く蓮を目にして、化物はより輪郭を鮮やかにした。その菊枝が語るからこそ、話から無理が消える。

直人が得心したのは、信久から頼まれたという筋と重なるせいだが、菊枝が刺したのはあくまで菊枝が独りで死ぬのが嫌になったからだ。道連れにするために刺したのであって、信久の苦しみを断つために刺したのではない。菊枝でなければ責められるべき独善が、化物を見る目が働くために見過ごされる。信久が道連れになるのを望んでいたという言い分に、なんとはなしに納得してしまうのも菊枝が語ればこそだ。菊枝でなければ、やはり異常に身勝手な話としか聴こえぬだろう。

菊枝の語りには、化物の菊枝と化物ではない菊枝が同居していて、だから受け容れることも受け容れぬこともできない。化物の菊枝が化物ではない振りをしているのか、化物ではない菊枝が化物の振りをしているのか……ともあれ明日からだと直人は思った。ようやく滑り出したのだ。明日からがほんとうの見抜く日々になる。よほど腹を据えてかからなければならない。直人はいつにも増して気を引き締めて小伝馬町をあとにしたが、しかし、直人の望んだ明日は来なかった。翌朝、獄丁《ごくてい》は揚座敷に、首を吊《つ》った女の罪囚を見た。

屋敷で報《しら》せを受けた直人は思わず玄関にへたり込んだ。その日の訊き取りに備えていっぱいに満たしていた気がいちどきに抜けて、使いの者に労《ねぎら》いの言葉をかけるのも大儀《たいぎ》だった。

初めから女のわからぬ己れに勤まるかと自問せざるをえない御用だった。菊枝の裡に棲む鬼を察してからは、これまで己れが対してきた鬼とは比べるべくもないことを嫌でも悟らなければならなかった。

まともな探索ではどうにもならず、藤尾信久が入ろうとしていた墓に的を絞って初めてなぜを追う路が見えた。その墓が越後と知り、火葬と知り、三昧のある路を知り、最後に沢田源内の助けを得て、信久が菊枝を郷里の土となる定めから救おうとしたという筋にたどり着いたときは、ようやく、これで菊枝と向き合えると思えたものだ。

それは藤尾信久という男の一途《いちず》が生んだ筋であり、三昧を介した藤尾父子《おやこ》の交わりが生んだ筋であり、そして沢田源内の晶子を信じる旅が生んだ筋だった。源内と晶子の歌枕《うたまくら》の旅は、信久の菊枝への想《おも》いが恋なのだろうと気づかせてくれもした。たとえ菊枝の鬼が嵐《あらし》を発しようともたじろがぬだけのもろもろの想いの深さが、この筋には凝集《ぎょうしゅう》していると信じられた。

人は誰でも鬼と添《そ》う。人に生まれつけば鬼と棲み暮らすのは避けられない。だからといって人が鬼になるわけではない。鬼に染まらぬ臓《ぞう》なり腑《ふ》なりを人は持つ。その証しが滴《したた》り落ちるほどに満ちているのが語った筋だ。ひと晩置けば、溜《た》まった雫《しずく》は菊枝の鬼の頭を覆《おお》い隠すほどにもなるだろう。幾重《いくえ》にも念じて直人は語った。

菊枝は揶揄《やゆ》するかのごとく「あんなに細々としたお話を長々とつづけられて」と言ったが、「理由を言えばよろしいのですか」のひとことを引き出したのは筋の雫と見てよいだろう。とはいえ、菊枝の語りは耳を通りやすいものの、やはり化物の菊枝なしには組みえぬ筋で、明日から化物の菊枝と化物ではない菊枝の不分明《ふぶんみょう》を消していくのだと心して迎えた朝、牢屋敷からの使いの者が門前に立ったのだった。

直人が「貴方はまだ死んでいませんね」と問うたとき、菊枝は「そのうち死ぬんじゃないでしょうか」と答えたが、声の響きからするといつまでも生きそうだった。化物らしく、獄門《ごくもん》になっても生きそうだった。なのに、その宵のうちにあっさり逝った。

跳《は》ね返された、と直人は感じている。五月蠅《うるさ》いと、面倒《めんどう》と、手を払われたようだ。信久の鬼をも愛する想いも、源内と晶子の歌枕の旅も、みんな「あんなに細々としたお話」というゴミ入れにいっしょくたに放り込まれてしまった。直人は三昧のある路の花畑を己れが踏みにじった気がした。晶子の骨の重みを首で受けつづけた源内の京への旅を穢《けが》した気がした。こんなことに使ってはならなかった。悔恨《かいこん》が重くのしかかって指の一本も動かす気になれない。

けれど、科人《とがにん》の検死もまた徒目付の御勤めだった。ともあれ小伝馬町へ急がねばと、石のごとき躰を座敷へ運び、袴《はかま》を穿《は》こうとした。と、不意に喉が詰まり、息が吐きづらくなる。直ぐに吸いづらくもなった。どうしたと想う間もなく脈が速まり、汗が吹き出る。袴がずるずると落ちて、直人は腰を落とす。乱れたままの袴の上に座して、不意に、牢屋敷へは行き着けぬだろうと想った。小伝馬町どころか玄関までだって遠く感じる。躰だけでなく、気もおかしいらしい。座り込んだまま、どうせ俺など役には立たぬと貶《おとし》めている己れが別の者のようだ。

なんだ、こいつは、と咎《とが》めたとき、胸の痛みが襲った。喉のあたりがくわっと強《こわ》張《ば》って、できた塊《かたまり》が胸に落ちる。父の直十郎《なおじゅうろう》も心の臓で逝った。俺もこのまま逝くのかもしれぬと、畳に背を預ける。横になっても塊は広がりつづけて胸を圧する。どこかにじたばたする己れを見ている己れが居る気がするが、どこなのだろう。

首だけを動かして畳に目を遣ると、こっちに向かってくる蟲《むし》が居る。細くて長くて、ずいぶん大きい。黒くて腹は赤。もろもろ賑やかな直人の躰を恐怖が貫く。百足《むかで》だ。直人は毛虫もヤスデもゲジゲジも苦手だが、子供の頃からいっとう怖いのが赤腹のでかい百足だった。崖下《がけした》の湿気の溜まる土地柄なのかけっこう出る。

弾《はじ》けるように躰を起こして立ち上がる。寝そべっていた袴を手に取り、素早くそこを退いた。一目散に廊下へ出て箒《ほうき》を手に取り戻る。庭へ掃き出そうと見たくもない姿を捜す。が、居ない。座敷の真ん中くらいに居たから、まだ、どこかの隙間《すきま》に潜り込んではいないはずだが居ない。箒を頼りに座敷の隅から隅まで当たり、下げていた顔を上げて壁と天井板を目で嘗《な》め回す。やはり居ない。

思わず息をついて箒を置き、廊下に放り置いていた袴を手にして座敷へ戻る。庭へ向かい、濡《ぬ》れ縁《えん》に立って、袴をばたばたと振ってから両足を通した。袴紐《はかまひも》を結び切りに結んでいて、ふと、気づく。戻っている。躰が戻っている。喉も息も脈も汗も胸もなんともない。でも、あの嫌な記憶は残っていて、小伝馬町へ行ったらまたぶり返すのではないかと怖《お》じ気《け》づく。

胸痛に襲われる前の卑屈な弱気は消えているが、もしも人前でまた起きたらどうしようという危惧《きぐ》が玄関へ向かわせない。己れの柄が太いとは露《つゆ》ほども思わぬ。が、そこまで細くもなかろう。躰は戻っても気が戻らぬようだ。直人は消えた百足を想い浮かべて背後の畳に置く。表《おもて》へ逃げぬと嚙《か》まれるぞと脅《おど》す。情けなくもそんな子供騙《だま》しが効いて足が動き、玄関へ出て門へ向かう。さすがに門前から屋敷へ引き返す真似《まね》はしなかった。

牢屋敷へ着いたときは気も戻っていた。検使《けんし》の目で亡骸《なきがら》を捉える。梁《はり》に掛けた紐からは下ろされていたが、それは責められない。見込みが皆無でなければ蘇生《そせい》を試《こころ》みるのは獄丁の務めだ。縊首《いしゅ》はまちがいあるまい。顔が真っ白で鬱血《うっけつ》がなく、閉じた瞼《まぶた》を開いてみれば白目にも血の斑《はん》はない。紐の跡は顎《あご》の直ぐ下から耳の後ろにかけて残っていて、失禁が見られたのも掛けられた紐の真下だ。疑いなくそこで足を座敷から離し、苦悶《くもん》することもなく命が絶たれたのだろう。縊首は正しく紐をかければ苦しむ間もなく逝く。

「お願いいたす」

直人は獄丁に言って片付けを促す。その亡骸を、直人は菊枝と思わない。鬼からも化物からもあまりに遠い。閉じられた目は生前をなにも語らず、口は飛び出ようとした舌を歯が嚙んでいる。下肢は腹のなかにあった物に塗《まみ》れていて、縊首した骸の型からひとつとして逸脱《いつだつ》するところがない。泥田にすっくと茎を伸ばして咲く大輪の蓮は跡形もなく、酸鼻《さんび》を極める縊首らしい姿に行儀《ぎょうぎ》よく収まっている。これは菊枝ではない。こんな情けない処《ところ》には居られぬと、菊枝は鬼と共にさっさとどこかへ跳んだのだ。

徒目付が詰める本丸表御殿《ほんまるおもてごてん》中央の内所《ないしょ》へ戻った直人は、傍目《はため》には淡々と事後の処理を進める。淡々と進めぬと叫び出したくなるような衝動にかられるのだ。あの息のしにくさや胸の痛みがぶり返しそうでもある。なんとか夕刻まで己れの躰を宥《なだ》めて御城をあとにする。

小伝馬町に通じる本銀町を避けるためにいつもの常盤橋御門ではなく神田橋《かんだばし》御門をくぐり、突き当たりを右へ折れて筋違御門へ抜け、通町筋へ戻った。そこからは通い慣れた御成道で、真っ直ぐ歩いて突き当たりを右へ進めば下谷広小路《したやひろこうじ》だ。が、普段は気が紛《まぎ》れる雑踏が今夜はきつい。直人はひとつ手前の路地へ分け入って直ぐに左へ曲り、下谷一丁目と二丁目の境を右へ行って広小路と山下《やました》を遣り過ごした。あとは御山《おやま》の下寺《しもでら》が並ぶ通りをたどれば直人の組屋敷のある御簞笥町だ。

けれど、直人は下寺のひとつである顕性院《けんしょういん》の前を右へ折れる。折れながら、やはりな、と思う。端《はな》っからそのつもりだった。向島へ行くつもりだった。行って源内に詫《わ》びたいという気持ちを、そいつは己れが避難する口実だろうと諫《いさ》める気持ちが抑えていたが、分かれ路《みち》に差し掛かると足が勝手に新寺町通《しんてらまちどおり》を選んだ。

詫びか避難か、川向こうへ向かいながらも直人はずっと考えつづける。詫びたい気持ちは強くあった。使ってはならぬ源内の旅の記憶を使いながら役に立てることができなかった。詫びて済むことではないが、詫びずに済ますわけにはいかなかった。一方で、実は避難ではないかと糺《ただ》されれば、否《いな》とは言えなかった。朝の変事が再び起きることはなかったが、起きる予感は常にあって不安が増していた。

そして、時が経つほどに、もっと大きな不安が生まれつつあった。内所で淡々と御用を勤めながら、直人はその新たな不安に触りつづけていた。徒目付としての熱の源である、なぜを追う気が細っていた。追うのを恐れてもいるが、それだけではない。追いたい欲が薄れているようだ。恐れているだけなら、恐れを乗り越えさえすれば戻れもするだろう。が、欲が消えてしまったらどうにもならない。むろん、今日の今日だ。むしろ、今日から数日はそんな気分にもなると観るのがまともだろう。でも、そういう意欲の萎《な》えとはなにかがちがう気がして不安が募《つの》る。その不安から逃れようと足を動かしている己れもたしかに居るのだった。

堂々巡りとはわかっても堂々巡りをせぬわけにはいかなかった。己れで一本でゆくと決めた徒目付だった。見抜く者を目指していた。細った気で勤まる御役目ではない。御用で挫《くじ》けて避難するようであってはならない。ずっと堂々巡りをつづけてとうとう大川橋も渡り、長命寺《ちょうめいじ》も過ぎる。ようやく決したのは綾瀬川を渡って別荘が目に入ったときだった。留守番小屋の障子から揺れる灯りが洩れて、もつれた気がほぐれる。ああ、やっていると想う。今夜も源内は斐紙《ひし》に晶子の歌を一心に写しているのだろう。直人はふっと息をついて足を停め、障子に目を預けた。己れが求めていたものがそこにある。鬼が侵しようがない、人のみがなしうる交情がある。やはり避難だ、と直人は思う。己れはあの侵しようのないものに縋《すが》りに来たのだ。現に、灯りの揺らぎを見遣るだけでずいぶんと救われている。

直人は踵《きびす》を返していま来た路をたどった。避難と知れればもはや訪ねることはできない。訪ねれば源内と晶子の二人の時に無遠慮《ぶえんりょ》に割り入って、詫びを口にしながら凭《もた》れかかることになる。これでもう……足を運びながら直人は察した……向島の源内と会うことはなかろう。避難でなくならない限り源内には会えぬ。そして、源内が向島を去るよりも早く避難を抜けられるかどうかはおぼつかない。それでも、とにかく、源内の供養の時を壊《こわ》してはならなかった。

それからは、もう、どうにも定まらぬ日々だった。十日ばかり経った頃、変調は再びやってきた。場処がまた屋敷だったのはよかったが、時がよくなかった。床《とこ》に入って直《す》ぐで、それからは寝るのが怖くなった。胃はずっと弱っている。喰うのも眠るのもいけないとなると、やはり堪《こた》える。気の保《も》ち方がいかんのだと己れを叱咤《しった》しようにも、その肝腎《かんじん》の気が頼れない。なぜを追う気は痩せたまんまで、なんとか内所にだけは通っている有様《ありさま》だ。

　直人が四月《よつき》振りに内藤雅之の顔を見て、海防の話をしたのはそういう頃だった。

◆
◆
◆

「大根だけでも喰ってみるかい」

内藤雅之《ないとうまさゆき》は言う。差し出された皿には魴鮄《ほうぼう》と大根の炊《た》き合《あわ》せが盛られている。

「練馬《ねりま》大根は練馬大根でも沢庵《たくあん》漬けに使うやつじゃあねえ。煮物のために育てた柔らけえ秋詰《あきづ》まり大根だ。煮《に》大根の極め付きさ」

　雅之が戻って二十日ばかりが経《た》って、月は九月の十二日だ。暮れた六つ半、呼び出されて七五屋《しちごや》に行ったら雅之はもう小上《こあが》りに居て、猪口《ちょこ》を傾けていた。

「魴鮄大根は魴鮄を喰う料理じゃあねえんだよ。魴鮄は身だけじゃなくて皮もアラも骨もみんな旨《うま》い。その旨味をまるごと煮汁に移して大根に染《し》み渡らせる。馳走《ちそう》は大根なんだ。むろん刺身だって旨いが、そいつは身だけの旨さだ。魴鮄大根の大根にはぜんぶの旨さが詰まっている。白身の魴鮄のぜんぶだから濁らず、すっと旨い」

直人《なおと》は半月《はんげつ》切りの大根を箸《はし》でまた半分にして口に入れる。たしかに、すっと喉《のど》を通る。雅之の言うように魴鮄だからこそだろう。鰤《ぶり》大根だといまはちっときつい。

「いいですね」

直人は箸を伸ばして残りの半分を摘《つま》む。直人に奨《すす》めたとき、魴鮄大根はまだ箸が付いていなかった。あるいは直人のために頼んでおいてくれたのかもしれぬ。いまだに胃の腑《ふ》が本調子ではないのを気取《けど》られているようだ。大根といわず、魴鮄の身だって喰わなければと直人は思う。

「俺は〝なになに尽くし〟ってやつが苦手なんだがな……」

雅之は中身のわからぬ椀《わん》を突つきつつ言う。

「言ったように魴鮄はなんでも旨いから、あれこれ喰わねえと魴鮄喰ったたって気にならねえんだよ。で、こいつは魴鮄のアラだけの赤出汁《あかだしじる》さ」

この二十日のあいだ、雅之と腰を落ち着けて話したことがない。そもそも、姿を見かけぬことが多い。なにしろ四月《よつき》に及ぶ遠国《おんごく》御用だ。もろもろの筋へ報告するだけでも、たっぷり時を取られるのだろう。

「きれいに血合いを洗い除《の》けて出し汁で炊き、赤味噌《あかみそ》を溶いてひと煮立《にた》ちさせる。最後に刻《きざ》み葱《ねぎ》を散らして山椒《さんしょう》を振れば、これぞ魴鮄だ」

手酌《てじゃく》で猪口を傾ける雅之はいつもと変わらない。この三年、こうして七五屋の小上りで向き合って膳《ぜん》を並べてきた雅之そのものだ。なのに、ふと薄い膜が一枚挟まっているような気が過《よぎ》るのは己れの具合もさることながら、やはり雅之が先の四月、見たことのない対馬《つしま》、長崎での内々《ないない》御用を勤めてきたゆえなのだろう。流れからすれば、このまま人を見抜く御用を離れ、もっぱら海防に当たるようになるのが順当だ。

直人が勘定所《かんじょうしょ》への想《おも》いを断って徒目付《かちめつけ》を己れの励み場と見切ったとたんに、なぜに導いてくれた雅之が居なくなる……そのことに思うところはない。決断したのは、なぜが孕《はら》んでいる〝人臭さ〟を否応《いやおう》なく躰《からだ》が覚えていったからだ。あくまで己れ独りで決めたことで、他人《ひと》は介在していない。その限りにおいては雅之とて関わりない。雅之がおめえを手放すわけにはいかねえと言ってくれたのは嬉《うれ》しかったが、それで腹を据えたわけではないのだ。だから、よしんば雅之がなぜの御用に戻らなかったとしても、己れの決断を悔いることはない。なぜを追う気が細って、御用を遠くに感じていたいまでもだ。とはいえ、己れはどこからも遠い雅之の居場処を知りたくて見抜く者への路《みち》に分け入った。いよいよ目の前のことになって初めて、見えていなかった穴が空いているのに気づいたりもする。するが、こういう御代《みよ》だ、御用替えは避けられまい。

いまから振り返れば、己れの幕臣暮らしは海防に関わる事件と重なってあった。文化元年、二十二歳の己れが初めての御役目である小普請世話役《こぶしんせわやく》に就いた年の九月、レザノフの乗るナデジダ号が長崎に入港した。翌二年にはそのレザノフと遠山《とおやま》様の会談があり、三年から徒目付になった四年にかけてはフボストフの文化魯寇《ろこう》が起きた。明くる五年にはフェートン号が長崎に侵《おか》し入《い》り、そして今年文化八年にはゴロウニンの抑留があって、これはいまにつづいている。

長く異国の脅威を知らずにきた島国がここへ来て俄《にわ》かに海防の備えを余儀なくさ

れている。どこにでも顔を出してなんにでも手を着ける徒目付が、この流れと無縁でいられるはずもない。まして、十人の御目付から最も信を置かれる内藤雅之だ。海防がいよいよ国の大事となれば、引かれて当然だろう。これまで関わりなく来たのがむしろ不思議なのであって、海防の切《き》っ尖《さき》で動き回っているいまの雅之が本来の姿なのだ。直人の知る雅之はずっと旗本を狙《ねら》うでもカネに執着するでもなく、残ったごく狭い場処でふわふわと息をしてきた。そこがどんな処《ところ》なのかを知りたくて部下の役にのめり込んできたが、そろそろ雅之も、そのどこでもない場処をあとにする頃合《ころあい》なのだろう。

「この前のゴロウニンの話な……」

赤出汁のアラと取り組みつつ、雅之が言う。

「ええ」

そういえば、この前、箱館《はこだて》から松前へ移送された魯西亜《ロシア》軍の大尉《たいい》、ゴロウニンに問い合わせてみる話が仕《し》掛《か》かっていた。阿蘭陀《オランダ》商館長のドーフがどういう事情かフエートン号事件の背景を偽《いつわ》っている節《ふし》があるので、いまの欧羅巴《エウロッパ》がどうなっているのかをゴロウニンに当たってみるという流れだった。

なにかわかったら直人にも知らせると雅之は言葉を足したが、正直、知らせを待っていたわけではない。問われて、フェートン号事件につきまとう不審を語りはしたが、あのとき頭を塞《ふさ》いでいたのは、なぜを追う気が一向に戻らないことだった。他人はいざ知らず己れに限っては、その気なしに御用を勤めるのは無理だ。三年の頼まれ御用の人臭い記憶が御役目を辞する即断を許さず、なんとか気が戻るのを待っていたが、あのときでさえも刻限は過ぎているくらいに思っていた。己れがなにも問題を抱えていないかのようにフェートン号事件を語るのを、奇妙に感じたのを覚えている。

「どうやら、まだ、こっちが欲しい話は取れてねえみたいだ」

「そうですか」

その奇妙を直人はまた感じている。あれから二十日が経って、もはや切羽詰《せっぱつ》まっていると言っていい。これ以上先延ばしすれば、徒目付の御用を侮《あなど》ることになる。なのに、腰を浮かすこともなく雅之の話が聴けている。まるで、海防の話だけは変調が及ばないかのようだ。

「でな、こうなったらいっとう事情に通じている御方に聞くのが早かろうと、大槻《おおつき》玄沢《げんたく》先生のところに行ってきた」

「芝蘭堂《しらんどう》の？」

「ああ、俺が会ったのは芝蘭堂のある采女原《うねめがはら》じゃあなく浅草だがな。今年から先生は幕府天文方《てんもんがた》に出仕《しゅっし》して、阿蘭陀語に訳された仏蘭西《フランス》の家事百科事典の和訳に当たられている」

昨年末まで直人は算学《さんがく》を学んでいた。いつ勘定所に移ってもいいように、年貢《ねんぐ》の収納に役立ちそうな地方算法《じかたさんぽう》を学んでいたのだ。関流《せきりゅう》の和算なので直《じか》には蘭学と関わりないが、それでも知らずに目は向いて、大槻玄沢の高名には馴染《なじ》んでいる。

仙台藩の近習《きんじゅ》医師ではあるが、世間では江戸蘭学の泰斗《たいと》としての名のほうが通りがいい。なにしろ、名前の玄沢は、あの『解体新書《かいたいしんしょ》』を著した杉田玄白《すぎたげんぱく》と前野良沢《まえのりょうたく》の二人の師の名から一字ずつ取った。すでに開塾から二十五年が経った家塾芝蘭堂からは、宇田川玄真《うだがわげんしん》、橋本宗吉《はしもとそうきち》、山村才助《やまむらさいすけ》、稲村三伯《いなむらさんぱく》のいわゆる玄沢四天王をはじめとする数々の俊傑《しゅんけつ》が輩出している。

その巨星《きょせい》が五十五歳になっていよいよ旺盛《おうせい》な知への渇《かわ》きをもって海の彼方《かなた》を見極めようとしている。もしも国内に尋ねるべき人が居るとしたら、たしかに大槻玄沢先生を措《お》いてない。

「と言えば、さぞかし、と想うよな」

「ええ」

知らせを待っていたわけではないのに、大槻玄沢の名を聞けば、どんな話が語られたのかを知りたくなる。

「ところが、正直、そうでもねえんだよ」

直人は唇を閉じたまま、つづきを待った。

「レザノフが長崎に来航したとき、津太夫《つだゆう》ら四名の日本人漂流民を伴っていた。四名は仙台藩の水主《かこ》だったから、帰還後は長崎から江戸の仙台藩邸に送られ、そこで大槻先生の聴取を受けている。それをまとめた書物が『環海異聞《かんかいいぶん》』だが、先生の四人に対する評価は手厳しいどころじゃあねえ。想うような話が取れなかったせいか、無知の極みで無駄《むだ》に魯西亜を見聞《けんぶん》したなどと、もう糞味噌《くそみそ》だ。会って直に話を伺っても趣旨は変わらねえ。想うに、ラクスマンに送られて帰還した大黒屋光太夫《だいこくやこうだゆう》への訊《き》き取りを基にした桂川甫周《かつらがわほしゅう》先生の『北槎聞略《ほくさぶんりやく》』がよくできていると評判を取っていたから、どうしても矛先《ほこさき》が四人に向かっちまうんだろう。津太夫たちには気の毒だったと言うしかねえ」

語りながらも赤出汁のアラはけっこう減っていく。

「それで伝わると想うが、こと新しい欧羅巴の状況に限っては、先生の把握はいまのところ大槻玄沢の名に釣り合っちゃいない。聞いた話のなかでさすがと思えたのは、阿蘭陀に紛争があって国王がエゲレスに身柄を預けたという説くらいのもんだ。これにしたって確証があるわけじゃあない。他はまあ聞いたような話で、なかでも俺がちっとばかり残念だったのは先生の海防論だった。ドーフが唱えた魯西亜とエゲレスの同盟話をそのまま前提にしているのさ」

言わずもがなだが、大槻玄沢だからといって、雅之は御高説を賜わったりしない。

「どうやら、大槻玄沢といえども最新事情となると、ネタは一に己れの存立《そんりつ》が一義《いちぎ》の阿蘭陀商館が出す風説書《ふうせつしょ》、二に最新とはいえぬ中身の地理書の類《たぐい》、そして三に先生自身が無知の極みと糾弾する漂流民の証言ということになるようだ。おのずと出てくるものの出来もそれなりにならざるをえない。天下の大槻先生をしてこれだから、まともに考えれば、この国には欧羅巴がどうなっているかを知る者は誰も居《お》らないということになるわけだが、確証のある話じゃあなくてもいいんなら、聞くべき相手は他にも居《い》る」

猪口を傾けてからつづけた。

「長崎の阿蘭陀通詞《つうじ》だよ」

振り出しに戻る、といったところか。

「フェートン号が長崎に停泊していたときのことだがな。交渉に来艦していた日本人通詞に、阿蘭陀語のできる水夫が驚くようなことを語ったらしい。阿蘭陀に攻め込んだ仏蘭西の皇帝が阿蘭陀を別の国にして、てめえの弟をその国の王に据えたというのさ」

「それが事実なら、」

思わず直人は口を挟む。

「なんだい？」

「阿蘭陀商館の本拠のあるジャガタラも無事では済まないということになりますね」

言ってから、直人はまた己れを訝《いぶか》る。いまになってもなぜを追う気は痩《や》せたまんまで、致仕さえ頭を過るというのに、海防ならば聴くだけでなく進んで語っている。

「まさにそれさ。実あ、長崎の通詞のあいだじゃあ、元々の阿蘭陀という国はとっくに仏蘭西の侵攻でなくなっていて、ジャガタラも仏蘭西とエゲレスの鬩《せめ》ぎ合《あ》いの場になっていることがけっこう早い時期から知られていたらしい。寛政《かんせい》九年よりあとに長崎にやってきた〝阿蘭陀船〟は、かろうじて息を繋《つな》いでいたジャガタラの本拠が、仏蘭西とエゲレスのどっちにも与《くみ》しないということで雇った亜米利加《アメリカ》船だってこともな。いまじゃあ、その本拠もなくなっているっていう話さえ出てるようだ」

なぜ、海防ならば己れは聴き、語ることができるのだろう。

「そいつにまちがいがなけりゃあ、ドーフは必死になってまだ阿蘭陀という国もジャガタラの本拠もある振りをして、長崎の阿蘭陀商館を切り盛りしているわけだ。そりゃあ、魯西亜とエゲレスの同盟話だってなんだって拵《こしら》えるだろう」

いつの間にか赤出汁の椀は空き、直人も魴鮄大根の大根を喰い終える。

「となると、フェートン号事件も片岡《かたおか》がこの前言ったとおりになるんだよ。魯西亜に頼まれたエゲレスが長崎を調べに来たんじゃあねえ。ジャガタラでの仏蘭西とエゲレスの鬩ぎ合いがそのまま長崎に移されたのさ。片岡はフェートン号が『なにかを探しに来て、それがなかったからさっさと引き揚げた』と言ったが、それというのはおそらく阿蘭陀船だろう。もしも仏蘭西の息がかかった阿蘭陀船が長崎に泊っていたら分捕《ぶんど》るつもりだったんじゃあねえか」

「疑問は解き明かされたことになりますね」

「問題はそこさ。確証のある話じゃあねえとはいえ、そこまでわかっているんなら、なんでドーフの言い分を突き崩せないかってことさ。魯西亜とエゲレスの同盟話はフェートン号事件直後の急場凌《しの》ぎに語られただけじゃあねえんだ。事件から四月が過ぎた文化五年の十二月から明くる六年の一月にかけてもドーフへの訊き取りが行われている。糺《ただ》した者は大槻先生とはちがうが、用意した十四項目の質問は大槻先生が練りに練ったものだった。にもかかわらず、ドーフは変わらずに魯西亜エゲレス同盟による攻撃の脅威を警告してそれが通っちまった。先刻、俺は大槻先生が同盟話を前提にして海防を考えている様子が残念だったと言ったが、おそらくはこのときの尋問が頭に刻み込まれているのだろう。いったい、なんで阿蘭陀通詞たちは虚偽《きょぎ》とわかっていながら異議を唱えなかったのか、なにか思うところはねえかい？」

「それがし、ですか」

「ああ、片岡だ。人のなぜを追ってきた者だけがたどり着ける筋を聞かせてみてくれ」

「思いつきになりますが」

人のなぜは追ってきた。でも、いま追ってはいない。なのに、己れは語ろうとする。

「構わねえよ」

「ひとつは、やはり、ドーフに異議を唱えるまでの確証がないからではないでしょうか」

語りながら、直人は、やはり遠いからだろうと思う。菊枝《きくえ》の生きていた、人と鬼とが織り成す世界からずいぶん遠い。遠いから聴けるし、話せる。人と鬼との言うに言われぬ間《あわい》に思い煩《わずら》うことなく、碁石を置くように前へ進めることができる。

「阿蘭陀通詞にとって商館長は単なる商い相手の長《おさ》ではないでしょう。自分たちが依《よ》って立つ阿蘭陀語と欧羅巴理解の師匠であるはずです。それも紅毛碧眼《こうもうへきがん》の本家本元ですから、もう奉《たてまつ》るべき師匠だ。ごくひと握りを除けば、もともと通詞たちの聴き話す力は高くないとも聞きます。いくら師匠の説に疑念を抱いても容易には問《と》い質《ただ》すことができない。意を決してその高い敷居を乗り越えたとしても、堂々と否定されれば踏ん張るのもそこまででしょう。疑念の元は乗組員からの伝聞《でんぶん》でしょうから、一介の水夫と師匠である商館長のどちらを信じるかということになる。知らずに躰が商館長を選んでしまっても不思議はないでしょう」

いっぽうで、ただ遠いだけではない気もする。遠さに逃げているだけではない気がする。

「もひとつ、あるかい」

「いささかきつめの話になりますが、よろしいですか」

「そういうのが聞きてえんだ」

「初めに落としどころを言えば、異議を唱えても益がないからではないでしょうか」

こういう時期だ。まずは己れが逃げを疑う。でも、物言いは逃げていない。己れの語りをいやらしいとは思えない。

「益がない？」

「長崎奉行をはじめとする江戸から赴任する幕吏はごく短い期間で入れ替わります。職能《しょくのう》に習熟《しゅうじゅく》する間もなく江戸へ戻る。長崎という、欧羅巴に開かれた唯一《ゆいいつ》の湊《みなと》を当事者として切り回しているのは、通詞をはじめとする地役人《じやくにん》です」

発する音は急がず、揺れず、流れない。もしかして己れは海防に惹《ひ》かれているのかもしれないと想わせる。

「通詞は世襲ですから長崎で生まれ、育ち、勤め、子を育て、死ぬ。長崎のみが生きる場であり、世界です。その長崎の成立ちはどこにあるか。申すまでもなく阿蘭陀商館です。阿蘭陀商館が動かす貿易船が行き来するからこそ、長崎という町全体が脈を打っている。貿易船が運ぶ物が、智慧《ちえ》が、長崎の生きる糧《かて》です。ですから、阿蘭陀商館をなんとしても護《まも》ろうとするのはドーフだけではない。長崎に生きる者すべてが護ろうとする。その先頭に立っているのが通詞です。長崎の命綱《いのちづな》である阿蘭陀商館に不利になるようなことを、しょせんはお客さんにすぎない幕吏に告げるはずがありません。いましがた、異議を唱えないのは確証がないからと語りましたが、たとえ確証があっても告げることはないでしょう。正しさを貫いて阿蘭陀商館がなくなってしまったら元も子もない。同じ船に乗り合わせているのは幕府と通詞ではない。阿蘭陀商館と通詞です」

雅之はどうなのだろう。

「その説に絡《から》んで言やあ、俺にも思い当たることがある」

先日からのつづきで、今日もゴロウニンの話が伸びているが、海防の切っ尖で動いているいまの己れをどう見ているのだろう。

「つい何日か前にそいつに気づいてしくじったと思っていたところさ。ほらっ、俺がこの前語った長崎の地役人がレザノフにお辞儀を押しつけた話だよ。あんとき俺は、江戸から遠路はるばる下ってくる偉い御目付に粗相《そそう》があったら自分たちの責めになるからと語ったが、よくよく考えればそんなちんけな理由じゃねえ。きっと地役人はレザノフに成功して欲しかったんだ。欧羅巴での紛争が回り回って阿蘭陀船の来航は細っていた。長崎の人間にとっちゃあ魯西亜船が交易に加わってくれれば往時《おうじ》の活気がよみがえる。だから、なんとしても会談が上首尾《じょうしゅび》に終わるようにお辞儀の稽古《けいこ》を求めた。たかがお辞儀ひとつでうまく運ぶんなら、軽くやってくれりゃあいいじゃないかってとこだったんだろう。誇りが邪魔して抗《あらが》うレザノフを、融通が利《き》かねえくらいに見ていたのかもしれねえ。片岡が言うように、長崎の人間にと

って の味方は、長崎に商いの種を持ってくる者《もん》ってことなんだろう。だとすれば、たしかに異議なんて唱えるはずもねえ」

人がやることを見抜くには、人を見抜けなきゃあなんない……この前、雅之が言ったことがよく伝わる。人を見なければ、なんで異議を唱えないのかという話にな る。人を見れば、異議を唱えなくて当たり前になる。でも、海防絡みの話に出てくる〝人〟はあっさりめだ。動きの型を大きく踏み外すことがない。地役人が長崎奉行所よりも阿蘭陀商館を選ぶのは、長崎の地の者としてごく当然のことだろう。そのくらいなら人を見ることにはなるかもしれぬが、見抜くことにはならない。人は踏み外してからが計りがたく、〝人臭い〟。見抜くとは、計りがたいところを計ることだ。むしろ、地役人が阿蘭陀商館よりも長崎奉行所を選んだとき、そこに〝人臭さ〟が洩《も》れ出るだろう。

「お待たせしました」

喜助《きすけ》が姿を見せて新しい燗徳利《かんどっくり》と魴鮄尽くしらしい鉢《はち》を置く。

「これこれ」

雅之がとたんに相好《そうごう》を崩して直人にも奨める。

「魴鮄の皮の和交《あえまぜ》さ。炒《い》って短冊《たんざく》切りにした皮と塩揉《しおも》みした大根を、木耳《きくらげ》と三つ葉、針生姜《はりしょうが》と合わせて三杯酢《さんばいず》で和える。さっぱりと旨いぜ」

箸を伸ばして口を動かしてみると、ほのかに栗《くり》の風味もする。

「栗生姜ってわけか」

声を上げたのは、しかし直人ではなく雅之だ。栗生姜は生《なま》の栗を針のように細く切って針生姜と和わせる。

「明日は十三夜《じゅうさんや》ですんで、ちっとだけ交ぜ込んでみました」

喜助が答える。言われてみれば、明日の九月十三日は先月十五日の中秋《ちゅうしゅう》の名月《めいげつ》のあとの後《のち》の名月だ。芋《いも》ではなく栗を供えて月見をする。前夜というのに、月見なんてすっかり頭から退《の》けていた。

「そう言えば、去年は亀戸《かめいど》の羅《ら》漢寺《かんじ》で芋名月でしたね」

思わず頬をゆるめて直人は言った。雅之や直人は日頃、深川《ふかがわ》の富川町《とみかわちょう》は五《ご》間堀《けんぼり》に近い錬制館《れんせいかん》で剣の稽古をする。導く石森念流《いしもりねんりゅう》が斬《き》らずに相手を制圧する剣であることに加えて、徒目付組頭《くみがしら》を補佐する加番《かばん》の芳賀《はが》源一郎《げんいちろう》が在職のまま道場主を務めているからだ。その日は八月の十三日で、満月の二日前ではあったが、三人そろうのはめったにないということで稽古帰りに月見に繰り出したのだった。

「ああ、土垂《どたれ》が旨かったなあ」

深川も小名木川《おなぎがわ》を離れて羅漢寺辺りまで足を延ばせばもう一面の畑地で、月見の季節になるとその地で里芋《さといも》を育てる農家が茶店を出す。月見に供える喰い物といえば、まずは里芋だ。中秋の月見は里芋の収穫を祝う祭りでもある。雅之の目当ては子芋のほうを喰う土垂という里芋で、農家の庭先に仮組みされた茶店の床机《しょうぎ》に腰を下ろし、芋だけを肴《さかな》に飲み、語った。雅之と月見を共にするのはその宵《よい》が初めてだった。

「襲撃《しゅうげき》への心の構え方など、さまざまに導いていただきました」

月見に付き合ってくれた芳賀源一郎の剣の話から回り回って、徒目付が受ける襲撃の話になった。幕吏の昇進、異動に伴う人物調べに当たる徒目付は恨《うら》みを買いやすい。関門で阻《はば》まれた者のなかには、人物調べのせいではないかと考える者が必ず出る。きっと悪く書かれていたにちがいないと想い、わざとではないかと想い、狙われたのではないかと想う。さらに極まれば、このまま捨て置いてなるものかと毒を煮詰《につ》める。たいていは思うだけでいずれ正気に戻るが、なかにはとうとう戻らぬ者も居る。で、ある夜、鯉口《こいぐち》を切った襲撃者が目の前に立つ。その襲撃者はなぜ戻れなかったのか、いよいよ本身《ほんみ》を抜いて進み出たらどう対すべきか……雅之が躰で悟った智慧を惜しみなく分けてもらった。

「片岡……」

なぜか鎮《しず》まった口調で雅之は言う。

「ここんとこ俺は海防の話ばっか語ってると思わねえかい」

語っていない、とは言えない。

「そうですね」

共に科人《とがにん》のなぜを追っていた頃の月見の記憶が、その問いを引き出したのだろうか。

「なんで、だと思うね」

いよいよか、と直人は思う。切り出すのかと想う。実は二十日前も妙だとは感じていた。最初は四月の不在を説いてくれているのだと思った。そのために日頃は語らぬ政《まつりごと》を語っているのだろうと思った。けれど、いかんせん長すぎた。聞くうちに、切り上げる間際《まぎわ》になって、なぜを離れる話を言うのだろうと予期した。きっと、御目付に乞《こ》われて、もっぱら海防に当たることになったのだろう。が、結局、そこには向かわず、己れのしくじりをそれとなく、しかしざくりと糾《ただ》す言葉を聞いた。ありがたく受け取ったが、それで、そんな話はなかったのだという気にはなれなかった。事がはっきりするまで待つ気になったのかと想った。あるいは目付筋のなかに、海防に専念するような部署ができるのかもしれない。そこが正式に発足するのを待ったのかもしれない。二十日をかけて、聞く構えを整えた。さあ、言ってくれ、と直人は思う。気持ちよく送り出す用意はできている。海防話を引っ張る必要はない。

「柄にもねえかもしれねえが、俺もなかなか言い出しにくくてな」

話は直人が読んだとおりの筋道をたどる。

「片岡が徒目付一本と腹を据えてからまだ十月《とつき》と経ってねえ。用件を切り出せずに延々とレザノフやフェートン号の話をつづけちまった」

せめて一年は部下の役にのめり込んでいたかったが、いまとなっては未練だ。

「しかし、ま、いつまでも先延ばしするわけにもいかねえ」

そう願いたい。

「実ぁな」

　直人は腹を据える。

「海防に当たる御目付の一人が片岡を欲しいって言ってるんだよ」

　一瞬、雅之の言っていることがわからない。

「恐れ入りますが、いま一度」

「だからさ」

　言葉の際《きわ》を立てて、雅之は繰り返した。

「海防に当たる御目付の一人がさ。片岡を欲しいと言うんだよ」

「それがし、ですか……」

　話があまりに唐突《とうとつ》で、頭が回らない。

「ああ、どこまで本気なのか見切らねえと当人には持ち出せねえから、片岡には俺の御用旅の知らせがてら海防がどんなものかを説いておいて、御目付のほうはしばらく打っちゃっといた。そしたら、昨日、あの件はどうなったと念押ししてきてな。で、いよいよこうして切り出したってわけだ」

「はあ……」

「ま、考えといてくれ。この話に関わる組織替えは年の瀬になるだろうから、まだ時はある。できねえならできねえと言ってくれたらいい。断わってもあとあと御勤めの疵《きず》にはならねえようにしとくから気にするこたあねえ。俺にもそんくらいの力はある」

ようやく、頭が事態を理解する。

「けどな、いきなり断わることはねえと思う。勧めてるんじゃあねえよ。迷うのは無駄にはならねえと言ってるんだ」

己れの用心が過ぎて、胸の裡《うち》で勝手に雅之をいじくり回していたようだ。

「人は変わる。日々変わる。日々変わる己れと膝《ひざ》突き合わせたらいい。その上でこうと決まったときには、ためらうことなくそいつを選ぶことだ。たんと迷うように言っとくが、海防やりゃあ御目付の目にも留まりやすい。評定所《ひょうじょうしょ》で探索をやる評定所留役《とめやく》に推挙されることだってあんだろう。評定所留役は御目見以上《おめみえいじょう》だ。片岡がいったんは望みを捨てた旗本に身上《みあ》がることになる。見抜く者とて人だ。一度思い切ったことをまた思い直したって下衆《げす》にはなんねえ。そいつを含めて、もろもろ迷い抜いたらいい。人がいっとうわからねえのが誰でもねえ、己れだ。迷いは見抜く力のなによりの肥《こえ》さ」

いや、己れは下衆だと直人は思った。そして、この人は、どうあっても下衆には堕《だ》さない。

評定所留役の話はいまの直人を動かさない。高砂新道《たかさごじんみち》での三谷一利との午餐《ごさん》のあとで、勘定所への再度の誘いを受けたときも気持ちはざわつかなかった。旗本に身上がろうという気は直人の裡《うち》から消えている。

あのときはまだなぜを追う気がみなぎっていたので、いまはどうかと己れの様子を窺《うかが》ってみたが、やはり動かない。三谷に声がけしてみようかなどとは露ほども思わない。なぜを追う気は戻らぬだけで、己れの軸ではありつづけていると見てよいのだろうか。それとも海防が新たな軸になろうとしているのか。ずっと徒目付で行くと腹を据えてから十月も経たぬうちに、海防がなぜに取って代わるとは思いたくないが……。

雅之は「もろもろ迷い抜いたらいい」と言ってくれたが、直人としては素直に従ってもいられない。御用《ごよう》はこちらの事情に関わりなくもたらされる。勤まらぬと見切り次第、御役目を返上しなければならない。それを避けようとすれば、海防への誘いを受けて徒目付ではありつづけ、戻るまでの時を稼ぐしかなくなる。

なぜを追う気が戻らぬいまでも、海防の話はできている。当分は勤まるだろう。海防が新たな軸になっているのであればそのままつづければよいし、やはり、科人のなぜが己れの軸だと悟る日が来たら戻る苦労を重ねればよい。いかにも妥当で、考えずとも結論は出ているようだ。なのに、どうにもすっきりとしない。あまりに都合がよくて得心《とくしん》をためらわせる。都合がよすぎるものはとりあえず避けるのを習いにしている。

とはいえ、海防を選ばぬ限り、もう時の猶予《ゆうよ》はない。どうしたものかと窮していたら、徒目付の増員が発表され、九月半ばからのひと月、直人の組は全員が人物調べの御用に当たることになった。勘定所ほどではないにせよ、徒目付の枠も増すばかりだ。ついては、その数倍にもなる候補の人となりを精査しなければならない。直人にとっては、その間、なぜを追う気が痩せた己れと直面せずに済むことになる。

明日にも致仕願いを出さねばと焦《あせ》る日々からいったん放たれる。

直人は全力で人物調べに当たることにしたが、迷いから逃げたわけではない。いつものことだ。最も御用繁《はん》多《た》な幕臣である徒目付に員数合わせはない。一人一人が主軸だ。くれぐれもきっちりと調べ上げなければならない。それが元で恨みを招き、襲撃を受けるかもしれぬ御用でもある。地味な人物調べを好む者はすくなく、斜《はす》に構えて動きがちだが、そんな温《ぬる》い了見《りょうけん》で当たっていい御勤めではなかろう。

心ここに在らずで当たられたら調べられるほうは堪《たま》らない。彼らはかつての己れである。それぞれに重い時を重ねて徒目付という御役目が開いてくれる日々に賭《か》けている。直人が無役から抜け出るために逢対《あいたい》に通い出したのは十五の春だ。まだとっぷりと暗い登城前の権家《けんか》の屋敷に日参し通し、ようやく小普請世話役にありついたのは二十二の秋だった。徒労、諦念《ていねん》、希望、嫉妬《しっと》、正義、怨嗟《えんさ》、固執、公正、焦燥……もろもろを煮詰めたような七年を、けっして忘れることはない。その苦い七年を嘗《な》めながらさらに三年、徒目付になる日を待った。直人は身をもって襲撃の歯止めがごく脆《もろ》いのをわかっている。

彼らの想いと組み合える熱をもって調べなければならぬ。だから、いま己れを身動きできなくさせているもろもろを、きれいに拭《ぬぐ》い去って御用に当たる。なぜも海防も躰から除《の》ける。菊枝だけは除けがたいが努めて除ける。人物調べ専一《せんいつ》で御用に当たる。直人は久々に、己れを押し出そうとするものが脈《みゃく》づくのを察した。

直人が受け持ったのは五名だった。己れに課した調べ方で調べればひと月はあまりに短い。直人は寸暇《すんか》を惜しんで歩きまくり、訊きまくり、観《み》まくった。ことさらに自戒をせずとも、己れを身動きできなくさせていたものが居残る隙間《すきま》はなきがごときになった。なんとか明くる十月の十四日、最後の一人である御徒《おかち》、岡村久次郎《おかむらきゅうじろう》の調べをあらかた終えた直人は、締めくくるために浅草諏訪町《あさくさすわちょう》の大川縁《おおかわべり》に来ていた。御徒の水練場《すいれんじょう》を目にするためである。

御徒は七十俵五人扶持《ぶち》の士分《しぶん》で御目見以下だが、上様御成《おなり》の際の儀仗《ぎじょう》と警護の御役目を担《にな》う。御成は御座舟《ござぶね》を使われることもあるから御徒に泳ぎは必須《ひっす》だ。水が温む季節には大川で水練に励むことになる。折に触れて上様の御上覧《ごじょうらん》があるので、打ち込み様《よう》は半端《はんぱ》ではない。

総勢二十組、六百名の御徒のなかで、水練御上覧で演武を披露《ひろう》できるのは七十五名のみだ。選ばれるだけでも名誉な上、演武を認められて上様から御帷子《おかたびら》を頂戴《ちょうだい》すればその後の身上がりにも有利になるというわけで、弥《いや》が上にも稽古に熱が入る。実際、久次郎が徒目付の候補となったのも御帷子頂戴が力になったらしい。その稽古場が諏訪町にあったので、直人も一度目にしておくことにしたのだ。すでに水練は八月で終わっていて、泳ぐ姿がないのはわかっていたが、場の醸《かも》す気だけでも感じ取っておきたかった。

見慣れた大川の川端《かわばた》も、見る気で見ようとするとちがう場処のように映るのが不思議だ。毎年、土用《どよう》が間近になると十を超える葭簀《よしず》張りの水練小屋が建つのだが、役割を終えて取り払われてみると、夏の光景は遥《はる》かである。それでも水際《みずぎわ》には川に入ったまま休みを取るためなのだろう、摑《つか》まる杭《くい》が何本も打たれていて、そこが水練場だったことをほのめかす。そのまま川面《かわも》に目を預けていると号令の掛声が聴こえてくるような気がして、御徒たちの演武を想い浮かべながら上流へゆっくりと歩みを進めた。

ほど近くなった大川橋の方からざわめきが伝わってきたのはそのときだ。思わず目を上げて声のする向きを見遣《みや》ると、駒形堂《こまがたどう》の下あたりから対岸へ向かって男が泳ぎ出したのが見えた。それを見物していた者たちのどよめきが届いたらしい。

場処から季節外れの水練かという気もよぎりはしたが、それにしても外れすぎている。すでに川終《かわじま》いからひと月半ほどが経って、季節の上では初冬だ。朝夕はめっきり冷え込んで、大川も野菜洗いが辛《つら》くなるほどに寒《かん》がかっている。さすがに水練はあるまいと思ったとき、五日ほど前に、毎日のように大川を泳ぎ渡る男が居るという噂《うわさ》を耳にしたのを思い出した。

決まって午九《ひる》つのすこし前、浅草の聖地とされる駒形堂に現われて、対岸の南本所《みなみほんじょ》の多田薬師《ただやくし》辺《あた》りとのあいだを往復すると、その後、なにをするでもなく姿を消すらしい。人騒がせではあるが、事件の匂《にお》いは薄いようだ。あれがそうかと合点《がてん》して目を凝《こ》らすと、はっきりと水練とはちがうとわかった。いかにも下手《へた》なのだ。

毎日、往復しているからには、さぞかし泳ぎが達者なはずだが、目の当《ま》たりにしてみればいかんせん拙《つたな》い。抜き手と言えるほどの技ではなく、どうにか水面《みなも》から顔を出して進んではいるという風で、いまにも波間に掻《か》き消えてしまいそうだ。見る者によっては泳いでいるのではなく溺《おぼ》れていると思うかもしれない。そのぎこちなさに逆に気持ちを摑まれてどうにも目が離せない。ひと掻きひと掻きが見知らぬ生き物が蠢《うごめ》くのを見ているようで、結局、対岸まで行って戻るまでずっと目で追ってしまった。

男がなんとか駒形堂の船着場に泳ぎ着いたのを見届けてから直人は川端を離れる。けれど、川の匂いが届かなくなっても、あの溺れるような泳ぎが目に焼きついて離れない。ふと気づくと男を想い浮かべている。幾度となく繰り返すうちに直人は噂とはちがうことを感じるようになった。噂では人騒がせなだけとしていたが、どこかで男がなんらかの事件につながっているような気がしてならないのである。菊枝の一件が刻み込まれている躰で尋常とはちがう様《さま》に触れれば、どうしたって胸の裡は不穏に傾くだろうと、いくら、己れに説いても収まろうとしない。気になり出すと、かねてからずっと人知れず抱えてきた懸案まで頭をもたげた。

己れはいつもすでに起きてしまった事件のその後をどうにかしている。けれど、事件は起きぬのが一の善だ。なのに、そもそも起きぬようにするための努めをなにひとつやっていない。どうすればよいのかを突き詰めることもなく、日々の忙しさに紛《まぎ》れている。想い浮かべる男の頭が波間に隠れるたびにそのことを突き付けられているような気になってどうにも落ち着かない。で、結局、御用繁多の時をこじ開けて翌日の十五日も再び駒形堂へ足を向けた。

行ったところで幕臣の監察を担う徒目付が介入する筋合《すじあい》ではない。船着場に上がった男は町人風だった。幕吏が関わるとすれば町方《まちかた》の、おそらくは定橋掛《じょうばしがかり》だろう。大川橋のみならず、大川に架かる橋の途中で立ち止まるのは御法度《ごはっと》だ。橋脚に偏《かたよ》ってかかる重みで橋が落ちかねない。四年前に永代橋《えいたいばし》が崩れ落ち、千を超えるともされる仏を出してから、お達しはさらに厳しくなっている。御番所《ごばんしょ》で橋の世話に当たる定橋掛が放ってはおくまい。大川を泳ぎ渡ってはならぬという触れが出ているかどうかは知らぬが、それが元で立ち見の者が出るとなれば捨て置くことはできぬだろう。だから直人は、定橋掛の邪魔にならぬよう、離れた処から船着場を見ていた。

　もともと、町方と目付筋の反《そ》りはよくない。関わりに曰《いわ》く言い難いものがあるのだ。御番所の与力、同心は幕吏であるが、罪を背負《しょ》った町人を扱うゆえだろう、御番所の外《ほか》の御役目に役替えになることがない。町方は八丁堀《はっちょうぼり》で生まれ、育ち、勤め、逝《ゆ》く。生涯、町人地《ちょうにんち》である八丁堀を出ることがない。おのずと町方みずから、己《こ》れはあくまで町方であって幕臣ではないという覚えを抱くようになる。着流しに小銀杏《いちょう》という粋《いき》な風体《ふうてい》はそんな町方の矜持《きょうじ》の現われだ。幕臣扱いせぬなら、こっちのほうから幕臣のお仕着《しき》せとは縁切るというわけである。それゆえ八丁堀にとってはすべて八丁堀で閉じるのが道理なのだが、監察については幕臣の軛《くびき》が生きていて目付筋が出張《でば》る。八丁堀にはやりきれない。町方の居場所の不分明《ふぶんみょう》が、監察に露出しているのである。

やがて四つ半になって、男が船着場に姿を現わす。大川橋の上にも人が集《たか》る。直人は周りに目を巡らせて定橋掛を探した。が、見つからない。どこにも着流し黒羽《くろば》織《おり》は見えない。放っておくのか、と訝《いぶか》って、ふと、三橋会所《さんきょうかいしょ》か、と想う。二年前から、大川橋と新大橋《しんおおはし》、それに永代橋の面倒見《めんどうみ》は御番所から十組問屋《とくみどんや》が設《しつら》えた三橋会所の所管に移っている。十組問屋のみが江戸と東国の物資の流れを扱うのを御公儀から認めてもらう見返りに、大川に架かる両国橋以外の三つの橋の架け替えと修理を担うことを申し出たのである。

橋はべらぼうに手もカネもかかる。いくら良材《りょうざい》を選んでも木の橋である以上、腐るのは免《まぬが》れないし、大船《おおぶね》を通すために橋桁《はしげた》を高く支える大川の橋は風にも弱い。繁《しげ》く上り下りする船が橋脚《きょうきゃく》に衝突するのはしょっちゅうだ。加えて、橋の大釘《おおくぎ》や鎹《かすがい》を引き抜いてカネに替えようとする不届き者だって居る。誰かが常日頃から破損や腐食、金物《かなもの》の盗みに目を光らせ、適宜《てきぎ》、架け替えと修繕を諮《はか》らなければ、いずれ橋はたいそうな木屑《きくず》と化し、途端に大江戸の暮らしは蹲《うずくま》る。その誰かが三橋会所に替わったのだが、会所はカネを出すだけで、主管はずっと御番所が当たるものと想っていた。が、どうやら、検分や巡察を含めて会所に移ったらしい。

定橋掛を探すうちに男が泳ぎ出す。今日もあの溺れるような泳ぎで、直人の目は男に移った。いまにも土左衛門《どざえもん》になりそうなごつごつした動きが、逆に男が生きていることを煮詰めて伝える。見る者が目を離せなくなるのは、日頃、持て余して打っちゃっている己れの生《せい》を見せつけられるせいかもしれない。男は衆生《しゅじょう》の視線を集めつつ対岸にたどり着き、折り返す。ごつごつと水を掻くのにちっとも進まない。なんとか駒形堂が近づいたところで直人は目を移し、また定橋掛の姿を探した。見つからぬのをたしかめてからおもむろに躰を動かして船着場へ向かう。突端に立ち、やっとのことで泳ぎ着いた男に思わず手を差し伸べた。これから己れがなにを為《な》そうとしているかはまったく定まっていない。けれど、眼前で男を捉《とら》えれば力尽きたかのようで、ごぼごぼと水を飲みさえする。いまにも沈みそうで、手を出さずにはいられなかった。

「どうも、ご親切に」

息を荒くしながらも、男は丁寧《ていねい》に礼を述べて直人の手を取った。商家できちんと苦労を積んだことのある人間の物言《ものい》いだ。齢《とし》の頃は三十半ば。目には大川の冷たい水のせいで細《こま》かい血の筋が浮いているが、配《くば》りは穏やかで、こんな突拍子《とっぴょうし》もない真《ま》似《ね》をしでかすような男には見えない。

「実のところ、親切ばかりではない」

岸に上がって、盛大に湯気を放つ躰《からだ》を拭《ふ》いている男に直人は言った。

「支《し》度《たく》ができたら、ちっとばかり話を聞かせてもらいたい」

「御番所の御方で？」

男は緊張はしたが驚いてはいなかった。なぜか、待っていたような顔つきを浮かべた。

「いや、徒目付だ。自身番《じしんばん》には行かぬよ」

ともあれ、事情を識《し》ることだと、直人は己れに諭《さと》した。己れがなにを為すかは、男がなんで十月の大川を溺れるように泳いでいるのかをわかってから考える。

「そこいらの蕎《そ》麦《ば》屋で躰あったためて、昏ほぐしてもらおうか」

そうして直人と男は、駒形町の川岸にある蕎麦屋、墨屋《すみや》の二階小《こ》座《ざ》敷《しき》に上がった。

墨屋はずっと大川橋の袂《たもと》近くで屋台商いをしていて、ようやくこの春、店を構えるまでになった。江戸千六百余町と同じ数だけ店があるとされる蕎麦屋を切り盛りしていくのは楽ではなかろうが、夏でも辛味《からみ》大根《だいこん》の蕎麦切りを出すなどの工夫を重ねて蕎麦っ喰いの舌を捉えている。直人もそういう客の一人だ。

「見させてもらったが、どうやら、泳ぎはあんまし得意じゃないようだ」

頼んだ蕎麦が来るのを待ってから、直人は用件に振った。

「子供の頃からずっと金槌《かなづち》でして。このひと月で俄《にわ》かに覚えましてございます」

男は、内藤新宿《ないとうしんじゅく》で古手《ふるて》を商う蓑吉《みのきち》と名乗った。

「そいつはたいしたもんだ。とはいえ、その覚え立ての腕で大川を渡り切るのは、ちっとばかし度胸がよすぎはしねえかい。なんでまた、そんな無理をするんだ」

さほど寒が強い日とも感じなかったが、それも男の泳ぎに気が行っていたせいかもしれない。川岸に立って見届けていただけの直人にも蕎麦の熱《あつ》さはありがたく、手繰《たぐ》るよりも先に汁《つゆ》を吸う。辛味大根の蒸籠《せいろ》ではなく、墨屋が評判を取っている霰《あられ》蕎麦《そば》である。小柱《こばしら》を海苔《のり》の上に散らして、冬の霰に見立てたかけ蕎麦だ。

胃の腑《ふ》は完調とはゆかぬが、人物調べに当たってからは霰蕎麦くらいは美味《おい》しく手繰れるようになった。種物《たねもの》が苦手な直人も墨屋の霰蕎麦だけは惹《ひ》かれる。海苔と小柱の按配《あんばい》がよく、男にも薦《すす》めてみたらあっさりと受けた。振る舞われた義理からか、あるいは大川の水で冷え切った躰が求めたのか、丼《どんぶり》が届くや音を立てて蕎麦を搔き込む。汁まできれいに飲み干して、丼は早々と空になった。

「手前は十一のときに三河《みかわ》から江戸へ出て、富沢町《とみざわちょう》の古手を商う大店《おおだな》に奉公《ほうこう》させていただいておりました」

箸《はし》を持っていた右手を置いて、蓑吉が神妙に切り出す。江戸でいちばん古手屋が集まっているのが富沢町だ。

「五年前に、お世話になってから二十年が経《た》ちまして……」

「ほお」

丁稚《でっち》奉公は最初の一年で三割方が欠け落ちる。その後も罠《わな》は幾重《いくえ》にも用意されている。二十年持つのは、並外れて辛抱《しんぼう》が利《き》く者だけだ。

「そのお店《たな》は、二十年勤め上げた者が望めば暖簾《のれん》を分けてもらえる決まりになっております。で、手前も江戸市中はまだ敷居が高いってことで内藤新宿に持ち店を開かせていただいたのですが」

「そいつは上々だ」

「ところが、どうにも芳《かんば》しくございません。内藤新宿だからといって、手を抜いているつもりは毛頭《もうとう》ないのですが、どうやっても上手《うま》く回らない。御府内《ごふない》でも真ん中の、富沢町仕込みの商いは四谷大木戸《よつやおおきど》の外では通用しないのかと、あれこれ試してもみましたが、ますます塩梅《あんばい》がわるくなる一方です」

話は暗いが、口調は凍《こお》っていない。蓑吉はようやく人心地《ひとごこち》が付いたようだ。

「なんとか五年は持たせましたが、いよいよ蓄《たくわ》えも底をついて、このままでは分けていただいた富沢町の暖簾にも傷が付きかねません。こいつは神頼みでもなんでもしなきゃなんねえと、昔からお世話になっているさるお方に相談しましたら、霊験《れいげん》あらたかと評判の神様を紹介されまして」

語る唇にも、血の色が戻っている。

「その神様が仰《おつしや》るには、浅草寺《せんそうじ》の御本尊である聖観世音菩薩《しょうかんぜおんぼさつ》が浅草に上陸された土地である駒形堂と対岸を泳いで往復すれば運気《うんき》が変わるだろうと。で、人騒がせとは存じましたが、こうして十月の朔日《ついたち》より願掛《がんか》けさせていただいている次第《しだい》でございます」

話に特段妙なところはない。富沢町と内藤新宿に足を運んで裏を取りさえすれば、やはり己れの気が敏《さと》くなっているだけということになるのかもしれない。それでも、明日、明後日にも時をこさえて行ってみようと思うくらいには事件の予兆を感じている。大木戸の外とはいえ内藤新宿くらいなら出張ると言うほどの距離でもないが、本業の報告書をまとめる合間を縫っての手間にはなる。

「そういうことかい、と言いたいところだが……」

その前に、いちおう釘を刺しておく。

「大川橋の上の見物客を見たかい」

「はあ……」

「みんな、おぬしの泳ぎ目当てらしい。人が集まりやすい午九つなんぞを選んだこともあって、けっこう人が混んできている」

「皆様方のお手を煩《わずら》わせて恐縮の極《きわ》みでございますが、その刻限を含めて神様のお告げなものですから、手前ではいかんともしがたく……」

「ま、そっちにはそっちの事情があるだろうが、知ってのとおり永代橋の凶事の記憶もまだ生々しい」

「はい」

「このまま見物客が増えつづけて、大勢が橋の上で立ち止まったら、その重みで大川橋だって落ちるかもしれん」

明日は喰えずに大川に身を投げているかもしれない連中が、今日はけらけらと笑っているのが江戸という町だ。常とは異なることがあれば、寄ってたかって束の間《つかま》の戯《たわむ》れに変えてしまう。大川橋の上にはすでにすくなくない人が足を停めて見物を決め込んでいた。人でごったがえす浅草広小路は目と鼻の先だ。下谷だって直《す》ぐ隣りである。噂がさらに広がれば落橋も杞憂《きゆう》とは言えなくなる。

「まことに、申し訳ないことで……」

「町方とはちがうからどうこう指図はしない。とはいえ、目に留《と》まってしまったからには御番所にひとこと入れておくのが筋だが、その神様のお告げの満願《まんがん》まで、いったいあと何日残っている？」

「はい、あと二日でございます」

「二日か……」

直人は箸を置いて腕を組んだ。なんとも悩ましい日数だ。ほんとうにあと二日なら、内藤新宿まで出張って裏を取ったときには蓑吉の姿が大川から消えている公算が高い。蓑吉の言い分がまこととわかれば、なにもなくてよかったで良し、しかし、偽りと判明したときには厄介だ。事件の予兆が取越し苦労でなかったとたしかめられても、当人が人の海に紛れれば追うのは至難である。なにしろ、まだ事件にはなっていない。事件になっても町人だ。徒目付《かちめつけ》の御役目にはならない。さて、どうしたものか、直人は思案する。

蓑吉は朴訥《ぼくとつ》としているように見えて、存外《ぞんがい》、人好きがする男で、いつの間にか直人の胸裡《きょうり》にはできるものなら願掛けを成就《じょうじゅ》させてやりたいという気も芽生えている。蕎麦の喰いっぷりもわるくないし、あの溺れるような泳ぎで大川を往復する度胸も敬服《けいふく》もんだ。ひとつまちがえればいつ御陀仏《おだぶつ》になってもおかしくはなく、相当に腹が据わっている男でなければ踏ん切れるものではない。

蓑吉の語った話のすべてを信じたわけではない。なかでも、内藤新宿で古手商いがいけないというのはどうにも解《げ》せなかった。享保《きょうほう》の頃に武蔵野新田《むさしのしんでん》が拓《ひら》かれて以来、内藤新宿は多摩や秩父と江戸市中を結ぶ中継地として殷賑《いんしん》を極めている。そんな活気溢《あふ》れる土地で富沢町仕込みが古着を商えば、失敗するほうが難儀《なんぎ》なはずだ。

とはいえ、あくまで感じたままでだ。二日、泳ぎを見て、蕎麦屋の二階で話を聞いただけだ。それに、蓑吉からは不穏は届いても悪《あく》は伝わってこなかった。このまま事情を掘り返さずにあと二日、目を瞑《つむ》ってもさしたる支障はないかもしれない。己れが噂を聴いたのは六日ばかり前だった。蓑吉が泳ぎ出したのが切りよく朔日というから、すでに九日が経った頃になる。徒目付の耳に九日なのだから、町方ならその数日前には摑んでいるだろう。いまさら御注進するのはいかにも外しているかもしれない。直人の頭から内藤新宿がだんだん遠ざかる。

「では、こうしよう」

直人は言った。

「いまの話に嘘偽《うそいつわ》りがなく、そして、きっちりあと二日で止《や》めるなら、こっちもおぬしに会わなかったことにしよう」

「そんなふうに、なすっていただけるんで」

くすんでいた蓑吉の顔がわずかに晴れた。

「といっても御役目ちがいだ。町方がどう出るかはわからない。厄介なことにならぬうちに確《しか》と二日で切り上げるよう。延ばすのはなしだ」

くれぐれも事件なんぞに巻き込まれることがないようにと念じつつ直人は言った。

「まっこと、ありがたく。肝に銘じさせていただきます」

蓑吉の礼の言葉を聞くと、満願の願いを通してやったという感はなく、逆に、事件に遭わぬように差し伸べた手を引っ込めてしまったような気がした。そもそもは起きる事件を起こさぬようにと躰を動かしたはずなのに、どうにも腰の据わらぬ振舞いだ。こんな風にしてなんにも手を着けぬ日々が積み重なっていくのだと思いながら直人は大川を離れた。

翌朝になっても、やはり悔いは尾を引く。己れから頭を突っ込んだにもかかわらず、あと二日と聞いただけで引いてしまった。いかにも軽い。だからなのか事件の予兆は昨日よりもっと強くなっている。ふてぶてしさを見せつけていた菊枝はその夜にぶら下がった。記憶から遠ざけているあの朝のことを思い出しそうで、内所で筆を動かしているあいだもどうにも落ち着かない。結局、蓑吉が泳ぐ午九つに間に合うように、三日つづけて駒形町へ足を向けた。

二日は目を瞑ると言い切った手前、蓑吉に姿を見られるわけにはゆかぬので、墨屋の二階から辛味大根の蒸籠を手繰りつつあの溺れるような泳ぎを追う。そこは蕎麦っ喰いで、さすがに二日つづけて種物に箸をつけるなんて真似はできない。

蓑吉は往《い》きを泳ぎ終えて、川向こうの多田薬師からこっちの駒形堂に戻ろうとするところで、もう川幅の半《なか》ばを切っている。昨日と変わらずに波間に沈みそうで、よくもまあ大川を往って還《かえ》ってこれるものだ。

直人の目は直ぐにその危なっかしい泳ぎに釘付けになったが、そのうち、昨日、己れの居た船着場に立つ一人の男に向かうようになった。御役目がら胡乱《うろん》な輩《やから》にはすぐに気が行く。直人の目に映った男はもう怪しすぎるくらい怪しくて、なんでもっと早く気づかなかったのかが不思議なほどだ。

離れた墨屋からなので顔相《がんそう》までは捉えられぬが、武家風体《ふうてい》で黒羽織を着けている。となれば定橋掛と想《おも》うところだが着流しではない。黒羽織も町方のそれとはちがうようだ。御徒の水練場が間近なのだから、御徒と捉えるのが妥当なのだろう。公方《くぼう》様の御成の際に周りを固める御徒は毎年羽二重《はぶたえ》の黒羽織を賜わる。万に一つ、行列が襲われた際に公方様にも同じ黒羽織に身を包んでいただいて、賊の目を眩《くら》ませるためだ。

けれど、直人の目には襲撃者にしか見えない。とにかく様子が落ち着かない。檻《おり》に入れられた獣《けもの》さながら間断なく動き回っている。近くに寄って顔を見たら泡を吹いているのではないかと思えるほどだ。

蓑吉はもうすこしで岸に着く。蕎麦はまだ蒸籠に残っていたが、直人は思わず腰を浮かせた。頭は迷ったけれど、躰は迷わず階段を目指す。足早に駆け下りて、駒形堂下の船着場へ急いだ。

ひょっとすると、泳ぎ疲れた蓑吉の目には岸に立つ黒羽織姿が見えていないかもしれない。着いて、昨日の己れがしたように手を差し伸べられたら取ってしまうかもしれない。そいつはいかんぞという胸裡の叫びに取越し苦労という囁《ささや》きが交《ま》じるが、大きく足を捌《さば》くうちに呆気《あっけ》なく消えた。

消えるとさらに足が早まって、二人の姿がくっきりとしてくるのに、なかなか着かない。蓑吉はもう岸に上がって濡《ぬ》れた躰のまま男と向き合っていて、危うさが噎《む》せ返るほどに臭《にお》う。

離れろ！

と、直人は大声で叫ぼうとする。

が、声にならない。

笑っているのだ。

蓑吉が笑っている。

笑ってまではいずとも、微笑《ほほえ》んでいる。

知り合いだったのかと拍子抜けして男に目を向けると危うさは変わらない。

変わらないどころか涎《よだれ》を垂《た》れ流す狂犬さながらだ。

蓑吉が微笑んでいるのではなく恐怖で顔が歪《ゆが》んでいるのだと気づいて、直人は脱《だっ》兎《と》のごとく駆け出す。

その瞬間、男が本差《ほんざし》を抜いて大きく振りかぶり、そのまま斬《き》り下げた。

腰が据《す》わらぬ太刀筋だったのに辺りはみるみる赤く染まる。

なのに、男は本差を納めようとしない。

しきりに声を上げげつつ刀を振るいつづける。

どうやら「おばけだ」と言っているらしいが「おまけだ」とも聴こえる。

さらに間《ま》が詰まると、こんどははっきりと「お化け」とわかった。「お化けだ、お化けだ」と繰り返しては本差を振るう。

鯉口を切りながら直人はずかずかと足を送る。返り血に塗《まみ》れた男の傍《わき》に立つと抜刀し、腹に溜《た》めたありったけの息を振り絞って声を張り上げた。

「かたな、おけー！」

想わぬ大声に虚《きょ》を突かれたのか、男の手から本差が落ちてその場にへたり込む。へたり込んでも、まだ「こいつはお化けなんだ」などと言っている。なんてこった と胸裡で己れを罵倒《ばとう》しつつ男を捕縛する。

予兆を察していたのに、目の前で斬り殺されてしまった。

また、死なれちまった。

思わず躰の変調に身構えるが、直ぐに、なにが変調だと思う。それどころじゃあない。そんなことにかかずらっているときじゃあない。

こいつは己れの御用だ。眼前ですべてを見届けていた己れの務めだ。なんで十月の寒がかった大川を顚掛けで泳いでいた蓑吉が斬殺《ざんさつ》されなければならなかったのか、己れが明らかにしなければならない。

上からどんな御役目のお達しが来ようと、この御用だけはやり遂げると、蓑吉と己れに誓った。

あの男、川島辰三《かわしまたつぞう》はやはり御徒だった。幕臣だった。幕臣ならば事件は徒目付の御用になる。

たとえ掛《かかり》を外されても御勤めとは別で当たるつもりでいたが、直人が凶行のそのときその場に居合わせたことを押し立てるよりも先に探索の命が降りた。

早速、直人は訊《き》き取りにかかったが、辰三は酷《ひど》く気を患《わずら》っていてまったく訊き取りにならない。人を斬ったことで一気に病が進んだのだろう、なにを尋ねても「お化けを退治した」を繰り返す。

仕方なしに辰三を能《よ》く識るという同じ御徒の菊池《きくち》親兵衛《しんべえ》から組の詰所《つめしょ》で話を聞いたが、親兵衛が語る成り行きはなんともやりきれないものだった。

「この八月初めに御当代様《ごとうだいさま》の水練御上覧が予定されていたのはご存知ですか」

親兵衛は言った。

「いえ、今年は御上覧はなかったはずですが……」

直人は問い返した。

「間際になって急に取り止めになったのですよ。理由は知らされていません。こっちは御目見以下の御徒ですからね。中止の通達一片《いっぺん》のみです」

親兵衛は直截《ちょくせつ》に語る。徒目付の訊き取りに身構えることも物怖《ものお》じすることもない。どうやら、ただの御徒の仲間ではないらしい。幕吏にとって監察は怖い。敵に回したくない。だから、どこの部署にも、怖い目付筋に力を貸せるときに貸して恩を売っておく役柄の者がかならず出る。親兵衛もその一人のようだった。話せることは話して、話したくないことを護《まも》る。

「川島も消えた水練御上覧に出ようとしていました。齢はもう三十二ですが、これまで一度も出たことがありません。今年こそ御徒総勢二十組、六百人の御徒のなかの七十五人になろうと固く念じていたようです」

川島辰三の件は話してもよいことに入っているようだ。奇行が過ぎて、所属する組でも持て余していたらしい。

「どこまで念じるかは人それぞれですが、川島はそれこそ死に物狂いでした。このたびの御上覧で上様から御帷子を頂戴して、それを取っ掛かりに上を目指すつもりだったようです。ま、御徒ならめずらしくもありませんが」

御徒には儀仗と警護の御役目がある。同時に、幕臣に新しい血を入れるための受け皿のような役割も担わされている。だから、売り買いできる御家人株のなかでも御徒の株は看板のようになっているし、御徒より先の御役目にも門が開かれている。武家ではない身分から新たに御徒となった者は初めからそのつもりで、もともと御徒の出の者は新参者に負けじと〝その先〟を目指す。辰三はと言えば代々の御徒のほうだった。

「ところが、御上覧の演武は一人ではできません。相方《あいかた》が要ります。相方とひと組になっての演武なのです。その相方があやつの想うように仕上がらない。で、別段の稽古《けいこ》をつけたわけですが、御徒の水練の稽古というのがどんなものかご存知ですか」

「かなり手荒いとは聞きますが、目にしたことはありません」

「いいと言われるまで何十回も大川を往復したり、足を縛ったまま泳がされたりします。しかし、ま、そんなのはまだ序の口です」

口調は淡々と親兵衛は説く。

「つまりは、稽古と苛《いじ》めが紙一重《かみひとえ》であるということです」

顔色を変えずにつづけた。

「おまけに、その相方、仁科耕助《にしなこうすけ》は御家人株を買った新入りでした。ただでさえ、カネで武家になった新入りへのいびりは酷いものですが、それに御当代様御上覧のための稽古という名分が加われば、苛めの歯止めはあってなきがごときものだったでしょう」

ずいぶんときわどいことまで親兵衛は平気で口にする。隠すよりも、ぎりぎりのところまで語って相手の懐《ふところ》に飛び込もうとする者のようだ。

「そんなこんなで〝稽古〟が過ぎて、息を継ごうとして相方の仁科が溺れて逝《い》った。それがしが目にしたわけではありませんが、顔を出したところを繰り返し押さえ込んだりしたようです。逝ったのではなくて殺したという見方だってできるかもしれませんが、その件について川島が罪に問われることはありませんでした」

「目溢《めこぼ》ししたということですか」

「徒目付が相手となれば答え方に気をつけなければなりませんが、」

物言いに己れが出る。幕吏には希有《けう》だ。

「それがしは目溢しとはちがうと存じています」

親兵衛の齢の頃は雅之と直人のあいだか。無駄に齢を重ねてきたわけではないらしい。

「つまり、御徒の水練ではその程度の苛めはめずらしくもないということです。それがしも幾度となく頭を押さえられました。でも、こうして生きている。みんな同じようなことを経験して、数多い生きている者とごく稀《まれ》な死んだ者に分かれる。となれば、死んだ理由を殺しとするためには然《しか》るべき証《あか》しが要りますが、たとえ、同じ御徒であるそれがしがその証しを立てようとしても無理です」

親兵衛は聴く者の気が外《そ》れぬ語り方を心得ている。

「申し上げたように稽古と苛めは紙一重です。明らかに稽古ではないという、まさにその現場を目撃していなければならない。己れが目にしていなければ見ていた者の証言に頼ることになりますが、みな己れの泳ぎだけで必死です。己れが死なずに腕を上げることで精一杯で、他人の死と殺しの分かれ目に気を遣る余裕のある者など居りません。不確かな記憶で罪か罪でないかの証言をできるはずもない。まして、糺《ただ》されようとしているのは同じ御徒です。内側のそれがしにも口を閉じます。単に仲間内で庇《かば》い合うということではないのです。ですから罪には問えない。死んだ者の家族が明らかにしようとしても、なおのこと無理でしょう」

額面どおりに証しを立てる困難さを説いているのか、それとも、もしも直人にそのつもりがあるなら、止めておけと忠告しているのか……。

「家の者たちにはどう死を伝えるのでしょう」

直人はとりあえず訊くべきことを訊く。

「病死です。これは動かしようがありません」

即座に、親兵衛は答えた。

「御座船の上様をお護りする御徒は一人の例外もなく泳ぎの練達でなければなりません。御徒の水死はありえない……これが揺るがすことのできぬ御徒の建前です。ですから、水練場だけではありません。海川で逝った御徒の死因は等しく病死と定まっています。己れの川遊びで溺死《できし》したとしても病死です」

「仁科耕助も……」

「病死です。変わるはずもありません」

「つまりは、なにも起きなかったというわけですね」

「さようです。川島がそのままおとなしくしていたら、の話ですが」

「おとなしくしていなかったのですか」

「ええ。まだ御上覧が中止と決まる前に演武を披露する七十五名の発表がありました。川島はそうまでした挙句、結局、選ばれなかったのです。もともとそこまでの腕はなかったというのが組内の評ですが、当人にとっては大疵《おおきず》だったのでしょう。それで、だいぶおかしくなりました。場に関わりなく独《ひと》り言《ごと》を喋《しゃべ》りつづけたり、間断なく手を洗うようになったのです」

　耕助の頭を押さえつけた手をか……。

「その上、出たらしい」

「出た……」

　船着場でも訊き取りの場でも辰三は繰り返し「お化けだ、お化けだ」と言っていた。

「お化けですか」

「ええ」

「耕助のですね」

「はい、それで、だいぶおかしいくらいだったのが、はっきりとおかしくなりました。日々の暮らしさえおぼつかぬほどで、どう繕《つくろ》おうと気患いを隠しようがありません。そこから、今回川島が手にかけた男が絡《から》んできます。名はなんと言いましたっけ？」

「蓑吉です」

「願掛けで泳いでいたそうですね」

親兵衛のほうから尋ねてくる。

「ええ、満願の十七日まであの日を入れて二日でした」

「願掛けで泳ぎ出して十六日目ということですか」

「そうなりますね」

気の病が進んだ辰三は耕助のお化けを見るようになっていた。そういう辰三と、人の泳がぬ十月の大川を泳ぐ蓑吉がたまたま願掛け十六日目に出くわした。辰三の目には、息も絶え絶えにごつごつと泳ぐ蓑吉と耕助のお化けが重なったのだろう。二人のあいだにはなんの関わりもないのに、いまにも沈みそうな泳ぎが辰三の目に留まって厄災《やくさい》を招き寄せてしまった。辰三は本身《ほんみ》を振るって「お化けを退治した」。これまでの話の流れではそういういきさつになる。願掛けで泳いでいただけなのに、なんという悲運だ。

「まさにその十六日間です」

親兵衛はつづける。けれど、直人には「十六日間」の意味がわからない。十六日目ではなく十六日間と言うなら、蓑吉が大川を泳いだ日のすべてだ。蓑吉は願掛け十六日目のただ一日だけ辰三と関わったのだろう。「十六日間」とはどういうわけだ？

「川島が仁科のお化けを見るようになったのは十月に入ってからです」

直人の不審を知らぬげに親兵衛は語る。

「つまり、蓑吉が大川を往復するようになった頃と重なるのです」

「待ってください」

親兵衛を制して、直人は質《ただ》した。

「耕助のお化けを見たのはもっと早くなかったのですか」

辰三が己れを逸する様子を見せ始めたのは、演武を披露する七十五名に洩《も》れてからだ。その時点ではまだ御上覧の中止は決まっていない。水練御上覧は八月の初めに予定されていたというから、七十五名の発表は遅くて七月の半ばだろう。だから、辰三がお化けを見るようになったのは八月あたりと想っていた。親兵衛が言うように「蓑吉が大川を往復するようになってから」であれば、話はずいぶん変わってくる。

「いえ」

親兵衛は答えた。

「お話ししたように、十月に入ってからです」

そして、駄目を押した。

「川島は蓑吉の泳ぎを目にしてから仁科のお化けを見るようになったのです」

「まことですか」

「ええ、御不審ならあとで他の者にもたしかめてみてください」

あのいまにも溺れそうな泳ぎだ。たしかに脛《すね》に大疵を持っていれば〝お化け〟にも見えただろう。なんの関わりもなくはなかったのだ。蓑吉のごつごつとした、いまにも沈みそうな泳ぎが辰三に耕助のお化けを見させて、一日一日、辰三を壊していったのだ。関わりがないどころか、辰三に蓑吉を襲わせたのはあの泳ぎとすら言える。親兵衛の言うとおり「十六日間」かけて、「だいぶおかしいくらいだった」辰三を「はっきりとおかしく」した。耕助のお化けを「退治」せずにはいられない辰三にした。

「蓑吉はただ願掛けをしていただけなのでしょうが、結果として、その願掛けがああいう川島を生んでしまった」

親兵衛はつづけた。

「蓑吉には気の毒でした」

直人は己れを責めずにはいられなかった。あのとき墨屋で蓑吉を止めていれば、こんなことにはならなかった。あの日も辰三は直人たちの間近で蓑吉の泳ぎを見ていたのかもしれない。ひょっとすると、あの日にも「退治」しようとしていたのかもしれない。けれど、蓑吉が水から上がったところから直人が共に居つづけて果たせなかった。あの日で打ち切らせればそこで辰三との縁は切れたのに、己れの据わらぬ腹が「あと二日」を容《い》れてしまった。あの厄災に向けて蓑吉の背中を押したのは自分なのだ。

「組の者たちにも、訊かれることがあったらなんでも話すようにと言っておきました」

親兵衛のほうは冷静だった。

「ありのままを心がけて語ったつもりではありますが、見方のちがいなどもあるかと思いますので、気の済まれるまで当たってみてください」

後手《ごて》に回った、と直人は思った。親兵衛の後手に回った。が、探索の差配としてはきっちりしており、直人はむしろ菊池親兵衛を徒目付に欲しいとすら感じつつ他の組衆にも話を訊いて回った。

大筋として訂正しなければならない点はなにもなかった。

気負《きお》い込んで取り掛かった割にはあまりに呆気ない落着のようだが、ただひとつだけ疑問の晴れぬ点があった。そして、その一点が晴れぬ限り、この事件のなぜは終わらなかった。

笑いだった。

駒形堂の岸に泳ぎ着いて船着場に立った蓑吉は笑っていた。

狂った獣さながらの辰三と真正面から向き合いながら笑っていた。あるいは、微笑んでいた。

直ぐに、微笑んでいるのではなく恐怖で顔が歪んでいるのだと察したが、いまから想い返してみるとそうではない。

幾度となく想い返してみれば、あれは恐怖ではない。

やはり、笑いだ。微笑みだ。

あの微笑みはなんだ。

よもや、蓑吉と辰三は以前から見知った間柄だったのではないかと訝って、親兵衛にも組衆にも尋ねてみたが一人としてそうと答える者はなく、また、隠している様子もなかった。

まだ、やることはたっぷりとある、と直人は思った。

落着なんぞしていない。むしろ、始まったのだ。

なぜはたっぷりとある。あの微笑みに、〝人臭さ〟が密に匂《にお》う。

己れは見抜く者だと念じつつ、直人は御徒の詰所をあとにした。

川島辰三は妻を娶《めと》っておらず、隠居した父と母と三人で暮らしていた。まだ縁座《えんざ》の沙汰《さた》は下りていないが、両親は自失している。頼りとする独り息子が突然科人《とがにん》となればさもあろう。

徒目付の御役目をいっとう因果《いんが》と思わされるときがこういうときだ。慈悲を追い遣《や》って動かぬ賢を動かしてもらい、蓑吉との繋《つな》がりがないのをたしかめた。組屋敷の界隈《かいわい》で尋ねても蓑吉との繋がりを知る者は一人としてなく、あとは内藤新宿へ行ってみるしかなくなった。

御徒の詰所で訊き取りをしてから四日後の朝四つ、内藤新宿へ足を踏み入れてみると、蓑吉が商っていると言った古手屋はたしかにあった。

上町《かみちょう》の表店《おもてだな》で、青梅《おうめ》道中《どうちゅう》との追分《おいわけ》にも近く、申し分のない場処である。構えも想ったよりもかなり大きい。もしも、内藤新宿で古手屋をやっているのが偽りだったとしたら、ずいぶんと厄介になるだけにひとまず安堵《あんど》はしたが、懸念《けねん》が残らぬわけではなかった。なによりも蓑吉のことを誰に尋ねるかがはっきりしない。

店の近所で訊き取りをするのは当然としても、御徒の菊池親兵衛が川島辰三を語ったように蓑吉を語ることのできる人物の心当たりがない。そこが、いくら御府内に近くとも四谷大木戸の外ではある宿場町だ。いったん事件の類《たぐい》が起きたとき、御公儀として事に当たる出先《でさき》がないのである。

江戸市中の外にある内藤新宿を管轄《かんかつ》するのは、御番所ではなく道中奉行《どうちゅうぶぎょう》である。とはいえ、道中奉行は勘定《かんじょう》奉行の兼務であり、その務めは宿場全体の大きな舵取《かじと》りに限られる。実務を担《にな》う勘定奉行支配の代官所にしても日常の政務は市中にある拝領屋敷で執《と》っており、支配地には陣屋を置いていない。しかも、代官所の本来の役目は年貢《ねんぐ》の確実な収納だ。本筋から外れる科人の捕縛は勤めても手柄にはならず、動かせる人数はなきに等しい。おのずと事件が起きた際の対処の仕方は曖昧《あいまい》に据え置かれたままで、結局、誰が始末に当たっているかと言えば、宿場の妓楼《ぎろう》を取り仕切る店頭《たながしら》くらいのものだった。

宿場によってはやくざそのものの店頭もめずらしくないが、内藤新宿の多四郎《たしろう》は十手こそ持っていないものの、十手持ちとしても筋がよいという声が気の利いた筋から届く。四谷大木戸の直ぐ外に延びる宿場だ。どうしたって、市中に居場処を見つけられない半端者《はんぱもの》が群れがちになる。にもかかわらず、内藤新宿がそれなりの収まりを見せているのは、多四郎が妓楼の外にも目を光らせているからという声は多い。とはいえ、あくまで聞いた話であり、それに多四郎の本業は布団《ふとん》や枕《まくら》などの夜具を妓楼に貸し出す損料屋《そんりょうや》だ。どこまで信じていいものかわからぬが、かといって他に行く当てもなく、直人の足は蓑吉の古手屋と同じ上町にある多四郎の店に向かった。前もって断わりは入れていない。

店は店頭の会所を兼ねている。宿場では「防《ふせぎ》」と呼ばれる子分が十五、六人も詰めていて、妓楼商いに関わりがあるのかどうか、なかなかの男振りが多い。なかの一人に徒目付を名乗って案内を頼むと、「申し訳ござんせんが、多四郎は先刻、野暮《やぼ》用《よう》で出ちまったところでして……」と口を濁した。「戻っているかどうか見てまいりますんで、しばしお待ち願います」。そう言って、玄関脇《げんかんわき》の座敷に通された。十二畳のゆったりした部屋で、造作《ぞうさく》もなかなか凝っており、間に合わせの感はない。直ぐに、上等の茶も出された。

けれど、二口、三口、茶碗《ちゃわん》に口をつけた頃に案内に出た男が戻って言うには、多四郎はやはりまだ帰っていないとのことだった。「半刻《はんとき》もありゃあ戻ると思いますんで、このまんまこちらでお待ちいただくか、あるいは界隈をひと回りされるなどして閑《ひま》を消しちゃあいただけませんでしょうか」。

ならば、蓑吉の古手屋も近い。半刻だけでも周りの訊き取りを先にやっておこうと店を出た。

「ええ、繁盛《はんじょう》しておりましたよ」

まずは蓑吉の店の隣りにある小間物屋を訪ねて店の様子を問うと主《あるじ》は言った。

「というか、繁盛しております。ここ、ひと月ちょっとは親類の不幸とやらで休んでるだけで。ここいらじゃあ、品物がとびっきりいいってんで客は引きも切りません。当然、得意も厚く付いております。みなさん、休み明けを首長くして待っておりますよ」

いきなり、駒形《こまがた》町の蕎麦屋で蓑吉が語ったこととはちがう話に出くわす。

「古手の商いが思わしくないという話を耳にしたが」

「めっそうもございません。上町では出世頭《しゅっせがしら》でございますよ。なにしろ、あの若さで宿場で五人しかいない御上納会所掛《ごじょうのうかいしょがかり》に選ばれたくらいですから」

「それほどか」

御上納会所掛は、旅籠《はたご》屋や茶屋から運上金の分担金を取り立てて幕府に納める役目だ。宿場の顔とも言ってよく、これはという人物だけが選ばれる。蓑吉の話とはもうまったくちがう。

「さすが富沢町仕込みです。商いがよく練り込まれていますよ。いや、うちだってね、小間物商いですから、蓑吉さんとこの客が流れて入ってくれるわけですよ。これが馬鹿《ばか》にならないどころじゃなくてね、本音を言やあ、ほんとうにちっとでも早く戻ってきてほしいです」

いったい、どういうことだ……。

「親類の不幸で休業、か」

「手前はそう聞いておりました」

「願掛けに行くとかは言ってなかったかい」

「あの、お宮へ参る願掛けですか。いや、聞いてないですねえ」

蓑吉が語った話は、己れの名と店をやっていることを除けばみんな偽りということになる。

「そう言われりゃあ、休みにしちゃあちっと長いのが気になってはおりますが……」

「いつから休んだ？」

「先月、九月の半ばですから、もう、かれこれひと月半になります」

泳ぎ始めたのは十月朔日《ついたち》だ。俄か仕込みの泳ぎはほんとうで、どこかで稽古でもしていたのか。

「使用人は居たのか。一人で回すにしては店構えが大きいが」

もしも使用人が居て暇を出していたら、店は休んだのではなく畳《たた》んだことになる。

「ええ、二人ばかり。他に丁稚《でっち》が一人居《お》りました。ですから、蓑吉さんは商いができないにしても、店は使用人に任せて開けていたらいいと思うんですが、どうもそのあたりがね……ま、他人にはわからない事情があるんでしょうが」

おそらく暇を出したのだろう。

「その事情に心当たりはあるかい」

「いや、皆目《かいもく》。それこそ順風満帆《じゅんぷうまんぱん》でしたから。店を休むと聞いたときはびっくりでしたよ」

「躰《からだ》の按配《あんばい》はどうだった。どこかの具合がいけないとかは聴いていないか」

「いや、特段、どこがわるいとかはなかったんじゃないですかねえ……。顔を合わせればいつも笑顔でした」

「所帯は？」

「なぜか独り身でね。話は降るほどあったんですが」

手広《てびろ》に商っていたのに、当人は手狭《てぜま》に暮らしていたらしい。

「宿場で特に親しくしていた者はないか」

「若くても苦労人ですからねえ、蓑吉さんは。誰とも満遍なく穏やかに相手をしていましたよ。ですから、特に誰かとということはなかったんじゃないですかねえ。手前どもは隣の上に商いも重なるところがあるんでなかでは親しいほうでしたが、他には……ちょっと思い当たりませんねえ。そういう人なんですよ、なんでか。ことさらな深入りを避ける。ずいぶんと慎重なんです」

そういう「ずいぶんと慎重な」男が、覚え立ての溺《おぼ》れそうな泳ぎで大川を十六日往復した。

「最後にするが、これを見てみてくれ」

直人は懐から川島辰三の人相書きを取り出して主に見せた。

「蓑吉の店で見かけなかったか」

「いや……」

目を凝らしてから主は言った。

「見かけたことはございませんね」

小間物屋を出た直人は往来の様子を窺《うかが》った。実は入る前、己れを尾《つ》ける者の気配を感じていた。姿は捉《とら》え切れぬが気配はまだあった。背中に視線を感じながら当《あ》て推量《ずいりょう》で二軒回ったが、話はどちらも小間物屋と似たようなものだった。蓑吉の古手屋は内藤新宿上町の顔とも言える店だった。蓑吉は捨てるには惜しいものをいっぱい持っていた。それをみんな抛《なげう》って、下手な泳ぎを覚えて、冷たい大川を幾度も往復して、蓑吉はいったいなにを狙《ねら》っていたのか……知るほどに謎《なぞ》は深まる。辰三との繋がりがたしかめられればそれが緒《いとぐち》になるのだろうが、二軒とも人相書きには反応しなかった。ひとつだけ小間物屋の答とちがっていたのは親しくしていた者についてで、二軒が二軒とも「そりゃあ、損料屋さんでしょう」と答えた。

「損料屋というと、店頭の？」

「ええ、御上納会所掛の繋がりで、懇意にしていたはずですよ」

「多四郎も御上納会所掛なのか」

「取りまとめ役でございますよ」

ならば、やはり、ただの店頭ではない。

「小間物屋は言っていなかったが」

「あそこは多四郎さんとよくないんですよ。以前に多四郎さんを介して妓楼に品物を入れてたんですけどね。それがいけないもんだった。それで、出入り差し止めになってから、ま、腹《はら》に一物《いちもつ》というやつで、多四郎さん周りのことには触れたがらないんです」

三軒回るだけで半刻は過ぎた。店を出て先刻来の尾ける気配を探ると、さっぱりと消えていた。それで、たぶん、わかった。損料屋に戻るとすでに多四郎は居て、直人は名乗り終えると直ぐに「尾けさせたか」と問うた。二軒目まではあった気配が三軒目を終えたときに消えていたのは、尾けていた者が多四郎に報《しら》せに戻ったからだろう。

「お気づきでしたか」

多四郎はわるびれもせずに言った。

「こちらとしてもいきなり御役目を言われて、直《ただ》ちに、さようでございますか、とはゆかぬもので。ご無礼申し上げました」

低いけれどよく通る伸びやかな声が風体《ふうてい》に合っている。齢《とし》の頃は四十の半ばか、防たちに劣らぬ男振りに齢の紗《しゃ》がかかっていい具合だ。

「ひょっとすると、さっきも居留守《いるす》かい」

きっと、直人がたまたま訊き取りに出たから尾けたのではないのだ。最初に訪ねたとき多四郎は店に居た。居たのに留守を言い、半刻後の再訪を促して、その間、直人がどう動くかを見定めようとした。言ってみれば、直人が訊き取りに出たのではなく、多四郎が直人を訊き取りに出したのだ。そうして尾けて、直人がほんとうに徒目付かどうかを見極めようとした。なかなか腰の据わった差配で、それだけでも十手持ちとしても筋がよいという話がうなずけた。

「実は手前どもは宿場の御上納会所掛を勤めさせていただいておりまして、つまりは公金を扱っております。くれぐれも慎重を期さねばなりません。で、謀《たばか》るような真似《まね》をいたしました。どうぞ、御容赦願います」

おそらく直人を試した理由は公金とはちがう。けれど、御上納会所掛を持ち出したほうが通りがよくて場がぐずつくことがない。そのあたりの使い分けも心得たものだ。

「で、どうだ。疑いは晴れたのか」

「はい」

「いい子分を持っているようだな」

尾けさせたまでは見事だ。が、尾けた結果は尾けた者の目で決まる。目のいけない子分なら、それまでの深謀《しんぼう》も水泡《すいほう》に帰《き》す。

「子分には恵まれておりますが」

多四郎は言った。

「先刻、尾けさせていただいたのは手前でございます。御徒目付ということで、念を入れさせていただきました」

そこまでは気が及ばなかったが、そこまでやるなら、その先だってやるだろう。

「では、それがしがなにを訊いたのかも承知だな」

「概《おおむ》ね、は」

きっと、多四郎は子分と二人で直人を尾けたのだ。直人が小間物屋を出たあと、どちらか一人は直人を尾けて、もう一人は小間物屋になにを訊かれたのかを質したのだろう。二軒目の店にも同じように質したはずだ。多四郎はもう直人が蓑吉のことを調べに来たのを知っている。

「ならば話は早い。そういうことでおぬしに会いに来た」

多四郎の目を見据えて直人は告げる。余計な回り道はしない。

「蓑吉がなにか不始末をしでかしたのでございましょうか」

　こんどはなぜか白《しら》を切るのが上手《うま》くない。多四郎は明らかに蓑吉の身に起きたことを知っている。多くの野次馬の目の前で斬殺された事件は、市中でも格好の話のネタになっている。噂《うわさ》の足の速さからすれば、市中と内藤新宿の隔《へだ》たりなど物の数ではあるまい。まして、店頭を張っているからには地獄耳だろう。知っていても当然だが、ただし、条件がある。蓑吉が大川を泳ぐのを前もってわかっていなければならない。読売《よみうり》にまだ蓑吉の名前は出ていない。書かれている中身も、大川を泳いでいた男が気の触れた武家に斬り殺されたという程度だ。多四郎が蓑吉の横死《おうし》を知っているとすれば、蓑吉が十月の大川を泳ぐのを知っていたことになる。

「手短かに言えば……」

　ひとまず直人は多四郎の芝居に付き合う。

「蓑吉が浅草で大川を泳いでいて、岸に上がったところを武家に斬《き》り殺された」

　多四郎は無言だ。驚く素振りも見せない。芝居を演じ通すつもりはないようだ。

「なぜ斬り殺されたのかを探っている。そういうことだ」

「差し支えなければ……」

　多四郎が重そうに口を開いた。

「どこまでわかっているのかを教えちゃあいただけませんか」

直人の話しだいでは、己れの知るところを語るつもりのようだ。あるいは、多四郎もまた回り道をせぬために、蛇足《だそく》を避けるつもりなのかもしれない。けれど、直人は念を入れた。多四郎にとって直人は初顔だろうが、直人にも多四郎は初顔だ。

「御公儀の御用だ。差し支えはある」

直人は返す。

「差し支えがあるのをおぬしが承知の上で、なお聞きたいと言うのなら話さぬでもない」

直人は多四郎に、話せば見返りがあるのかを問うている。

「手の内を言やあ、こっちもそのあたりをたしかめたくてお願いしたわけなんですが……」

苦笑を見せてから、多四郎はつづけた。

「わかりやした。お聞かせください」

多四郎は先に掛け値を下げた。

「実は、それがしと蓑吉は因縁《いんねん》がある」

直人は切り出した。動じぬ多四郎が目に見えて驚く。

「と言ってもわずか三日の因縁だがな。凶事の起きた前々日に泳いでいるところを目にして、前日には蕎麦《そば》を喰いながらなんで十月の大川を泳いでいるのかを訊いた。当日も気に掛かって蕎麦屋の二階から現場を見ていた」

「蓑吉はどう言っていやしたか」

多四郎は喰いついた。

「願掛けだと言っていた。古手屋の商いがいけなくて蓄えも底を突いた。どうにもならずに世話になっているお方に相談したら、ある神様を紹介された。その神様が言うには、浅草の駒形堂と対岸を泳いで往復すれば運気が変わる。で、十月の朔日から泳いでいるということだった」

話すと、あのごつごつした泳ぎがまざまざと目に浮かんだ。

「それがしが話を訊いたのは十五日で、蓑吉は満願まであと二日と言った。二日ならということで止めなかった。止めていればあんなことにはならなかったと悔いたが、こっちへ来て話を聞いてみれば願掛けはまったくの偽りだった。どうやら、事《こと》は己れの目溢しがどうのこうのという問題でないようだ。たとえ俺が止めたって蓑吉は十六日も泳いだのだろう」

　多四郎は無言でうなずいた。

「蓑吉を斬ったのは御家人の御徒《おかち》だ。夏には現場の直ぐ隣の水練場で稽古を積んでいた。公方様の水練御上覧の演武で御褒めに与《あずか》って出世の手掛かりにしようとしていたらしい。想いが嵩《こう》じて、演武の相方を溺死に追い遣った。その上、演武を御披露する七十五名に洩れて、だいぶおかしくなった。それがおそらく七月の半ばの頃だ」

　気を集めて多四郎は聞いている。

「はっきりとおかしくなったのは、相方のお化けを見てかららしい。だいぶおかしいくらいだったのが、日々の暮らしさえおぼつかぬほどになった。その話を聞いたときそれがしは、科人が相方のお化けを見たのは演武の泳ぎ手に洩れた直《す》ぐあとの八月頃と判じた。つまり、蓑吉が泳ぎ出す前だ。だから、蓑吉はたまたま十月の十六日、不幸にして気の触れた科人と出逢《であ》って横死したのだと思った。蓑吉の泳ぎは泳ぐというよりも溺れているように映るほどで、いまにも土左衛門《どざえもん》になりかねなかった。その泳ぎと相方のお化けが重なって、科人が本差《ほんざし》を振るったと察したのだ」

そのときはなんたる悲運かと思った。

「けれど、ちがった。よくよく聞けば、科人が相方のお化けを見たのはもっと遅く、十月になってからだった。つまりは蓑吉が泳ぐのを見てからだった。蓑吉のあの溺れるような泳ぎが科人に相方のお化けを見させたのだ。科人は日々蓑吉の泳ぎを見るに連れ壊れていった。蓑吉は十六日にたまたま科人と遭遇したのではなく、願掛けの十六日間をかけて、おかしくなり出した科人をはっきりとおかしくしていったのだ。蓑吉を斬り殺した狂人は蓑吉自身がつくったとも言える」

ひとつ息をついてから直人はつづけた。

「それでも蓑吉を悲運と思う気持ちは変わらなかった。たった一日の遭遇が十六日の関わりになっても、願掛けで泳いでいた蓑吉が想《おも》いも寄らぬ凶行を受けた事実はなにも変わらない。蓑吉は変わらずに気の毒な犠牲者だった。が、ここへ来て、聞いた話とはまったくちがう蓑吉を知った。となれば、おのずと話は変わってくる。いまは、どう変わってくるのか、見極めようとしているところだ」

「ということは……」

この話になって初めて多四郎は言葉を挟んだ。

「ここへ来られるまでは、御役人のあいだで事件のあらましはあらかた定まっていたわけでございますね」

なにを言いたいのかと訝《いぶか》る直人に、多四郎はつづけた。

「つまり、気の触れた科人が、大川を泳いでいた蓑吉に相方のお化けを見て斬殺したということで落着《らくちゃく》していた」

「その限りではそうだ」

直人は静かに感じ入る。多四郎は直人の話をただなぞっただけのようだが、そうではない。人は己れの聴きたいようにしか他人の話を聴かない。聴きたい筋の外《ほか》はあらかたが抜け落ちる。蓑吉に関わりのある者なら、蓑吉を軸にしか話を聴かない。多四郎は水面《みなも》の話が、多四郎は蓑吉の話を聴きながら役人側の目で話を組み直す。多四郎は水面の話を聞いて、水底《みなそこ》の流れを読むことができる。

「なのに、片岡様はなんで内藤新宿まで出張ろうとなすったんでしょう」

そうして矛先《ほこさき》を直人に向けた。

「事件のもろもろの後始末なら、御徒目付が躰を運ばずとも、そういう掛の者が居られるのではございませんか」

その切り込み方が直人の唇を動かした。

「一点、解《げ》せぬことがあった」

多四郎がわずかに身を乗り出す。

「先刻、話したように、それがしは事件の当日も蕎麦屋の二階から凶行の起きた船着場を見ていた」

多四郎の目の奥が光った。

「科人を認めてからは船着場へ走った。そして見たのだ。狂犬さながらの科人と対《たい》峙《じ》しているというのに微笑《ほほえ》むように笑う蓑吉をな」

「笑う……」

「ああ、そうだ。そのときは笑っているのではなく恐怖で顔が歪《ゆが》んでいるのだと思い直した。しかし、ちがう。あれは恐怖なんぞではない。想い返すにつれ、そうとわかる。蓑吉はすこしも怖がってなどいなかった。あれはやはり笑いだ」

繰り返し想い浮かべてきたあの顔を、直人はもう一度呼び戻して言った。

「なんで笑っていたのか、それがわかれば事件の真の姿がわかると信じてここへ来た」

「失礼でござんすが、それだけで」

怪訝《けげん》な風で多四郎は問う。

「それだけで、とは？」

「蓑吉が笑って見えたのが腑《ふ》に落ちねえという、たったそれだけの理由でいらしたんでございますか」

「ああ、なにか不足か」

「めっそうもありやせん」

間《ま》を置かずに返してからつづけた。

「たまげているんでさあ。宿場の古手屋が笑っただけで、内藤新宿へ汗かきに来る御武家様が居なさることにね」

言うと、多四郎は唇を結んで思案する風になった。腹の底に溜《た》め込んだ言葉を外へ出そうか出すまいか、難儀な綱引《つなひき》をしているかに見えたが、さほど間を置くこともなくひとつ大きく息をつくと、おもむろに唇を動かした。

「承知いたしました」

どうやら、綱は話すほうに引かれたようだった。

「手前が蓑吉に頼まれたことをお話しいたしましょう」

「まずは、片岡様が小間物屋たちに示された人相書きを見せちゃあいただけませんか」

多四郎は切り出した。

「望むところだ」

即座に直人は答えた。まさにお誂《あつら》え向《む》きで、そこから入るのが意外なほどだった。

「こっちのほうこそ見てもらいたい」

人相書きを取り出すと、押し付けるように手渡した。

「名も言っとこう。川島辰三だ。齢は三十二、さっきも言ったが御徒を勤めていた」

多四郎は大事な預かり物のごとく押し頂き、おもむろに開いて、喰い入るように見た。

「心当たりはあるかい」

ある、の答を信じて、直人は問うた。あの笑いは蓑吉が辰三を知っていたからだ。偶然のように見えて、実は繋がっていたからだ。多四郎がほんとうに蓑吉と懇意なら、きっと辰三を見知っているはずだ。

「いえ」

けれど、多四郎は言った。

「見たことはございません」

想いが空《くう》を切って、思わず多四郎と蓑吉との縁を疑った。見誤ったのかもしれない。己れが期待をかけたほどの濃さではなかったのかもしれない。気落ちする直人に、多四郎はつづけた。

「見たことはございませんが、ずっと見たかった顔ではあります」

見たかった顔……。

「手前ではありやせん」

丁寧に畳んだ人相書きを直人に戻して、多四郎は言った。

「蓑吉です。蓑吉がずっと見たがっていた顔です」

どういうことだ……。

「この男がしたことを蓑吉は知っていた。けれど、蓑吉はこの男を知らなかった。この知らぬ顔を目にするために蓑吉は泳ぎを覚え、大川を渡ったのです」

聞いたとたんに躰の芯《しん》がぞくっとした。語りの意味は判然としない。けれど、蓑吉と辰三の出逢いが偶然でなかったことははっきりと伝わる。たまたまではないのだ。蓑吉は企《たくら》んで大川を泳ぎ、辰三との出逢いを手繰り寄せた。事件は直人が想いもしなかった向きへ転がっている。

「その川島辰三が溺死に追い遣った相方でございますが……」

質す言葉をまとめられずにいる直人に、多四郎は問うた。

「名は仁科耕助《にしなこうすけ》ではありませんか」

「知っているのか！」

驚きは途切れない。

「蓑吉の弟でござんすよ」

「弟……」

ぼやけていた絵が輪郭を取り始める。

「二十と七年ばかり前のことでござんす。その年、兄弟が暮らしていた土地で抜け参りがありやした」

お店者《たなもの》や子供が主人や親になんの断わりもなく、お蔭参《かげまい》りの列に連《つら》なることを抜け参りと言う。近所に使いに出たその足で、ふらっと伊勢への旅の列に紛《まぎ》れる。

「そんとき蓑吉は九歳。弟の耕助は六歳。東三河のとある村に居りましたが、ただ百姓の息子をやっていたわけではありやせん。生まれ育った村とは別の村で乞食番《こじきばん》をやらされていたようです」

蓑吉と耕助の結び目がわかって、直人はようやく話に加わる。

「家は潰《つぶ》れ百姓だったのか」

乞食番は村につづく路《みち》の入口に詰めて、物乞いをして歩く者たちが村へ入ろうとするのを防ぐ。その間、田畑の仕事はできなくなるから村の本百姓は当たらない。潰れて村の施《ほどこ》しを得ながら凌《しの》ぐ者や、夜逃げをして移って来た者が番を勤めて糧《かて》を得る。蓑吉と耕助の兄弟もそうした潰れ百姓の息子だったのだろう。

「お察しのとおりで。元々は村でも中分《ちゅうぶん》の者よりも上の本百姓だったのですが、大豆や煙草《たばこ》など銀に替わりやすい作物に手を広げて借財が嵩《かさ》んじまったようです。潰れてからは村の施行《せぎょう》で喰い繋いでいましたが、すでに人別《にんべつ》から外れている帳外者《ちょうがいもの》ですから、村の行事にはいっさい出られないし、身内の人寄せがあっても羽織も着られない。それが村でも上のほうの一軒前《いっけんまえ》だった父親には堪《た》えられなかったのでござんしょう。家族を喰わせられなくなっても面子《メンツ》は捨て切れなかった。たとえ物乞いに回る暮らしになっても村の厄介で居るよりはいいってことで、一家引き連れて夜逃げに走った。あげく、連れ合いとは生き別れ、当人は行き倒れちまったらしい。蓑吉と耕助は父親が逝《い》った村でなんとか拾われて、喰わせてもらう代わりに乞食番を宛《あ》てがわれたってわけです」

「難儀《なんぎ》だな」

「二人も物乞いやって凌いできたわけです。物乞いの辛《つら》さは嫌ってほどわかっている。村に拾われるまでは、路上で行き倒れた親父《おやじ》の傍《かたわ》らで寝起きしてたようですよ。臭《にお》いがきつくなっても、まだ親父は生きてるって自分たちに言い聞かせて寝起きしてた。大人が先に行き倒れるってことは、きっと、親父はなけなしの喰い物をぜんぶ二人に回してたんでしょう。母親とは生き別れたって言ってたけど逃げられたのかもしんねえ」

思わず直人は息を洩らした。

「他に四つ齢上の結《ゆい》って名の姉が居たと言ってましたけどねえ、こっちは旅の途中で病で死に別れたそうです。そうやって生き延びてきた子供二人が物乞いを追っ払う役をやらされる、そりゃね、どうにもなんねえですよ」

そこまで言うと多四郎は妙に鎮《しず》まった声で「旦那《だんな》」と直人に呼びかけた。「片岡様」ではなく「旦那」と呼んで言った。

「あっしがね、なんでこんな話、知ってると思いやすか。なんで蓑吉があっしにそんな身の上話をしたと思いやすか」

己れを呼ぶのも「手前」から「あっし」になった。

「御上納会所掛繋がりなんてね、そんな上等なもんじゃねえですよ。闇《くら》がりです。初めは損料屋と古手屋の商いの繋がりで顔を合わせたけどね、直ぐに互いの裡《うち》の闇がりを目《め》っけて話し込むようになった。こんな損料屋なんて稼業はね、胸底に闇がり巣くわせてなきゃあできねえです。なにやっても、その闇がりよりは闇かねえとてめえに言い聞かせられますからね。蓑吉にしてもね、あっしに明かした闇がりなんぞ、あいつが抱えている闇がりのほんの上《うわ》っ面《つら》だけですよ。あいつはあっしの想いも寄らねえ闇が抱えてます。たぶん、乞食番やってた頃のね。そういう闇がりをちっちゃな躰に呑《の》んで、毎日、路端《みちばた》に座って物乞いに目を張ってた二人の前にですよ、お蔭参りの列がどんちゃかどんちゃか通ったら、そりゃ吸い込まれるでしょう。抜けるでしょう。で、もう、絵に描いたような抜け参りになってね、そうして旅をつづけるうちに絵に描いたように兄弟は生き別れになっちまったってわけです」

蓑吉と耕助は、そのように兄弟だった。離れられぬのに離れてしまった兄弟だった。

「そんな二人がようやく再会したのが、蓑吉が自分のお店《たな》を持った五年前です。ほとんど二十年振りですよ。耕助はどういうわけか、さる御家の家侍《いえざむらい》になっていたそうです。家侍とはいっても内実は小者《こもの》と変わらねえ扱いだったらしいけれど、さっきのね、蓑吉の抱いている闇がりからすりゃあ、もう陽だまりの猫です。耕助のことを考えちゃあ、真っ闇な筋をいくらでも立ててきた蓑吉はそりゃあ喜んでね、二十年の埋め合わせをしたくて仕方なかったんでしょう、もっとなんとかしてやりたくて御徒の株を買うことにした。といっても御徒の株の相場はざっと五百両だ、蓑吉の店が繁盛したのは、なにがなんでも五百両こさえるつもりだったからです。うちの店にも日参してね、それからですよ、互いの闇が持ち寄るようになったのは。初めは蓑吉もこっちの商いに喰い込みたい一心で己れを晒《さら》したんだろうけど、そのうちお互い素《す》と役柄の境がわかんなくなっちまった。ま、そうしてがんばった甲斐《かい》あって、ようやく去年、御徒の株を買い与えてね、小普請《こぶしん》やってる仁科の家の養子の口も見つけて、耕助を御徒にした。その養子の縁組代なんかも入れりゃあ六百両はかかったでしょう。蓑吉はそれは得意でしたよ」

直人はふっと息をついた。これで、蓑吉と仁科耕助、そして川島辰三がみんな繋がった。

「ところが、せっかく晴れて御家人になって一年も経《た》ってねえのに、この七月、耕助が俄《にわ》かに命を落としちまった。それも、なんで逝ったのかが皆目わかりやせん。動かねえ養家《ようか》を動かして問い合わせても、御徒の詰所は病死の一点張りで埒《らち》が明かねえ。そいつをどうにかして水練の稽古《けいこ》で溺れ死んだのはなんとかわかった。そこに苛《いじ》めが絡《から》んでいるらしいこともね。でも、そこまでです。恐れながらと訴え出ても病死で済まされるのは必定《ひつじょう》だ。独りで恨みを晴らそうにも、仲間内の御徒衆ばかりのなかで起こったことです、誰がやったのかの見当も付けようがねえ」

御徒の詰所で辰三を語った菊池親兵衛の声が浮かんだ。たとえ同じ組内の自分でも、殺しの証《あか》しを立てるのは無理だと親兵衛は言っていた。

「耕助もいくら稽古が辛くても蓑吉にはひとことも洩《も》らさなかった。己れのために六百両積んでくれた兄に不平を言ったら罰が当たるくらいに思ってたんでしょう。あるいは、餓鬼の頃を思えばそんな苛めなんぞ屁《へ》でもねえと思っていたのかもしれねえ。でもね、屁でもなくとも人間死ぬときゃ死ぬんだよ。ようやく捜し出した弟を理不尽に奪われた蓑吉はもう黙りこくったまんま背中を見せつづけてね、自分が耕助を御徒になんぞしなければと、繰り返し、てめえを責めておりやした。あげく、使用人に残ったカネを分けて暇を出すと、さっさと店を閉めちまった」

そこまで多四郎が語ったとき、程近くの天龍寺《てんりゅうじ》の鐘が九つ半を打った。向き合って話してから一刻が経ったが、二人には刻の鐘は響かない。多四郎はそのまま語りつづけ、直人はそのまま聞きつづけた。

「首でも括《くく》るんじゃねえかと本気で心配になって様子を窺わせるようにしましたよ。でもね、蓑吉はそうしているあいだにとんでもねえことを企んでいた。聞いたときゃあそこまでやるか、と思いやしたが、どうやら蓑吉は躰もいけなかったみてえです」

「いけなかった？」

「腹に腫《は》れ物ができてね。けっこう前かららしいが、耕助が生きてるうちは噯《おくび》にも出さなかった。ああなって初めて聞いたんですが、医者からはやりたいことをやっておけと言われていたようです」

「で、蓑吉はやりたいことをやった……」

直人は言葉を挟まずにはいられなかった。そういう蓑吉に、自分は船着場で声を掛けたのだ。どういうつもりで大川橋の間近を泳いでいるのかと問うたのだ。

「そういうこってす。十一歳から二十五年かけて積み上げてきたものをいちどきに崩した。繁盛していた古手屋を畳み、下手な泳ぎを覚え、大川を往復した」

「そんな傷《いた》んだ躰で十月の大川の水に浸《つ》かったんだ」

胸裡《きょうり》の蓑吉がまたごつごつと泳ぎ出す。

「俺にはあと二日と言ったが、腹ではやりたいことをやったと得心できるまで泳ぎつづけるつもりだったんだろう。端《はな》っから川で死ぬつもりだったってことだ」

知るほどに、蓑吉の死は己れの目溢《めこぼ》しと関わりがなくなる。けれど、腹に抱え込んだものの重さはちっとも変わらない。泳ぐ蓑吉が呑んでいた重いものをわからぬ限り、軽くなることはない。

「耕助の逝った川だ。本望でござんしょう」

「わからねえのは、そのとき蓑吉がどこまで見据えていたのかってことさ」

「どこまで、ですか」

「結末だけを見りゃあ、蓑吉は死ぬつもりで泳いで、耕助を殺《あや》めた相手を白日《はくじつ》の下《もと》に晒した。見事に辰三を炙《あぶ》り出した。けどな、それは辰三が気を病んでいたからだ」

そこが直人には判然としない。

「もしも耕助の仇《かたき》が気患《きわずら》いとは無縁な相手だったとしたら、いくら蓑吉が十月の大川を往復してもなんにも起こらない。知らぬ顔を決め込まれるだけだ。繁盛店を回していく才覚のある蓑吉なら、当然、そのくらいは見込むだろう。だから、大川の冷たい水に蓑吉が初めて浸かったときはそこまで狙っていたとは思えねえ。そのあたりはどうだったのか……」

蓑吉は狙って辰三を御徒の囲いから引っ張り出したのか、それとも結果としてそうなっただけなのか……。」

「蓑吉も始めは自分がなにをするつもりなのか、わからねえままに動いてたようですよ。先刻も語りましたが、てめえが耕助を御徒にしたことをずっと責めておりやしたからね。すっかり寒《かん》がかった水練場との際《きわ》を、溺れるすんでのところで泳ぐことで、蓑吉なりの供養《くよう》をしていたのかもしれやせん」

蓑吉は直人の胸裡を泳ぎつづける。

「あっしもいくらなんでも無理が過ぎるとは思いやしたが、奴《やつ》の胸底を想うと止《や》めろとは口に出せなかった。あのまんまでは、どうにも収まりがつかなかったんでござんしょう。例の闇がりに引かれていたんじゃねえでしょうか。引かれて、どうにもならなかったんじゃあねえでしょうか。ところが、その死ぬつもりの泳ぎに見物客が付いた。ただ泳いでいるだけなのに衆生《しゅじょう》の目を集めた。視線を浴びて泳ぐうちに気持ちが変わっていったようですが、旦那はそのあたりをご覧になっていらしたわけですね」

「ああ、その日暮らしが群れる町だ、最初は冷たい大川を無様《ぶざま》に泳ぐ慮外者《りょがいもの》を嗤《わら》って無代《ただ》の慰みにしようとしたんだろう。でもな、目にしているうちに、それじゃあ済まなくなるんだよ。胸裡にあの溺れるような泳ぎが巣くってな、ふっと気づくと嗤うのを忘れちまっている」

想い返すに連れ、あのとき己れが感じたことは誤りではなかったのだと直人は思う。土左衛門を厭《いと》わぬごつごつした泳ぎが、逆に蓑吉がいま生きていることを煮詰めて伝えた。見る者が目を離せなくなったのは、日頃、持て余して打ち棄《す》てているみずからの生《せい》を見せつけられたせいだ。衆生は蓑吉の泳ぎに己れのありのままを見ていた。

「あの視線の束を受けりゃあ、たしかに蓑吉の気持ちに変化が起きもするだろう。いびり殺されたのを認めさせるのは無理にしても、せめて、どうして死んだかだけは伝えることができるんじゃねえかくらいは想うかもしれねえ」

そこからなら己れも語ることができると直人は思う。己れも蓑吉の泳ぎから目が離せなくなった者の一人だ。

「水死を病死にされたのも、蓑吉には我慢がならなかったようですよ」

直人の語りを多四郎が受ける。

「自分がこの季節《きせつ》っ外《ぱず》れに御徒の水練場との際を泳ぎつづけりゃあもっと人の目が集まって、やがては耕助が溺れ死んだのを知ってもらえるかもしんねえ。そんな細《ほそ》っこい期待を抱くようになったんじゃあねえでしょうか。それなら、耕助を殺《や》った相手がどんな奴だろうと関わりありやせん。己れ独りでできる。命が尽きるまででできる。下手な泳ぎにもいっそう身が入ったことでしょう」

それならば、と直人は想った。そこまで行ったら、そこで止まるだろうか。その先を望んでしまうのではないか。だとすれば蓑吉はなにをどう望んだのか……。

解く鍵《かぎ》はやはり蓑吉のあの笑顔しかない。直人はまた想い浮かべる。船着場であの男と対していたときの、微笑んだような笑みを想い浮かべる。繰り返すたびに笑みはくっきりしてくる。直人が解くのを催促するかのように。そこからだ、と直人は思う。笑みなのはもうわかった。では、なんだ。ならば、どういう笑みだ。

蓑吉とて斬られるのは悟《さと》っただろう。斬られる己れが見えただろう。辰三は人を斬り殺そうとしていたのではなかった。「お化け」を「退治」しようとしていた。辰三を裡から押しとどめるものはなにもない。だから、本身を振るうのをなんらためらわなかった。それは蓑吉にも手に取るように伝わったはずだ。なのに、笑った。

斬られるのがわかってなんで笑う、と訝った刹那《せつな》、直人は己れはうつけだと思った。大うつけだ。そんなことは明々白々《めいめいはくはく》ではないか。考えるまでもないではないか。斬られるのがわかって笑ったのなら、斬られたかったに決まっている。そうだ、蓑吉は斬られるのを待ち構えていたのだと思い当たった瞬間、あの笑みがどういう笑みなのかがわかった。

してやったりの笑みだ。

己れが仕掛けた罠《わな》に狙った獲物がかかったのを認めたときの、思わず零《こぼ》れてしまう笑みだ。

そのとき、直人はすべてを理解した。

おそらく多四郎が語ったとおり、途中から蓑吉は耕助の溺死《できし》を明らかにするために泳いだのだろう。

ただし、訊《き》かれても、そうとは明かさない。直人に縷々《るる》語ったように、あくまで願掛けで通す。

溺死を訴えれば人は離れる。主張は人を遠ざける。

馬鹿と嗤われてこそ人は集まる。

けっして事件は口外せず、見物客の憶測に任せた。

やがて憶測が渦になれば、そこから溺死の真《まこと》が浮き上がるかもしれない。

そのように期して泳いでいたのだろう。

それが幾日目かはわからぬが、蓑吉は馴《な》れてきた衆生の目とはちがう目を感じ取ったのだ。

明らかに常人とは異なる目を。

それからは蓑吉のほうがその目の持ち主を観《み》た。

観つづけた。

そして、悟ったのだ。

己れが気づかぬままに弟の仇を炙り出していたことを。そして、そやつが己れを襲うだろうことを。

きっと蓑吉はなんでももっと早くこのことに気づかなかったのかと歓喜しながら思ったことだろう。

斬捨御免《きりすてごめん》は戯作《げさく》のなかだけだ。武家が町人を斬れば、斬らねばならぬたしかな謂《いわ》れがない限り、しっかりと裁かれる。

耕助が苛め殺されても裁きの手は及ばなかったが、ここで己れが殺されれば、あの男はただの人殺しとして御白州《おしらす》に引き摺《ず》り出されることになる。

こんな手があったのだ。

自分でも仇が討てる。

それを、当の仇自身が教えてくれた。

蓑吉は晴れ晴れとした顔で、その日を待つことにしたにちがいない。

事件の前日、直人が手を差し延べたときも、ついに、と思ったのかもしれない。

あのとき蓑吉は待っていたような顔つきを浮かべた。束《つか》の間《ま》、獲物が掛かったと判じたのかもしれない。

でも直ぐに、狂ってはいないと察した。こいつはちがうとわかった。

そうして明くる十六日、蓑吉はいよいよ異なる目の男と対した。

男は狂気を剝《む》き出しにして「お化けだ」と言った。

「お化けだ、お化けだ」と言った。

こんどはまちがいない。

蓑吉は歓喜したことだろう。

そうともさ、俺がお化けだ。

耕助のお化けだ。

いよいよ、掛かった。

さあ、斬れ。

早くその腰の物を抜け。

斬り殺せ。

あの笑みはそういう笑みだ。

直人の肩にかかっていた重みが退いていく。

ふっと目を上げると、多四郎の顔にも笑みがあった。

笑みは、行き着きましたか、と言っていた。

多四郎はみずから結末を説くのではなく、直人が己れでたどり着くように仕掛けた。

「万に一つもそんなことはないだろうが、と前置きされた上で、蓑吉から頼まれやした」

多四郎は言った。

「もしも己れが斬り殺されて、その件でまかりまちがって御役人が内藤新宿の多四郎を訪ねてくるようなことがあったら、すべてを知っていただいてほしい、と」

そして、つづけた。

「でもね、そんな間尺《ましゃく》に合わねえ真似をやりなさる御役人が居るとは夢にも想わなかった。で、用心が過ぎて御無礼を働いちまいましたが、お蔭で果たせるはずがねえとあきらめていた蓑吉との約束を果たすことができた。心底より、感謝申し上げます」

そうして両手を突き、深々と頭を下げた。

頭を下げなければならないのはこっちのほうだった。

◆◆◆

海防への話は遠慮した。

はっきりと、なぜをつづけさせて欲しいと頼んだ。

海防への関心が薄れたわけではない。薄れるはずもない。遠慮したのは、だからこそだ。薄れるはずもないからだ。

長く、異国の脅威を知らずに来た国だ。江戸前海《まえうみ》は大江戸のでっかい生簀《いけす》であって、そこに異国の船が現れるなどとは露《つゆ》ほども想《おも》わなかった。百年ばかり前にも新《あら》井白石《いはくせき》が海防に警鐘を鳴らす『西洋紀聞《せいようきぶん》』や『采覧異言《さいらんいげん》』などの書物を著《あらわ》しているが、政《まつりごと》に携わる者たちが手に取った気配はない。魯西亜《ロシア》船が蝦夷《えぞ》地に現れるまで、この国に海防はなかった。

直人《なおと》もそういう国の住人だった。内藤雅之《ないとうまさゆき》から文化魯寇《ぶんかろこう》の話を聞いたときは負けたことにも驚いたが、その前に、戦ったことに驚いた。幼い頃から、日本は武威《ぶい》の国だから異国はその強さに恐れをなして攻めかかることができないと教え込まれてきた。信じたつもりはなかったが、現実に異国との戦《いくさ》の風聞など絶えてなかったので疑うこともしなかった。日本は戦うはずがないし、おのずと敗けるはずがなかった。海防は絵空事《えそらごと》にもならず、海防を語ることは空論《くうろん》ですらなかった。そもそも頭のなかにないのだから。

それがラクスマンの根室来航から一気に様相が変わった。レザノフの長崎入港があり、フボストフの文化魯寇が起き、フェートン号が長崎に侵入して、日本が〃異国が震え上がる武威の国〃ではないことがはっきりした。いまもゴロウニンの抑留《よくりゅう》がつづいていて、蝦夷地の緊張が解けることはない。かつてならば遥《はる》か彼方《かなた》の北の海に偶発《ぐうはつ》した異変で、江戸からは遠見《とおみ》だったが、いまでは誰もが海はひとつなのを知っている。択捉《えとろふ》の海も江戸前海も長崎の湾もみんな繋《つな》がっていることを知っている。この国に、海防が生まれたのだ。

直人の裡《うち》にも海防は生まれた。御家人《ごけにん》の小普請《こぶしん》から旗本の勘定《かんじょう》へ身上《みあ》がることで凝《こ》り固《かた》まっていた直人が、ひときわ海防に縁遠かったことは疑いない。なのに、雅之の遠国御用《おんごくごよう》の話に触れて以来、海防への関心を示すようになって、直人自身、違和感を覚えた。海防とはずっと無縁に過ごしてきたし、なによりも、それどころではないはずだった。菊枝《きくえ》が縊死《いし》してから躰《からだ》は変調をきたし、なぜを追う意欲さえ薄れていた。なのに、相手が雅之とはいえ、無理にではなく海防を語った。そういう己れがいかにも奇妙に思え、ひょっとすると、己れの構えの軸がなぜから海防に移ったのかと疑った。

が、いまになって想えば、海防を語った理由はそんな大仰《おおぎょう》なものではなかった。この国は初めて病《やまい》を得た病知らずのようなものだった。患《わずら》うまでは躰のことなど気にも掛けなかったが、いったん調子を崩せば病の原因から快方へ至る手立てにまであれこれと気に病《や》んで想いを巡《めぐ》らせる。病は海からの脅威、躰は国、そして想い巡らすのはこの国の住人だ。海防は無から湧《わ》いたわけではない。異国の脅威がなかったから表に出なかっただけで、現《うつつ》の脅威が明らかになれば誰だって備える。この国に生まれ育った者ならば備えずにはいられない。きっと、武家だけではない。異敵が侵《おか》し入《い》れば身分の別なく、この国に生きる民として立ち向かうだろう。だからこそなのだ。直人が海防への転進ではなく、なぜに残る路《みち》を選んだのは。

そうと見切らせてくれたのは、蓑吉《みのきち》であり、多四郎《たしろう》だった。内藤新宿《ないとうしんじゅく》まで出張《でば》った直人に、多四郎は蓑吉の事件が落着《らくちゃく》しているのになにゆえ足を運んだのかと問うた。蓑吉が狂った川島辰三《かわしまたつぞう》と正面から向き合っても笑っていたことを伝え、なぜ笑っていたのかがわかれば事件の真の姿がわかると説いても、「それだけ」かと繰り返し質《ただ》した。蓑吉が笑ったのが腑《ふ》に落ちないという、たった「それだけ」の理由で出張ったのかと訊《き》いた。直人が「ああ」と受け、「なにか不足か」と問い返すと、めっそうもないと答えた。たまげているだけだと答えた。たかが宿場の古手屋《ふるてや》が笑ったというだけで、内藤新宿まで出張る役人が居るのが信じられなかったのだと明かした。それでも直《す》ぐには口を開かなかった。幾度となく胸裡《きょうり》で開くか開くまいかを反芻《はんすう》してから、ようやく蓑吉がなぜ十月の大川を泳いだのかを語り出した。それほどに、受け入れがたかったということだろう。

多四郎は宿場の妓楼《ぎろう》に夜具を貸し出す損料屋《そんりょうや》であり、妓楼を取り仕切る店頭《たながしら》だ。心底《しんてい》に闇《くら》がりを抱いて日々の闇がりに対している。繕《つくろ》いようのない毎日を生きる多四郎からすれば、直人のような役人はありえなかったのだろう。頼まれ御用で日々なぜを追ってきた直人にとっては、多四郎の言う「それだけ」に深く沈み込むのが流儀《りゅうぎ》だ。が、そんな流儀は世の中では稀有《けう》であることを、多四郎はあらためて思い知らせてくれた。この世の中では蓑吉の笑いは見過ごされるのだ。取るに足らぬとされる者の、取るに足らぬ動きが、他者の目に留まることはない。衆生《しゅじょう》の目に留まらなかったものはこの世になかったのと同じだ。が、蓑吉の笑いにはあの事件のすべてがあった。耕助《こうすけ》が溺《おぼ》れ、蓑吉が泳ぎ、辰三が狂って、蓑吉が斬《き》り殺されたすべてが凝縮していた。だから直人は、海防ではなくなぜをつづけなければならなかった。

海防は国が求める。強く求める。脅威が明らかになれば民も応《こた》える。蓑吉の笑いはそうではない。蓑吉の笑いは求められない。放り置けばそのまま立ち消える。取るに足らぬ者の取るに足らぬ動きは、放り置けばそのまま潰《つい》える。が、その取るに足らぬ動きには、人が生きて死ぬことのすべてが詰まっているのだ。誰かが目に留めなければならない。目に留めてなぜ笑うのかを疑わなければならない。国の海防の求めに応じる者は多かろう。が、衆生の目に留まらぬものに目を向けたがる者は多くない。ならば、多くない者の一人として、なぜを追いつづけなければならぬ。すべてを語り終えて両手を突き、深々と頭を下げる多四郎を目の前にすれば、なぜに残る選択はあまりに自明《じめい》だった。

とはいえ、内藤雅之にその旨《むね》を伝えるときは、憂《うれ》いなくというわけにはいかなかった。もろもろ考えずにはいられなかった。

雅之は海防への御用替えを「できねえならできねえと言ってくれたらいい」と言い切ってくれた。断わってもあとあと御勤めの疵《きず》にはならぬようにしておくとつづけ、「俺にもそんくらいの力はある」と括《くく》った。まちがいなく「そんくらいの力」

はあるだろう。でも、「そんくらいの力」をそこに使ってよいのかどうかは疑問だった。

海防に動きがあれば、その現場にはかならず御目付《おめつけ》の姿がある。御目付の姿があれば、徒目付《かちめつけ》の姿もかならずある。徒目付は御目付の耳目《じもく》であり手足だ。海防は優れて目付筋の御役目である。その目付筋が海防絡《がら》みで組織替えを行うとなれば、上意下達に齟齬《そご》をきたすのは咎《とが》められよう。雅之から名を聞いた御目付は峻烈《しゅんれつ》な人柄で、雅之とぶつかることもすくなくなかった。徒目付の配置なんぞにいちいち当人の意向を聞く必要はないとする構えで居るかもしれぬ。

十人目付の誰もが一目置く雅之は、逆に言えば煙たい存在でもある。己れが断わることが二人の溝をさらに広げはせぬか、直人は考えた。「そんくらいの力」は別の処《ところ》で使うべきではないのか、考えた。直人としてはなんとしてもなぜに残るつもりなのだから考えても仕方がないのだが、考えずにはいられなかった。で、十一月の初めに徒目付が詰める本丸表御殿《ほんまるおもてごてん》中央の内所《ないしょ》で雅之に意向を伝えたとき、ひとこと「申し訳ありません」を添えてしまった。考えても仕方ないことを考え、言わずもがなのことを言った。

「そいつはいけねえな」

雅之は聞き逃さなかった。

「申し訳ねえってこたあねえだろう」

そして、つづけた。

「まるで、俺たちが海防に背を向けて御用を勤めているみたいじゃねえか」

言われずとも、そういう気持ちはすくなからずあった。それがまた、あらためて察した見抜く者としての矜持《きょうじ》でもあったのだが、取るに足るとされるものに壁をつくって、あえて取るに足らぬとされるものに向き合っている心地《ここち》はたしかにしていた。

「たしかに俺たちは海防のためになぜを追っているわけじゃねえ」

知らずに耳に気が行った。

「でも、海防のためにはなっている」

取るに足らぬとされる者の、取るに足らぬ動きを見抜くことがか……。

「海防の礎《いしずえ》を築いていると言ったっていいくれえだ」

直人は胸の裡で〝いしずえ〟という音をなぞる。ずいぶん硬い。ふだん、雅之が口にする洒脱《しゃだつ》な言葉から洩《も》れる。

「自分の家から火が出たら水をかけない家族の者は居ねえだろう。水をかけろなんぞと他人からいちいち指図されずとも、一人一人が水桶《みずおけ》を手にして動き回る。家が大事《でえじ》だからだ。失っちゃあ困るからだ。大事じゃあなく、困りもしなけりゃ、火の粉を避けて逃げるにちげえねえ。逃げりゃあ消す者が居なくなる。海防だってそうさ。我れも我れもと逃げまくりゃあ海防は瓦解《がかい》する。掛け声をかけても兵が居なくなる。逃げぬ民を厚くするのが海防の礎だ」

今度の〝いしずえ〟はすっと耳を通る。

「どう厚くするか。国が民に目を配らなきゃなるめえ。放り置いていないのを示さなきゃあなるめえ。飢饉《ききん》のときの御救いだけじゃあねえよ。いざというときに助《す》けるのは当たりめえだ。ふだんから国が見ているのが伝わることが肝《きも》なのさ。国から構ってもらってると思うことができりゃあ、言われなくても民のほうから国自慢をするようになる。火が出たら水をかけるようになる。俺たちはまさにそれをやっている。放っておきゃあ埋もれちまうなぜを両手で掬《すく》い上げる。一人一人にとっちゃあ命よりも大事だが、世間からすりゃあどうってこともないなぜにこびりついた泥《どろ》を払う。いっとうわかりにくいものをわかることができれば、〝見られている感〟も極まるだろう。だからさ……」

ひとつ息をついて雅之はつづけた。

「申し訳ない、は要らねえ。すくなくとも、なぜを追う者たちのあいだじゃあ要らぬ文句だ」

頼まれ御用のときと変わらぬ上司の言葉がすとんと落ちて、直人は雅之の部下に戻ることにした。民に目を配るのだ。胸を張って戻らねばならぬと思った。

そのように、己れの進むべき路がくっきりするとともに躰も戻っていった。けれど、蓑吉のなぜが腹に落ちた日々は長くはつづかなかった。

原因はやはりあの笑みだった。蓑吉の事件への疑問はいつもあの笑みからやってきた。直人は最後にあの笑みを、してやったりの笑みと見た。己れが仕掛けた罠《わな》に狙《ねら》った獲物がかかったのを認めたときの、思わず零《こぼ》れてしまう笑みと見た。しかし、いまは、それだけか、と思えてならない。

直人の裡で蓑吉の笑みはいよいよくっきりとしてくる。まるで、まだなぜは終わっていないかのように。多四郎の会所で、直人に早く解けと催促したときのように。そうして鮮やかになるに連れ気色《けしき》は変わって、いまでは抜けるような笑みになっている。解き放たれた笑みになっている。どう受け止めても、してやったりの笑みとは重ならない。狙って遂げた、狭さがない。もっと広い。それだけにわからない。こんどのなぜは狙いが見えない。

手繰《たぐ》り寄せる糸がなにもないときに浮かぶ顔は決まっている。源内《げんない》だ。沢田《さわだ》源内だ。直人の足は待っていたかのように向島《むこうじま》へ向かった。源内が留守番をしていた別荘への路々《みちみち》、歌枕《うたまくら》の旅の話を聞いてから早《はや》、三月《みつき》余りが経《た》っている。直ぐあとに越《えち》後《ご》の火葬の話を使いながら生かせなかったことを詫《わ》びようとして訪れたが、それが詫びではなく己れの避難であると察して、留守番小屋の窓から洩れる灯りを目にしながら踵《きびす》を返した。避難であるうちは晶子《あきこ》の供養《くよう》を邪魔してはならぬときつく自戒して大川を越えるのを控えてきたが、いまならば訪ねることができる。避難は抜けた。もはや、凭《もた》れる怖《おそ》れはない。直人は井戸端で齧《かじ》った胡瓜《きゅうり》の味を想い出しながら大川橋を渡った。

あのときはまだ七月の末で季節は初秋とはいえ暑かった。別荘につづく寺島《てらしま》村の桜並木は濃い緑の葉で覆《おお》われていたが、それでも木洩《こも》れ陽《び》は踊って、着くと直ぐに井戸の水で躰の汗を拭《ぬぐ》った。いまはすっかり葉が落ちて路には枯れ葉が目立ち、足を送るとかさこそと音を立てる。その音に促されるように直人は足を早め、諏訪明神《すわみょうじん》を右に折れて新梅屋敷《しんうめやしき》の賑《にぎ》わいを遣《や》り過ごし、綾瀬川《あやせがわ》に架かる小さな橋を渡った。踏む枯れ葉の音が直人にある予感を抱かせていた。

この前、取って返した場処でいったん足を停め、灯りが洩れていた留守番小屋の窓を見遣る。やはり、ちがう。予感のままだ。この前とはちがう。秋と冬のちがいでもなければ、夜と昼のちがいでもない。直人はおもむろに足を動かして、ちがいに触《さわ》りに行く。生垣《いけがき》を伝い、木戸を開けて、井戸端に立った。ゆっくりと辺《あた》りに目を遣るが、源内が寝起きしていた留守番小屋は見ない。見ずとも、別荘には人の気配はない。しんという音が聴こえるかのごとく鎮《しず》まり返っている。終わったのだと、直人は思った。源内がここで過ごす季節が終わった。

越後の墓の話を聞いて別荘をあとにするとき、直人は源内がいつまで向島に居るかを問わなかった。問わずとも、明日も田舎家《いなかや》に風を入れているのを疑わなかった。直人の目に映る源内は蛹《さなぎ》を想わせた。殻《から》のなかで己れを解《と》き、いったんどろどろになってから蝶《ちょう》になる蛹を想わせた。蛹のあいだは動かない。動かずに新たな躰が組み上がるのをじっと待たなければならない。その蛹の季節が終わったのを、汗を拭った井戸端が、胡瓜を齧った濡《ぬ》れ縁が伝えた。直人はその濡れ縁に座し、どろどろを終えて飛び立った源内を想った。ふと顔を上げると、冬の陽が初秋の陽よりも眩《まぶ》しかった。

向島からは、その足で久々の七五屋《しちごや》に向かった。すっかり陽が短くなって、筋違《すじかい》御門《ごもん》を渡る前に町は藍《あい》に染まり始める。神田川《かんだがわ》を越えて七五屋のある多町《たちょう》に入った頃にはとっぷりと暮れて、不意に目の前を白いものが横切った。家路を急ぐ比丘尼《びくに》の袈裟《けさ》だ。いまも多町には多くの比丘尼が暮らす。が、多町一の比丘尼はもう居ない。関われば人生転がり落ちたかもしれぬ比丘尼は故郷へ還《かえ》った。世話を焼いていた連れ合いはどこへ旅立ったのか……ともあれ、二度と町に戻ることはなかろう。馴染《なじ》んだはずの多町を見知らぬ町のように感じながら直人は七五屋への路をたどる。ひょっとすると七五屋もなくなっているような気がよぎったが、ちゃんと目当ての場処にあって、戸を引くと店主の喜助《きすけ》がいつもの恬淡《てんたん》とした口調で「お待ちかねですよ」と言った。

「遅くなりました」

雅之はいつもの小上がりでいつものように手酌で飲《や》っている。今日は剣菱《けんびし》か花筏《はないかだ》か。

「ガザミだよ」

猪口《ちょこ》を置くと、いきなり言った。

「ガザミがどうかしましたか」

ガザミは渡蟹《わたりがに》のことである。

「どうかしましたかって、冬の眠りに入る前のガザミだぜ。ミソがぷっくらして、一年でいっとう旨《うま》い季節だ。そいつをこれから蒸し上げようってんだよ。片岡《かたおか》が来ねえと蒸しに入れねえから、いまかいまかと首を長くして待ってたってわけだ」

「それで〝お待ちかね〟でしたか」

あれから喜助は板場へ入って蒸しにかかったのだろう。

「なんてった？」

「いえ、それは楽しみですね」

己れではなく、ガザミを蒸すのを待ちかねていたという話の向きに、なんとはなしにほっとする。冷えた躰が、蒸し上がって湯気を上げる喰い物を歓《よろこ》ぶだろう。

「他にも今夜はとっておきがある」

ずっと直人が馴染んできた調子を認めて、思わず雅之の口癖が頭に浮かんだ。

「旨いもんじゃなきゃなんねえ、なんてことはさらさらねえ。けどな、旨いもんを喰やあ、人間、知らずに笑顔になる」。思いっ切り笑顔にさせてもらおうと思う直人に、雅之は言った。

「カイズだよ」

めったには上がらない黒鯛《くろだい》の、若魚《わかうお》がカイズだ。

「時期を逃したら、いつお目にかかれるかわからねえ」

魚の旬《しゅん》は魚が旨くなる季節ではない。魚を釣ることのできる季節だ。人が引ける道糸《みちいと》の長さには限りがある。深海《ふかうみ》に潜られたらもう縁はない。釣りは目当ての魚が浅場まで上がってくる、束《つか》の間《ま》の季節のみに許される楽しみである。

「刺身もいいが、今夜は焼いてもらう」

「焼いたカイズですか」

「ああ、焼くときゃあ決まりがあるんだ」

直人はあえて言葉を挟んだ。

「塩をそのままではなくて、焼き塩を振って遠火で炙《あぶ》るんですよね」

「ああ、覚えてたかい？」

雅之の顔がほころぶ。

「焼いて水気《みずけ》を飛ばした塩でないと、せっかくの身の白さが濁ってしまう」

直人はつづけた。

「上等だ」

一昨年《おととし》のいまごろ、直人は同じ七五屋で雅之から頼まれ御用を受けた。藤尾正嗣《ふじおまさつぐ》の屋敷で庭を目にしたときにも思い出したが、一季奉公を重ねて旗本の侍《さむらい》を長年勤めた忠義者《ちゅうぎもの》が、手にかけるはずもない主人《あるじ》を手にかけた事件だった。すべての御用が胸に深く刻まれているが、なぜか多く思い出すのが、侍としての名を中村庄蔵《なかむらしょうぞう》といった百姓が科人《とがにん》となったあの事件だ。その頼みのあらましを説かれていたとき、喜助が板場で腕を振るっていたのがカイズだった。雅之ならではのカイズの講釈も洩らさず覚えている。二年前と変わらぬ時が流れて、多町がゆっくりと多町らしくなっていくのを直人は感じたが、次に雅之が発した言葉は想ってもみないものだった。

「蒸し上がったガザミが来たら言葉が止まった切りになっちまうから、いまのうちに言っておくが……」

猪口を空《あ》けて、雅之は言った。

「ちっとばかり忙しいが、七日ばかりで支度《したく》を整えたら、片岡には長崎へ行ってもらう」

「長崎、ですか」

思わず、海防へ専従《せんじゅう》する話がよぎった。

「海防の御用ではあるが、海防へ行けって話じゃあない。常《つね》の御用だ。遠国御用だよ」

知らずに安堵《あんど》する。

「俺がこの夏に長崎へ行った目的は覚えているな？」

「はい」

三月《みつき》前、どんな案件と思うかと問う雅之に「台場、でしょうか」と直人は答えた。フェートン号事件のあと、幕府は長崎の四箇所で新たな台場を築いていた。雅之は「台場、といえば台場だが……」と受けてから「もっと軽くて、ちっちゃい」とつづけ、「字典さ。文典と言ってもいいかな。ただし、エゲレスのだ」と括った。それを聞いてエゲレス言葉の節用集《せつようしゅう》といったところかと思ったのを覚えている。けれど、書名のほうは入り組んでいて判然としない。即座に名前が出てこぬのではないかと憶《おも》ったが、唇を動かしてみるとちゃんと出てきた。

『諳厄利亜興学小筌《アンゲリアこうがくしょうせん》』、十巻の吟味です」

台場は台場でも、紙の台場だった。

「そのとおりだ。初めてのエゲレスの単語集であり会話集だがな、実あ、あれはあくまで当座凌《とうざしの》ぎだ」

「そうなのですか」

たしかに、小筌とは銘打《めいう》っている。

「ああ、とにかく緊急になにか要るってことでなんとかまとめたもので、あれを交《こう》渉事《しょうごと》に使うのは無理だ。ましてや国と国ではな」

たしかに、編纂《へんさん》にかかってから調《ととの》うまでは早かった。

「で、いま、通詞が使っても耐えられる中身を目指して『諳厄利亜語林大成《ごりんたいせい》』の編纂が進められている」

初めて聞いた。

「おそらく十五、六巻になるだろう。その進み具合の吟味に出張ってほしい」

御公儀の費用が入った案件の吟味は、徒目付の数多《あまた》ある御用のひとつだ。幕府の御入用普請《おいりようぶしん》があれば、徒目付は全国どこへでもなんにでも出張る。が、まさか己れがエゲレスへの紙の台場の吟味で、長崎へ赴《おもむ》くとは想ってもみなかった。

「ついちゃあ、せっかく長崎まで出張るんだ、御用を全《まっと》うするのはむろんだが、他にも足を延ばしてくるといい」

まったく知らぬ西国《さいごく》の風景が目に浮かぶようで、初めての遠国御用に知らずに気持ちが昂《たかぶ》る。が、これで蓑吉の笑みのなぜ《ヽヽ》はしばらくお預けだなという気もよぎりはした。

「片岡は遠国御用は初めてだったな」

直人の想いを知らぬげに雅之はつづける。

「関東を出たことがありません」

ともあれ、精一杯勤めようと腹を据えつつ直人は答えた。

「ならば、長崎へ至る街道筋もいろいろ見聞《けんぶん》してくるといいだろう」

雅之はまともな文句をまともに言う。

「俺んときも船じゃあなく陸路だった。まずは東海道だ」

口調は変わらないが、その言葉でようやく雅之のまともではない意図を察して、直人は己れをいかにも鈍いと思わなければならなかった。

「そろそろガザミが蒸し上がっちまうから言っとくが、ちっとくらい寄り道をしたって構わねえよ」

東海道ならば、蓑吉が乞食番《こじきばん》をやっていた村のある東三河《ひがしみかわ》を通る。頭の上に張り付いていた厚い雲が動き出すのを直人は察した。

蓑吉は多四郎に生まれた村の名も乞食番をやっていた村の名も言っていた。

生まれた村が外浦《とうら》村、乞食番の村が中谷《なかや》村、どちらも東三河にあるが、外浦村がさる藩の支配に置かれているのに対して中谷村は幕府御料地にあるということだった。

その名を内藤新宿の多四郎から伝え聞いたとき、しかし、直人はそうかとは思わなかった。「おかしくはないか」と質した。はたして、蓑吉が村のほんとうの名を口にするものだろうか、と。

多四郎は蓑吉との縁を御上納会所掛《ごじょうのうかいしょがかり》の繋がりではなく「闇《くら》がり」と言った。初めは損料屋と古手屋の商いの絡みで顔を合わせたが、直ぐに互いの裡の闇がりを察して話をするようになったと言った。そして、蓑吉は店頭を張っている己れですら想いも寄らぬ闇がりを抱えていて、それはおそらく、乞食番をやってた頃にちっちゃな躰に呑《の》んだのだろうとつづけたのだ。

直人がおかしいと思ったのは、そこだった。もしも多四郎の言うとおりなら、そういう村の名を他人に告げるかということだった。たとえ相手が多四郎といえども、乞食番をしていた中谷村の名だけは固く秘して洩らさぬのではないか。蓑吉と耕助の兄弟二人だけで、互いの胸底《むなそこ》に潜む村の名を黙って察し合うものではないのか。

多四郎に中谷村の名を疑う様子が見えないのも直人には理解しにくかった。苦い水をさんざ嘗《な》めてきたであろう多四郎だ。むしろ、直人よりも先に多四郎が疑ってかかってよいはずである。なのに、その素振《そぶ》りもない。蓑吉との繋がりをそれほどのものと信じたいとでもいうのか。内藤新宿の店頭が素《す》っ堅気《かたぎ》との繋がりをそこまで大事に思うものか……訝《いぶか》る直人に、多四郎はおもむろに言った。

「道理《どうり》が通りゃあ、おっしゃるとおりかもしれませんが……」

ふーと息をついてからつづけた。

「あっしのように、妓楼の厄介事《やっかいごと》の後始末に明け暮れていやすとね、もっぱら、道理の通じねえ奴《やつ》らを相手にすることになりやす。てめえだけの勝手な言い分を垂《た》れ流しに来る奴らが群《むら》がって、それぞれが負けじとばらばらの悲鳴を張り上げる。女《じょ》郎屋《ろうや》ってのはそんな処でさあ。そんな毎日に馴《な》れちまうとね、旦那《だんな》。道理では収まらずに立ち回る輩《やから》が当り前で、むしろ、収まる輩のほうが奇妙に思えてきやす。こいつには女郎屋の内も外もないってね」

裏の裏かと直人は思った。

「むろん、蓑吉はそういう奴らとはちげえます。上町《かみちょう》の古手屋の顔を張ったんだ、きちんと物の道理を弁《わきま》えていやす。でもね、旦那、そういう蓑吉が俄《にわ》か仕込みの泳ぎで十月の大川を渡るんですよ。道理で量《はか》りゃあ絶対やらねえことをやるんですよ。人はどういうつもりもなんにもなく道理を外《はず》れる。外れちまっていることにすら気づかねえ。あんな人がなんでってこたあ世の中ざらにある。村の名前だって口にするかもしれんでしょう？」

　多四郎の口から語られれば、そうかとも思う。思うが、思い切ることはできない。多四郎の傍《かたわ》らから離れれば、やはり、蓑吉は口には出すまいと思う。他人に悟《さと》られかねないような闇がりは闇がりではなかろう。なにがどうあろうと気取《けど》られぬようにするはずだ。

　考えてるだけでは埒《らち》が明かぬので、直人は外浦村があるという藩の江戸屋敷と東三河を管轄《かんかつ》する代官所に、そういう名の村があるかどうかを問い合わせた。江戸屋敷からは直ぐに返事が来て、外浦村はたしかにあるとわかった。遅れて代官所からも通知があって、中谷という名の村はないと知れた。

　ならば、蓑吉はやはり乞食番をしていた村については偽《いつわ》りの名を言ったことになる。蓑吉が乞食番をしたほんとうの村は実はちがう名で、あるいは東三河からは遠く離れた土地にあるのかもしれない。

蓑吉の笑みのなぜをさらにたどろうとしたとき、壁となったのがそこだった。直人とて多四郎の語った蓑吉の闇がりの話はずっと胸底にあった。蓑吉の、あのしてやったりの笑みには収まらない、抜けたような笑みのなぜを想ったとき、当然、闇がりとの繋がりを推《お》した。

けれど、目付筋の扱う事件としてはなぜを含めて一応の収束を見ている。直人がいま追おうとしている界隈《かいわい》は公か私かの境目《さかいめ》が模糊《もこ》としている。まして、あの笑みと闇がりがほんとうに繋がっているかは定かではなく、蓑吉が中谷村で闇がりを呑んだというのも多四郎の推量だ。そして、その中谷村は実はないとわかった。もろもろの理由から、直人は東三河行きを申し出ることができずにいたのである。

直人は雅之に深く謝しつつ支度を整え、十一月の半ばに江戸を発《た》った。東三河の地へ入り、鉛色をした雲が垂れ込める外浦村の土を踏んだのは七日後である。話には聞いていたが、大きな湾を抱《いだ》く東の半島にある外浦村は間断なく北西の寒冷な風が吹き渡っていて、嵐《あらし》でもないのに時として話す声さえ拐《さら》う。立っているだけで躰の芯《しん》の熱まで奪われそうで、直人は行く手に待ち受ける難儀を想わざるを得なかった。

外浦村が実在するとわかっても、そこに望みをかけてはならぬと自戒《じかい》してきた。蓑吉はこの世にない村を乞食番をしていた村として伝えた。外浦村とてほんとうに蓑吉が生まれた村であるかどうかはわからない。ほんとうだったとしても、三十年近くも前のことだ。管理の具合によっては、もう記録に残っておらぬだろう。それに、帳外者《ちょうがいもの》を出すのは村の恥だ。たとえ覚えている者が居たとしても語ろうとせぬかもしれない。どこをどう取っても甘く考えようがなかった。

そうはいっても外浦村から始めるしか蓑吉の闇がりに行き着く路はない。とりもなおさず、抜けた笑みのなぜを解く手立てはない。直人はこれまで積み重ねてきた取組みはすべて外浦村での探索のためだったのだと己れを鼓舞《こぶ》して、庄屋を勤める弥兵衛《やへえ》を訪ねた。

弥兵衛は六十絡み。撒《ま》いた種子《たね》さえ土ごと風に持っていかれそうな土地で、長く百姓成立《ひゃくしょうなりたち》をつづけてきた芯の強さが顔に滲《にじ》み出ている。難渋人《なんじゅうにん》や困窮人《こんきゅうにん》にも容赦はなさそうだ。蓑吉の家があったとしてもそんな家はなかったと語る口かもしれない。こいつは手強《てごわ》そうだと自戒しつつ、直人は蓑吉と耕助の兄弟の名を言った。

「覚えておりますよ」

けれど、弥兵衛はさほど間《ま》を置くこともなく答えた。

「父親は由蔵《よしぞう》と申しました」

藩の江戸屋敷を介して前もって訪ねることは伝えてあるが、用向きについては、昔、村に居た者について訊きたいと、ざくっと告げただけだ。名は伏せている。前もって練《ね》った答ではないはずだ。

「ですが、いまは村には居《お》りません。それはすでにご案内で？」

弥兵衛は念を入れる。〝昔、村に居た者〟について訊きたい旨は伝わっているはずだが、己れでたしかめなければ前へ進もうとせぬ者らしい。

「承知している」

やることに、まちがいがすくないということだ。

「村を出た理由もご承知でしょうか」

話も早い。

「一家で欠け落ちたと聞いたが」

「もう、出てから二十八年になります」

余計を言わずに認めた。

「中分《ちゅうぶん》の者《もの》よりも上の百姓だったそうだな」

話がよく通りそうだ。直人は蓑吉が多四郎に語ったことの真偽《しんぎ》をたしかめる。

「おっしゃるとおりで。この辺りは灌漑《かんがい》が難儀な土地でして、持高《もちだか》が十石に乗る家はめったにございません。なのに、由蔵の家は十三石余りもあって、いっときは小作まで使っておりました。上というより、上の上と言えましょう」

「運か、才覚か」

「才覚はございました。なかでもいちばんの才覚は度胸です。いい井戸と出逢《であ》うまで音《ね》を上げずに掘りつづけた。この土地には大きな川がなく、川の水で田んぼを張れる土地は三割ほどしかございません。残る七割は溜池《ためいけ》と井戸水ですが、地形のせいで大きな溜池はできぬし、井戸水には限りがある。結局、雨水だけに頼らねばならぬ天水田《てんすいでん》が広がることになります。ところが由蔵が掘り当てた田んぼの井戸に限っては、涸《か》れることなく水が湧いたのでございます」

「雨はどうなのだ」

「年に均《なら》せばそこそこに降るのですが、米づくりに欠かせぬ五月から七月にかけての雨がすくのうございます。夏に半月も晴れの日がつづけば即干魃《かんばつ》です。この土地ではどこの地区にもそれぞれの雨乞《あまご》いの行事がございますよ。御国の御殿様もみずから雨乞い行列の先頭に立たれるほどです」

蓑吉と耕助の故郷は想う以上に難渋を強《し》いられる土地のようだった。

「そういう土地で由蔵は十三石を張った。齢《とし》が若かったから庄屋にこそ就《つ》きませんでしたが、百姓代《ひゃくしょうだい》や年寄《としより》は幾度となく勤めております。ひところは米に加え大豆や煙草《たばこ》などの畑の物もうまく回って、それは内福《ないふく》でございました。けれど、肥料の干鰯《ほしか》商いなどにも手を出すようになって、おのずと生業《なりわい》も暮らしも膨らんでゆきました。そうこうするうちに出るのに入るのが追いつかなくなった。周《まわ》りは手を広げすぎたと観《み》ましたが、当人はまだまだと借財を重ねるようになって、身動きできなくなっていったのでございます」

多四郎から聞いた話に枝葉《えだは》がついていく。

「それでもいったん身についてしまった慣《なら》いはそう簡単に捨てられるものではございません。いくら困窮しても白米の味に慣れてしまった者が稗《ひえ》に戻るわけにはゆかぬのです。組合の者がどんなに説いても一向に暮らし向きを変えようとせず、それでにっちもさっちもゆかなくなった。年寄まで勤めた者を人別帳から外すのは忍びなかったけれど、村を護《まも》ろうとすれば情に流されるわけにはまいりません。で、いったん帳外《ちょうはず》れにして村抱《むらかか》えの扱いにし、由蔵が奮起して人別に戻るのを待つことにしたのでございます」

「ところが由蔵は村の施しを嫌って夜逃げをしてしまった」

話は多四郎の語った筋をなぞりつづける。

「そこは申し上げたとおり、元はといえば高持《たかも》ち百姓で年寄まで勤めた者ですので、人寄せの場で羽織も着けずに末席に座す暮らしは堪えられなかったようです。察してはおりましたが、由蔵だけを別扱いすれば村掟《むらおきて》は反故《ほご》になってしまいます。で、心を鬼にしていたら、ある朝、一家で居なくなっておりました」

おそらく、由蔵と弥兵衛は同年配だろう。幼い頃から共に育ったはずだ。由蔵はただの百姓で収まろうとせず、もろもろ挑《いど》んだ末に村を欠け落ち、いっぽう弥兵衛は百姓出精《しゅっせい》を守ったのだろう、村を率いる庄屋として在る。長じるに連れて大きくなっていった開きを、弥兵衛はどう見ていたのだろう。

「その後の一家の消息は入ってきたか」

「いえ」

声が妙にさっぱりしている。冷たいのでなければ、意図して距離を保とうとしているのだろう。

「聞いておりません」

村に居た由蔵一家のことは隠す素振りもなかったのに、村を出たあとの話になると口が重くなった。

「欠け落ちた者をいちいち気に掛けてはいられぬか」

なぜ、距離を取るのか……。

「当人たちが還れば、元に戻れる路筋は用意してございます」

弥兵衛の受け答えは緩《ゆる》みがない。無駄を言わずに、庄屋としての意思を伝える。村を外れている限り、与《あずか》り知らぬと言い切っている。近年、村方三役《むらかたさんやく》は入《い》れ札《ふだ》で選ぶところが多い。弥兵衛はきっと札の入れ甲斐《がい》のある庄屋なのだろう。

「中谷村という村を存じておるか」

弥兵衛が村を出たあとの由蔵一家を語らぬのなら、こちらからぶつけなければならない。

「なかやむら、でございますか」

わずかに首を傾《かし》げてから言った。

「この辺りの村ではないようでございますな」

「由蔵は物乞い旅をつづけた末に同じ東三河の中谷村で行き倒れたという話を聞いている」

「まことでございますか！」

驚いた風ではあるが、虚《きょ》を衝《つ》かれた様子はない。弥兵衛はほんとうに知らなかったのか、承知して芝居をしているのか。それとも、蓑吉が父親は行き倒れたと語ったのが偽りなのか……。

「蓑吉と耕助の二人は中谷村で拾われて乞食番をやらされていたそうだ」

弥兵衛は応《こた》えない。

「だいぶ難儀な日々を送ったようだが、それも知らぬか」

弥兵衛が知っていて、まことの答が返ってくれば蓑吉の事件はようやく終わる。

「わたくしは下総《しもうさ》に行ったのかと想っておりました」

が、弥兵衛の答は想ってもみないものだった。

「下総？」

「はい」

「あの東国の下総か」

「さようで」

「また、ずいぶんと離れたな」

「海で結べば、さほどではございません」

「海、な」

「この土地と東国とは尾州《びしゅう》廻船で結ばれております。由蔵もまだ羽振りがよかった頃、干鰯の絡みで廻船と縁がございました。で、下総で干鰯商いをしている者と昵《じっ》懇《こん》になって、いずれはそっちのほうで身を立てたいと繁《しげ》く語っておりました。土にへばりついて生きるしかないわたくしどもからすれば途方もない企《くわだ》てですが、由蔵のことですし、また、すべてを断ち切って欠け落ちるからにはそのくらいのことをやるのではないかと想ったのでございます」

「その下総から便りでもあったか」

「いえ、しかし、便りがないのは無事の便りとも申します」

弥兵衛は下総を語る。下総を語ることで、村を出たあとの蓑吉の家族は東三河の地には居なかったと伝えている。だから、東三河に居たという前提での家族のことはわからないと言っているのだ。まことか偽りか、偽りであるとすればなにゆえに偽るのか、なんで遠い下総まで持ち出して作り話をせねばならぬのか……効《き》くかどうかはわからないが、直人は最後に兄弟の身に起きたことを手短《てみじ》かに言ってみた。

「蓑吉と耕助だがな……」

「はい」

「二人はずっと生き別れになっていたが、五年前に江戸で再会した」

「さようでございますか」

変わらずに己れを御《ぎょ》しているが、揺れは届いた。振れ幅は微《かす》かだが重みはある。

「そのとき蓑吉は内藤新宿で古手屋をやっていて、いっぽう耕助はさる藩の武家の家侍《いえざむらい》をしていた。とはいっても内実は下働きの小者《こもの》だ。商いがうまく回っていた蓑吉は幕臣の株を買って、耕助を御家人の御徒《おかち》にした」

目を伏せて、弥兵衛は聴いている。

「ところが、耕助は同僚の苛《いじ》めに遇《あ》ってな、それがために溺《おぼ》れ死んだ」

膝《ひざ》に置いた弥兵衛の両手の指に力が入ってわずかに折れた。

「その同僚を炙り出して罪を贖《あがな》わせるために蓑吉もまた命を落とした。己れをそいつに斬《き》り殺させることで目的を遂げた」

指の折れが深くなる。

「それがしはたまたまその場を目にしていてな。斬られる間際《まぎわ》、蓑吉が笑ったのを認めたのだ」

弥兵衛が顔を上げる。

「笑った、のでございますか」

謹厳《きんげん》を崩さなかった庄屋の声とはちがう。

「ああ、笑った」

即座に直人は答えた。

「微笑《ほほえ》んだ」

弥兵衛は目を落として、なにかを思い出しているように映る。

「その笑みはそれがしの裡《うち》でだんだんと変わっていって、いまでは抜けたような笑みになっている」

「抜けたような……」

弥兵衛がまた顔を上げてつぶやいた。

「解き放たれたような、と言ってもいい」

その顔を正面から見据えて直人は言う。

「あの笑みはなんなのかを知るために、この地を訪れた」

弥兵衛の瞳《ひとみ》の奥が揺れる。下総を語っていたときの弥兵衛ではない。

「それだけで、はるばる足を運ばれたのでございますか」

弥兵衛は多四郎と同じ言葉を遣《つか》う。

「それだけで」と問う。

「それだけで、は無理だ」

直人は素を覗《のぞ》かせた。

「西国での御用旅の途中で足を延ばした。とはいえ、ついで、ではない。どちらが主というものではない」

「あの……」

じっと聞いていた弥兵衛がおずおずと言う。

「なんだ」

「ひとつお尋ねしたいのですが……」

「言ってみろ」

「蓑吉は姉のことをなにか言っておりましたでしょうか」

「姉……」

直《す》ぐには思い当たらなかった。

「はい」

弥兵衛の目に促されてようやく、多四郎から蓑吉に結《ゆい》という姉が居たと聞いたのを思い出す。ずっと蓑吉と耕助の兄弟に気が行っていたので、物乞《ものご》い旅の途中で亡《な》くなったと知らされただけの結のことは記憶に埋《うも》れていた。

「又聞きだがな、四つ齢上の結という名の姉が居たのは伝わっている」

「その結でございます」

「蓑吉は旅の半ばで死に別れたと語ったらしい。病と聞いた。それがしが姉について聞いたのはそれのみだ」

「さようでございますか」

弥兵衛の顔になんとも捉《とら》え処《どころ》のない色がよぎる。

「姉がどうかしたか」

「いえ」

用意して居たかのように弥兵衛は答えた。

「三人姉弟《きょうだい》だったものですから結はどうしたのだろうと気に懸《かか》りまして。それでしたら。わかりました。ありがとう存じました」

不意に出てきた結のことも気になり出すが、やはり、いま追うべきは蓑吉だ。直人は努めて話を戻す。

「蓑吉だが、中谷村を東三河の幕府御料地にあると伝えたそうだ」

弥兵衛は黙って聞いている。

「乞食番をしていたある日、目の前を抜け参りが通りかかってな、その列に紛れて中谷村を出たらしい」

「伊勢は近《ちこ》うございますから」

弥兵衛はありきたりを言う。中谷村がないとは繰り返さない。いかにもその場凌ぎだ。

「おぬしは中谷村を知らぬと言うし、代官所からも中谷村という名の村はないと伝えられている。しかし、それがしは明日、幕府御料地まで行ってみるつもりだ」

「さようで」

声に力がない。堪《こら》えていたものが抜けつつある。

「還りにまた寄ると思うので、その間《かん》に思い出したことでもあれば聞かせてくれ」

直ぐにでも聞きたいからこそ間《ま》を置いた。

「道中、お気をつけられて」

抜けようとするものを押しとどめるかのように弥兵衛は声を絞る。

その様子が直人に、きっと、弥兵衛は……と想わせた。

由蔵とは幼馴染《おさななじ》みで、深く気脈《きみゃく》を通じた仲だったのだろう。

雨乞いの風習がない集落はない土地で、尽きぬ泉を掘り当てた由蔵を語るときの弥兵衛の口調は静かだった。度胸という才覚の賜物《たまもの》であるとさえ口にした。

並みの仲なら、妬《ねた》み嫉《そね》みがこもっていてもいい。たとえ親しかったとしても、ことは百姓にとって命に等しい水だ、平静ではいられまい。弥兵衛と由蔵が、別段《べつだん》の縁で繫《つな》がっていたとしか考えられない。

家業が傾いていったときを語るにしてもそうだ。嫉妬《しっと》が深ければ、没落を喜ぶ色が洩《も》れ出ておかしくはなかろう。けれど、弥兵衛の語りにそんな色は微塵《みじん》もなかった。庄屋としての立場を崩さず、擁護こそしていなかったが、悪意はまったく窺《うかが》えなかった。あの平穏は弥兵衛の人柄だけでは語れまい。

だとすれば、俄かに下総を持ち出したのも、直人の目を東三河の土地から外《そ》らすためではなかろうか。外らすことで、由蔵の家族を護っているのではないか。きっと一家は村を出たあとも、やはりこの東三河に居たのだ。

兄弟の死を伝えて揺れたところを観ると、護ろうとしているのは蓑吉と耕助だろう。もはやこの世に二人は居ないとわかっても、弥兵衛が口を噤《つぐ》んで護ろうとするものとはなにか。きっと、それこそが蓑吉の「闇がり」に他なるまい。

蓑吉の笑みの源《みなもと》に近づいたかもしれぬのに、弥兵衛の屋敷を出る直人の胸裡《きょうり》はすこしも晴れなかった。触ってはいけない処に触ろうとしている気がした。

でも、そんな危惧《きぐ》をするには早すぎると直人は思い直した。

なにしろ、これから向かおうとしている中谷村は、ない村なのだから。

その夜は、藩主が雨乞い行列の先頭に立ったと弥兵衛が語った藩の城下の外れに宿を取った。

城下とはいっても一万石をわずかに超えただけの藩の城下町はささやかで、道行く者の姿も疎《まば》らだ。湾からの冷たい風は陽が落ちても止《や》まずに枯葉を舞い上がらせる。寂寥感《せきりょうかん》を覚えつつ直人が部屋を頼むと、白髪《はくはつ》の主人《あるじ》は相好《そうごう》を崩して迎え入れた。よほど泊り客のない日がつづいていたらしい。

その夜も他に客はないようで、座敷へ上がったあともあれこれと世話を焼きたがる。ずいぶんな話し好きらしく、客に渇《かわ》いていたというよりも、客と話す機会に渇いていたかのようだ。直人の夕餉《ゆうげ》にも相伴《しょうばん》してあれこれと土地の話をした。

「こちらは湾の東の半島になりますが、西の半島のほうはいろいろ名産がございます」

喋《しゃべ》りが過ぎるきらいはあるが、問わずとも語ってくれるのはありがたいと思わねばならない。話のどこに鉱脈が顔を覗かせるかわからない。

「まずは木綿、これはもう伊勢《いせ》と並ぶ一大産地でございます。次に酒、伊丹《いたみ》、灘《なだ》とまではゆきませんが、その次に控える産地にはなりましょう。その酒の粕《かす》から酢が造られて、これはもう大関でございます。大関格には他に焼き物もございますし、そして、なんといっても廻船です。かつては長旅をする世の中の産物はあらかたが大坂《おおさか》を介しておりましたが、西の半島の尾州廻船が西から江戸への直送を実現しました。いまでは奥州《おうしゅう》とも結ばれて、まさに海の天下統一でございますよ。残念なのはこれが御国自慢にならないことでして、同じ湾の対岸なのにあちらは三河ではなく尾張《おわり》でして、御三家《ごさんけ》の尾張様が治めておられます。ま、だから、これだけの差がついたとも言えるのでございましょうが……」

いろいろと語るが、どの話も最後には土地の愚痴《ぐち》になる。ま、泊り客が疎らな日が長くつづけば愚痴も出るだろうが、愚痴ばかりとなるとさすがに聴きづらい。これはという話があいだに交《ま》じれば持たせることもできるのだが、それもない。自分ではそうと意識していたわけではないけれど、半ば切り上げを促す気持ちもあったのだろう、直人は主人の話を遮《さえぎ》って「ところで……」と口にした。「……中谷村という村を知らぬか」。

直ぐに知らぬという言葉が返ってくるものとばかり想《おも》っていたのに、主人は意外そうな顔をして口を閉じた。首を傾げて思案する風である。唇を止めることはできたが、知る知らぬを言うでもなく、もうそろそろと腰を上げようとするでもなく、これはこれで気色《きしょく》がわるい。「どうした」と問うと、「お武家様はその名をどちらで耳にされたのでございましょうか」と返してきた。

「亡くなった所縁《ゆかり》の者が東三河のその村の出と言ったのだがな」

まちがいなく蓑吉は所縁の者だと思いつつ直人はつづけた。

「どこで聞いても、そんな名の村はないと言う。で、御用旅で当地へ立ち寄ったついでに当たれるだけ当たってみることにした」

省いてはいるが、偽りではない。

「さようでございますか」

主人も疑う風はない。

「とはいえ、不案内の土地だ。なんの手掛かりもなく弱っている」

「それはお困りでしょうなあ」

主人は重ねて真《ま》に受ける。どうやら疑わぬのではなく、努めて直人を信じようとしていらしい。この武家は困っているのだと、己れを得心《とくしん》させようとしている。得心させて、直人の話に乗ってしまう己れを赦《ゆる》し、まだまだ語りをつづける気なのだ。やはり、旅の者との話に渇いているのだろう。

「たしかに、東三河に中谷村という村はございません」

気を持たせた末に、しかし主人は言う。中谷村がないとわかっていても、やはり気落ちする。思わず箸《はし》を置こうとする直人に、主人はつづけた。

「けれど、かつてはございました」

一瞬、箸を持つ手が浮く。

「なんと言った」

「かつてはございました。中谷村はございました」

「中谷村が」

「ええ」

意外すぎて、たしかめても腹に落ちようとしない。

「まことか」

もう一度、たしかめてみる。あったとなれば、蓑吉はまことを言ったことになる。

いうことだ。

闇《くら》がりを呑んだ村の名を他の者に告げたことになる。己れの見立てが誤っていたと
「はい」

なんで秘すべき村の名を告げたのか……。

「今日、この地で訪ねた先でも中谷村はないと言われたのだが……」

それでも念押す。押しながら、中谷村はない、という答を鵜呑《うの》みにして、かつてはあったかもしれぬと疑わなかった己れの迂闊《うかつ》を糺《ただ》す。

「その者はけっしてまちがいを言ってはおりません。いまはないのですから」

ようやく得心する。腹を切り替えて直人は問うた。

「かつて、と言うと、いつまで……」

「二十年以上も前でしょうか。二十六、七年になるかもしれません」

「二十六、七年……」

まさに、蓑吉兄弟が中谷村を出た頃ではないか。

「そのことをおぬしの他に知る者は」

躰《からだ》の深くがざわざわっとする。

「いえいえ、手前が別段なのではございません。この土地で育ったある年頃より上の者ならみんな知っておりますよ。知っている程度の差こそありますが」

「なのに言わなかったのは、なくなった理由がまともではなかったということか」

「仰《おお》せのとおりで。問われもしないのに好きこのんで語る話ではありません。話すのが禁じられているわけではないし、話したとて罰を受けることもありませんが、あえて口にしたくはないのです。手前にしても、お武家様が心底《しんそこ》からお困りの様子なのでこうして話をさせていただいているだけで、もしも、そうでなかったら口を開かなかったでしょう」

主人は締《し》めに嘘《うそ》を言ったが、それはささやかな嘘だ。主人は話したがっている。なにがあったかを話したがっている。問えば、待っていたかのように答えるだろう。

直人は外浦村の弥兵衛の屋敷を出たときに感じた晴れぬ想いを振り返る。蓑吉の笑みの源《みなもと》に近寄った気になって、己れが触ってはいけない処に触ろうとしていると察した。けれど、近寄ったとはいっても、中谷村はない村だ。そんな危惧をするには早すぎると思い直したのに、こんなに呆気《あっけ》なく実はあるとわかってしまった。間尺《ましゃく》に合わぬと直人は思う。蓑吉の笑みの源に、蓑吉の闇がりに、こんなに簡単に触れてはならない。けれど、己れは徒目付《かちめつけ》だ。見抜く者だ。間尺に合わぬのを歓《よろこ》んで訊《き》かねばならぬ。

「なにがあった」

直人は動きにくい唇を動かした。

「手前にしてもすべてを存じているわけではございません」

主人は返す。

「ここへお泊りになるお客様方などから伺ったことを、すこしずつ寄せ集めてまとめた話で、あちこち欠け落ちております」

「それでいい」

「ならば……」

主人はおもむろに語り出す。

「中谷村は二十数戸の村でございました。村人は百人余りです」

直人は全身を耳にする。

「二十六、七年前、そのうちのあらかたが亡くなりました。生き残ったのは十人足らずでございます」

「なにゆえに」

普通ならば疫病《えきびょう》と想うところだ。が、疫病ではないのだろう。

「毒のようです。村の井戸に毒が入り込んだらしい。ちょうど夕方の飯を炊《た》く頃に混じったらしく、それで被害が大きくなりました。誰もが毒と気づかずに飯を喰ったり水を飲んだりしているので、きっと石見《いわみ》銀山《ぎんざん》ネズミ取りのような毒だったのだろうと言われています。あれはなんの臭《にお》いも味もしないようですから」

「入り込んだのか、入れたのか……」

「そこは手前も聞いておりません。ただ、村の者たちを殺《あや》めるために毒を入れた者が居たとしたら、たやすかっただろうとは思います。中谷村は二十数戸の村ではありますが、井戸はたったひとつでございました。家々の井戸に毒を入れて回る必要はありません。ただひとつの井戸に入れさえすればよかったのです」

「二十数戸の家があって、井戸はひとつなのか」

「それはめずらしくもないのでございます。中谷村は同じ半島でも湾ではなく、外《そと》海《うみ》に面した表浜《おもてはま》と呼ばれる一帯にあります。あの辺りの土地は砂と小石交じりで、井戸水がなかなか上がってきません。俗に水不足というと田畑《でんばた》のことが想い浮かびますが、表浜では暮らしの水も干上《ひあ》がるのです。水が汲《く》めるところまで水面が高くなる井戸はごく限られております。二十数戸どころか四十数戸でひとつの村だってございます。もしも村人を怨《うら》んでいる者が居たとして、その者がたまたま石見銀山を手に入れたとしたら、目は自然と井戸へ向かうでしょう」

思わず、「その者」と蓑吉の顔が重なる。九歳と六歳で乞食番をやらされていたのだ。村を怨みに思うことは多々あったにちがいない。石見銀山もネズミ取りとしてめずらしいものではない。百姓家の納屋《なや》で見つけることはむずかしくなかっただろう。

しかしだ、と直人は思う。路端《みちばた》に座して物乞いを追い払う日々がいくら辛《つら》かったとはいえ、流浪《るろう》の旅から村に拾ってもらったことは事実だ。毎日の糧《かて》を村から得てもいる。その蓑吉が皆殺しになるかもしれぬのを承知して、ただひとつの井戸に毒を入れるだろうか。六歳の弟を再び物乞いにして、雨露《あめつゆ》しのぐ屋根を奪うだろうか。束《つか》の間《ま》の交わりとも言えぬ交わりだったが、蓑吉は道理のわかる男だった。いかに幼かったとはいえ、石見銀山を手にして井戸へ向かう蓑吉の姿は描きにくい。

やはり、二人は乞食番で村の外へ出ていたために難を逃れたと観るべきだろう。

村抱《むらかか》えの者への遅い飯を取りに戻ると、そこには死で埋め尽くされた村があった。蓑吉が呑んでいた闇がりは、そのときの凄惨《せいさん》な光景だったのではなかろうか。死が煮詰まった光景を、蓑吉はずっと胸底に巣くわせてきた。だとすればあの笑みは二十七年間、消そうとして消えなかった村の死がようやく消える笑みになる。また、それならば、蓑吉が闇がりを呑んだ村の名を多四郎に洩らしたっておかしくはない。

その代わり、外浦村で弥兵衛の話を聞き終えたときに見立てた、弥兵衛が兄弟を護るために口を噤んでいるという筋とは齟齬《そご》が生まれる。蓑吉の闇がりが村の死を見たことにあるなら、弥兵衛が黙する理由がない。そして、己れだ。己れは蓑吉を「その者」と思いたくない。だから、意図して二人を井戸から遠ざけようとしているかもしれない。

「何者かが入れたとして、探索はあったのか」

蓑吉は井戸に向かっていないと念じつつも、直人は踏み込む。

「事件のあとで姿を消した村人は一人も居りませんでした」

主人は答える。居ながらにしてもろもろの話が寄ってくる宿の者ならではだ。

「ですから、もしも村人のなかに毒を入れた者が居るとしたら生き残った者となるわけですが、結果を先に申しますとそれは考えられぬのです。先刻もお話ししましたが、生き残った村人は十人足らず。家にして二戸です。一戸は庄屋、もう一戸は年寄で、その日は庄屋の屋敷での村方三役による寄合がありました。その寄合が延びたために夕飯が遅れたのです。寄合が終わるのを家族が箸を取らずに待つあいだに惨事は起きて、二戸の家族は難を逃れた。あとになって、炊いておいた飯を猫に喰わせたところ呆気なく死んだそうです。残る三役の一人の百姓代の家族も待っていたのは同じなのですが、事件の原因が井戸水と知らずに戻って飯を喰ってしまった。で、三役の三戸ではなく二戸が生き残ることになった。つまり、村人のなかに毒を入れた者は居なかったということです」

話はすとんと入ってくる。

「だとすれば毒を入れたのは村の外の者になりますが、御代官所は東海道筋の宿場にございます。事件の知らせが御代官所に届いて御役人が繰り出し、中谷村に着く頃には、犯人が旅の者ならとっくに遠くへ去ってしまっています。それに御代官所はもともと年貢《ねんぐ》をきっちり納めさせるための御役所であって、事件の探索には慣れておりません。割《さ》く人も限られております。まっとうな探索を期待するほうが無理というものでございます。なんでも石見銀山と同じ毒は天然にもあちこちに埋まっているそうで、いつの間にやら、そういう毒が井戸水に紛《まぎ》れ込んだのだろうという筋で落ち着いていきました。あとは、忘れるに限るといったところだったのでしょう。思い出しても仕方のないことは、なかったことにするのでございます」

だから、中谷村はない、で済ます。かつてはあった、とは誰も口にしない。百人近くの村人が命を落とした事実がずるずると消える。そういうことが現《うつつ》にある……。生きていく者たちのそれぞれの事情という小さな欠片《かけら》が寄せ集まって、村の死という骸《むくろ》を覆《おお》い尽くす。

「事件のあとに村を出た者だが……」

「はい」

「ほんとうに誰も出なかったのか」

直人は暗に蓑吉と耕助は目を付けられていなかったのかと問うている。

「きっちりと言えば、子供二人が行方《ゆくえ》知れずになっております」

あるいは他所者《よそもの》の村抱えは目に入っていないかと想ったが、そうではなかった。

「しかしながら、村の子供ではございません。事件の一年ほど前に行き倒れていた他村の者の子供でして、乞食番《こじきばん》に当たらせておりました。番の場処から村へ戻ったらああいうことになっていて、それでびっくりして逃げ出したのだろうということで了解され、それっきりになったそうでございます」

疑われてはいなかったようだ。ここまで聞けば、あとは明日、己れの足で村の土を踏んでみるしかない。

「その後、村はどうなっている」

直人は明日の備えに入った。いまとなっては、主人の話し好きにただ謝するしかない。

「申し上げたように、村に井戸はひとつでした」

話し好きだから聞くことができたし、話し好きだから話が集まった。直人がひと月とどまっても集められぬほどの話が。

「その唯一《ゆいいつ》の井戸が毒に染まったのですから、人が暮らしようがございません。地下の水はいろいろな処と通じているようですので、日が経《た》てば薄まるのかもしれませんが、あえて試《ため》しに飲んでみようとする者は居らぬでしょう。百人に届こうかという者がその井戸の水で死んだとなれば、井戸端へ近寄ることさえ憚《はばか》られるのではないでしょうか。それに、もしも天然の毒が紛れ込んだのがまことであれば、いつまた同じようなことが起きるかわかりません。いつの頃だったのか手前は存じませんが、想わぬ事故を防ぐために井戸は埋められたと聞いております」

ひとつ息をついて主人はつづけた。

「この土地で耕地は貴重ですので、田畑のほうは他村から出向いて鍬《くわ》を入れることにしようという話にもなりました。事実、そのようにしたそうでございます。しかし、最初だけでした。遠くて手がかかることもございますが、やはり、問題は事件です。思い出すことのないよう二十数戸の家はすべて取り壊し、廃材も処分したのですが、たとえ更地《さらち》になっても百に近い死の記憶が消え去ることはなかったのでしょう。一日の農作業を終えると、どうにも嫌な疲れが残るらしく、いつしか足を運ぶ者が居なくなりました。結局、田畑もあきらめ、いまは近隣の村の入会地《いりあいち》になっておるそうでございます。屋根を葺《ふ》く尾花《おばな》や堆肥《たいひ》のための草を刈るだけなら年に数度で済みますので、なんとか我慢できるというわけでございます」

「最後にするが……」

と、直人は問うた。

「生き残った庄屋と年寄は存命か」

「庄屋は十年余りも前に亡くなりました」

さすがに主人にも話し疲れた色が覗く。

「年寄の喜三郎《きさぶろう》のほうも存命と申し上げてよろしいのかどうか……」

「いかがした」

「足腰はまだまだで、伏せった切りになっているとかではないのですが、いかんせん、こっちのほうが」

と言って、指で己れの頭を指した。

「呆《ぼ》けたと言うか、気を患《わずら》ったと言うか、とにかくまともではないようでございます。実は、村から田畑はなくなったと申しましたが、一箇所だけ小さな畑がございます。喜三郎が小屋を建て、一人移り住んで鍬を入れているのです。むろん、それだけで喰えるはずもなく、隣村に移り住んだ息子が助《す》けているようですが、来年には八十になると言いますから、ま、入会地の茅場《かやば》になり切るのも間近《まぢか》でございましょう」

あとは、村への路順を聞いて仕舞いにした。礼の代わりに愚痴でもなんでも聴く気でいたが、主人はどういうわけか「どうも御食事の邪魔をいたしまして」といまさらの文句を並べて背中を見せた。久しぶりに語ってみれば、己れが想ったよりも遥《はる》かに疲れを覚えたらしい。肩の落ちた小さな背中を目にしていると、あるいは今夜が、主人が客に中谷村を語る最後なのかもしれないと思えた。

翌日は打って変わって晴れ渡った。宿を出たときはまだ暗かったが、満天の清明な星が冬ならではの抜け上がった空を伝えていた。

風も吹いてはいるが、昨日と比べれば収まったようなものだ。空の藍《あい》が薄藍になり、やがて陽《ひ》が降《ふ》り注《そそ》ぐと、温まった躰が和《やわ》らいで知らずに足取りが軽くなった。

そうはいっても向かっているのは中谷村である。目にすればまた気も躰も重くなるのだろうと想っていたが、一刻《とき》半かけて見えてきた村はいかにも穏やかな佇《たたず》まいを伝えてきた。

ちょうど冬囲《ふゆがこ》いのための茅を穫《と》ったばかりだったらしい。刈り込まれて陽を集める草地には視線を遮るものとてなく、村がなだらかな南の斜面に柔らかく広がっているのが見て取れる。

直人は早足になって村の土を踏む。着く前はもろもろ考えてきたのに、踏んだとたんに止めようと思う。ただ、歩こうと思う。

なにも頭に入れずにひたすら歩き回る。そうして、村の土に、草に、風に、己れの躰を馴染《なじ》ませる。頭でなにかを考えて、なにかを為《な》すのはそれからだ。土地に己れの躰を受け容《い》れてもらってからだ。

躰がいいと言うまで、直人は足を送りつづける。ずんずん草を踏む。陽の動きからすると一刻も歩いたのだろうか、直人は大きく息をして南斜面のいちばん上の草地に腰を預け、初めて見るように入会地に目を遣《や》った。そして、見渡した。考えて、見渡した。喜三郎の小屋と畑はどこにあるのだろう……。

茅の刈られた村はどこまでも見渡せる。冬も眠らない狐《きつね》が斜面の裾《すそ》を横切っていくのが見える。でも、小屋と畑は見えない。一刻歩いても、それらしき場処とは出くわさなかった。頭を空にしていても、畑に行き着けば畑とわかる。小屋は小屋とわかる。でも、出逢わなかった。

喜三郎はあとひと月余りで八十になるという。あるいは来年を待たず、村は茅場になり切ってしまったのだろうか……。

直人は喜三郎に訊かなければならないと思っている。庄屋や喜三郎の息子たちにはそれぞれの生きていくための事情がある。昔を忘れて、いまを考えなければならない。己れのまだ知らぬ蓑吉を語れる者が居るとしたら、呆けたという喜三郎のみだ。呆けた者の多くは頭からいまが消えて、昔だけが残る。喜三郎の頭には二十七年前が生きて動いているはずだ。

やはり、どうしても小屋を見つけなければならない。喜三郎に会わなければならない。斜面でまだ足を踏み入れていない場処はどこだろう。頭を巡らせるうちに直人はふっと気づく。中谷村の土地はいまの入会地だけだろうか。茅が刈られて、どこまでも見渡せる眼前の草地だけが中谷村だろうか……。

落ち着いて見れば、茅場は熊笹《くまざさ》の藪《やぶ》で縁取《ふちど》られている。あの藪だって中谷村だったのではないか。人が絶えるとともに暮らしの跡を覆って、かつての中谷村を蔵《しま》っているのではないか。昔を生きる喜三郎が息をつくのは、昔を蔵う藪のなかではないのか。

直人は腰を上げ、つかつかと藪に向かう。茅場との際《きわ》に立つと、藪に添って斜面を下り始めた。宿の主人が言ったように隣村の息子が要る物を運んでいるとすれば路があるはずだ。喜三郎と息子しか通らないのだから獣路《けものみち》のような路だろう。なんとしても見つけてやる、という直人の意気込みは、しかし、直ぐに萎《しぼ》んだ。際を下り出すやいなや、路が見つかったからだ。かつての喜三郎の家は斜面の上にあったのかもしれない。

分け入ってみるとまさに獣路で、足を送れば踏み固められてはいるが、熊笹は頭を越えるほどに高く繁って通《とお》せん坊《ぼう》をする。掻《か》き分け掻き分け進まなければならない。処どころで路そのものが途切れていて、つづきを探すのに手間取る。小半刻《こはんとき》も経っただろうか、ようやくすこし開けた場処に出て、直人は目を見張った。あるとはわかっていたが、そこにあるとは想っても見なかったものがあった。井戸だ。村に井戸はひとつだから、あの井戸なのだろう。

喜三郎が手を入れているのか、井戸囲いも崩れずにある。底を覗けば水面《みなも》も見えた。青空を映して、毒など知らぬげだ。宿の主人は井戸は埋められたと言ったが、どうなっているのだろう。喜三郎はこの水を呑《の》んでいるのだろうか。他に飲み水はないはずだ。ここで生きるとすればこの水を呑むしかないが、しかし、呑めるものか。昔を生きる喜三郎にとっては毒が入る前と変わらぬ、村でただひとつのかけがえのない井戸なのか。

直人は水面から目を離して周りを見回す。水がここにあるからには、喜三郎の小屋も近いはずだ。けれど、冬でも白い緑の冬化粧をしただけの熊笹の壁しか認めることができない。直人は緑の壁の割れ目に獣路のつづきを見つけて再び熊笹と闘う。さほどの厄介もなく小屋に出るのを期待したが、呆気なく裏切られた。汗をかかぬ直人の額を汗が伝い出した頃、また路が開きかけて屋根の上が見え、こんどこそ小屋と思った。が、熊笹を抜けて見れば小屋とはちがう。小屋と言うには造りがしっかりしている。小振りではあるが、阿弥陀堂《あみだどう》だろう。

二十数戸の村の阿弥陀堂にしては不相応なほどに立派で、材が良かったのだろう、朽《く》ちてもいない。喜三郎が小屋として使っていてもおかしくはない。手を合わせてから扉を開いて改めてみると、しかし、そこで人が寝起きしている気配はなく、さやかな阿弥陀如来《にょらい》像も祀《まつ》られたままになっていた。まるで、いまも日々、祈る者を迎えているかのように。

こんどこその想いが空《くう》を切って、さすがに歩き疲れを覚える。竹筒に入れた水を飲み、御堂を正面に見る向きで腰を下ろすと、知らずにうとうとして瞼《まぶた》が塞《ふさ》がった。いかん、いかんと思って直ぐに目を開けたはずなのだが、前を見れば、屋根から扉の下まで陽を浴びていた御堂がすっかり陰《かげ》に入っている。ずいぶんと寝入ってしまったらしい。

こうしてはいられない、と直人は思う。冬の陽は短い。明かるいうちに小屋を見つけなければならない。暗い穴から見上げるように空の青に目を遣って立ち上がろうとする。と、ぞくぞくっと寒気がした。陽陰《ひかげ》で寝入ってしまった寒さだけではない。己れがその場に怖《お》じけているようだ。

あの井戸でも怖気《おじけ》など抱かなかったのに、なんで阿弥陀如来の御堂で怯《おび》えなければならんのか、と思うのだが、寒気は消えない。風も出て、熊笹の擦れ合う音が鳴いているようだ。ともあれ動かねばと、直人は急《せ》いてその場をあとにしようとする。

と、背後から声が掛かった。

「おいっ、待て」

振り返ると、すっかり髪の抜け落ちた老人が血相変えて立っている。

「ここへ来てはいかん、と言ったろう。あれほど言ったのにまだわからんのか」

どうやら直人を村人と見ているらしい。

「おまえたちがそうやって改めぬと、いまに天罰が下るぞ」

喜三郎、だろう。

「俺はなにもしておらんぞ」

とっさに直人は村人になってみる。

「ここへ来ておまえたちがなんにもしないことがあるか」

喜三郎はつづけた。

「待ってろ。いま、結《ゆい》に聞いてみる」

言って、阿弥陀堂へ向かい、なかへ入った。

「やっぱり、そうじゃないか」

飛び出してきて責める。

話を聞いてきたらしい。

結はそこに、居るらしい。

「結が壊れちまうぞ」

結……。

蓑吉の四つ齢上《としうえ》の姉。

「結はまだ十三だ。堂守《どうもり》としてここに居るのだ」

物乞い旅の途中で死んではいなかった。

「堂守か」

問うともなく、直人は問う。

「そうだ。堂守だ」

熊笹の鳴く音を貫いて、喜三郎の声は届いた。

「淫売《いんばい》じゃあない！」

淫売じゃあない……。

「村中で御堂を淫売宿にしおって。こんなことをしていると結は首を吊《つ》っちまうぞ」

外浦村の弥兵衛は、その夜、直人が訪ねて来るのがわかっていたようだった。

「中谷村へ行ってきた」

と言うと、

「さようでございますか」

とだけ答えた。

「阿弥陀堂へも寄った」

とつづけると押し黙り、喉《のど》を強張《こわば》らせて声にはならぬ音を洩らしてから、ようやっと「酷《むご》うございましょう」という声を絞りだした。

「いつから蓑吉たちが中谷村に居るのを知っていた？」

多くを問うつもりはなかった。

「由蔵が、行き倒れたときです」

一音《いちおん》一音が重い。

「中谷村から問い合わせが来ました。骸を引き取るかどうか、と」

「どうした？」

「引き取りました。由蔵の墓はここの寺にございます」

「そのとき子供たちが向こうに残ったのは？」

「怨みでしょう」

「怨み？」

「由蔵を帳外者にした怨みです」

つまりは、弥兵衛への怨みか。

「とりわけ結の怨みは激しかった。結は父親の由蔵が大好きでございました。その父親を物乞い旅に追い遣った私が許せなかったのです。当時、私は年寄でしたが、事情があって庄屋代わりに動いておりました。中谷村へは子供たちを引き取る意向を伝えましたが、結がどうあっても戻るのを拒んだ。あのときの結の目はいまも焼き付いています」

そうして、結は阿弥陀堂の堂守に、蓑吉と耕助は乞食番になった。

「それから一年後か」

この難儀な土地で庄屋を張っていれば、一年はあっという間だろう。

「ずっと頭にはありましたが、その頃、村でも他村に跨《また》がる水騒動が持ち上がりまして。この土地で水騒動は茶飯《さはんじ》事です。死人も一人ではなく出て、どうにも身動きが取れず。目の前のもろもろに足掻《あが》いているうちに、ああいうことになってしまいました」

「結のことは事件のあとに喜三郎から聞いたのか」

「喜三郎とは遠縁で、なぜか気も合いました。当時はまだ、まともで、天罰だと言ってました。本気でそう思っていたようです。阿弥陀堂で慮外《りょがい》を犯した天罰だと」

呆けた喜三郎も言っていた。いまに天罰が下ると言っていた。

「ところが、おぬしは天罰だとは思わなかった」

「はい、そういうことであれば、そうするだろうと思いました」

「おぬしが蓑吉だったら……？」

「迷うことなく井戸へ向かったでしょう」

底の水面になにもなかったように青空を映していた井戸が浮かぶ。

「ですが、ほんとうにそうであることを怖《おそ》れもしました」

顎《あご》を上げて長押《なげし》の辺りに目を遣る。

「九歳なのです。九歳でございます」

はーと息を吐いてからつづけた。

「そこまでの闇く重いものを背負って、この先、どうやって生きていくのか、暗澹《あんたん》たる想いでございました」

乞食番から戻った蓑吉は御堂で縊死《いし》した姉を見たのだろう。

そして、井戸へ向かった。

その小さな一歩一歩が、どこまでも闇い。

「それだけに昨日、片岡様から蓑吉が江戸で古手屋をやっていて商いがうまく回っていると伺ったときは救われました」

束の間、弥兵衛の顔が緩んだ。弥兵衛ならずとも、蓑吉が真っ当に生きたと想うのは無理だろう。蓑吉はいつ切れるかわからぬ水みちを縫い、断崖《だんがい》の岩の罅《ひび》に宿って落ちるひと雫《しずく》となって海へ抜け出たのだ。

「ですが、直《す》ぐに、蓑吉も耕助も落命したのを知ることになりました。耕助の仇《かたき》を炙《あぶ》り出して罪を贖《あがな》わせるためとはいえ、ありえぬ生を生きていたのです。無念でなりませんでしたが、片岡様から、斬《き》り殺される間際、蓑吉が抜けたような、解き放たれたような笑みを浮かべたと教えていただいて、なにも想えなくなりました。やはり、そこへ向かわずにはいられなかったのだろうと」

「長じた蓑吉は己れの鬼を馴《な》らせる男になっていたよ」

「だから、でしょうな」

「ああ」

結の怨みを晴らすためとはいえ、地獄絵《じごくえ》は地獄絵だ。鬼に染まらぬ蓑吉が、罪の気持ちに苛《さいな》まれることなくその後を生きたとは考えられない。村が死んでいく光景は蓑吉の目に焼き付いて離れなかっただろう。償《つぐな》わなければという気持ちに常に急き立てられていたはずだ。いくら時を経たって薄れやしない。それどころか、鬼を馴らすに連れ、むしろ激しくなっていったのだろう。あの解き放たれたような笑みは、これで償える、これで終われると思ったからとしか考えられない。だから、蓑吉は生まれた村の名も乞食番をしていた村の名も言った。あれは多四郎だけに言ったのではない。誰にともなく言ったのだ。そのとき蓑吉は九歳の子供になったのだろう。九歳の子供になって、あの事件は己れがやったと伝えたのだ。もしも伝わったら、懲《こ》らしめに来てくれ、と。お仕置きをしてくれ、と。

「それに……」

ぽつりと弥兵衛が言った。

「……壊れたのですよ」

「なにが」

いろいろ壊れた。

「淵《ふち》でございます」

「この村に川はなかろう」

「きっと川に焦《こ》がれるからこそ川の名をつけたのでございましょう。この村では潰《つぶ》れ百姓《びゃくしょう》を助ける仕組みを淵と呼んでおります」

「淵、な」

「潰れてもいきなり瀬に流されるのではなく、いったん淵に溜《た》め置き、役を宛《あ》てがって立ち直るのを待つのでございます」

「乞食番は淵の役か」

「堂守もです。他に農番、水番などもございます。百姓成立《なりたち》は百姓だけでは望めません。淵の諸番が百姓成立を支えています。淵は裏の村でもあるのです。ただ助けているのではない。淵に助けられてもおります」

「裏の村、か」

「ただ、壊れます。難儀な土地の裏の村は簡単に壊れます」

表の村とて壊れやすい。裏の村なら言わずもがなだろう。

「裏の村で怖いのは、壊れているのがわからぬことです。あるいは、壊れているのに馴れてしまって壊れていると気づかぬことです」

「結、か……」

初めは日々、阿弥陀様を守っていたのだろう。それがある日壊れ、そして壊れているのが堂守の日々になった。

「村人だけではございません。蓑吉も耕助もまだ子供でした。結があああなるまで、壊れているのに気づかなかった、あるいは気づこうとしなかったとしてもおかしくはない。蓑吉は、気づこうとしなかった己れをも許せなかったのかもしれません」

内藤新宿の多四郎が、蓑吉が自分に明かした闇がりなんぞ、あいつの抱えている闇がりのほんの上《うわ》っ面《つら》だけだと言っていたのを思い出す。「あいつはあっしの想いも寄らねえ闇がり抱えてます。たぶん、乞食番やってた頃のね」。多四郎が言うとおりの、「想いも寄らねえ闇がり」だ。

「語られるはずのない話でした」

弥兵衛の声に、びょうと吹く風の音が交じる。

「まさか、江戸の御徒目付にお話しすることになるとは想いだにしませんでした」

顔をくしゃくしゃにして言った。

「ほんとうに、よく、お訪ねいただけました」

弥兵衛は深々と頭を下げた。その姿に、内藤新宿で別れる間際の多四郎が重なる。

「そろそろ、行こう」

直人は脇《わき》に置いた本差に手をかける。

「夜の亥《い》の風に吹かれぬうちにな」

抜け参りで村を出たという蓑吉の話は作ったのだろう。あるいは村を出て東海道に近づいてから抜け参りの列と出逢《であ》ったのだろう。

そういう話の綻《ほころ》びはある。結も中谷村に着く前に逝《い》ったことになっていた。でも、それは事件を隠すためではなかっただろう。まことがあまりに辛《つら》かったたからだろう。

「おぬしが由蔵の一家に構うのは……」

最後に直人は問うた。

「庄屋としてか」

躰を起こし、大きく息をついてから弥兵衛は答えた。

「由蔵はわたくしの憧《あこが》れだったのでございますよ」

「憧れ……」

「このくすみ切った土地です。なにかをできぬ言い訳なら幾らでも転がっております。なのに、由蔵は動き回った。御託《ごたく》を並べず、やりたいようにやった。行き倒れた死《し》に様《ざま》とて、動かなかったわたくしには憧れた由蔵そのものでした」

ならば、蓑吉はまさに、由蔵の息子だった。大川をごつごつとぎこちなく、溺《おぼ》れるように渡る蓑吉の泳ぎはすこしも不恰好《ぶかっこう》ではなかった。

翌日は曇天《どんてん》で、また風が吹き荒れた。

一日一日、天候が変わり、人の景色が変わる。

同じ天候、同じ景色はひとつとしてない。

ただ眺めれば同じようだが、見抜けばまったくちがう。

己《い》れがなぜから離れることなどできるわけもないと心底《しんてい》の苦味を嘗《な》めつつ、直人は半島をあとにした。

長崎で御用を勤めるあいだ努めて遠ざけていた中谷村は、帰途に着くのを待っていたかのように再び胸裡《きょうり》を染めた。

「想《おも》いも寄らねえ闇《くら》がり」が、そう簡単に薄まるはずもなかった。ふと気づくと井戸を、阿弥陀堂《あみだどう》を想い浮かべていた。

◆◆◆

けれど、何日目だったのだろう、いつの間にか熊笹《くまざさ》に囲まれた阿弥陀堂が、小伝馬町牢屋敷《こでんまちょうろうやしき》の当番処《とうばんしょ》に置き換わっていた。

そして、蓮の女《はすのひと》が「理由を言えばよろしいのですか」と問う、泥に染まらぬ声がよみがえった。ただし、まったくちがう響きで。

あのとき「そうだ、と言えば話すのですか」と直人が問うと、菊枝《きくえ》は淀《よど》みなく「話せば、直《す》ぐに揚座敷《あがりざしき》に戻していただけるのであればお話しします」と答えた。

そして直人が訊《き》く構えを備える間もなく「嫌《いや》になったんです」と言った。

直人は訊くのではなく訊かされているように、なにが嫌になったのかを訊き、菊枝は「独《ひと》りで死ぬのが」と返した。「尼僧《にそう》が預かる塔頭《たっちゅう》での独り暮らしでございましょう」。すらすらと唇は動いた。「あっという間に三年半が経《た》って、ああ、このままこんなおもしろくもないところで独りで死ぬんだなあって想ったら、なんだか急に嫌になってきて」。そして、つづけたのだ。「ならば、あのひとに道連れになってもらおうかなあって」と。

直人はその声をどう腹に落としてよいのかわからなかった。

菊枝は「そうすれば恩返しにもなるし」と言葉を足し、「あんな躰《からだ》でずっと伏せたっきりではたいへんでございましょう。それに、相手がわたくしだったら、あのひとは歓《よろこ》びます」と加えた。「貴方《あなた》に延々と語っていただいたようなひとですからね。相手にしてほしいことをしてほしいと口にできないんです。なので、いろいろやってきてくれたことはたしかですから、恩返しに道連れにしてあげることにしました」ともつづけた。

一連の言葉は、菊枝が信久《のぶひさ》から頼まれて生きていく苦しみを断《た》ったという、直人が唯一《ゆいいつ》事件を理解できる理由に添っていて、その限りにおいて直人は得心するしかなかった。そこにはたしかに、化物《ばけもの》ではない菊枝が覗《のぞ》いて見えた。とはいえ、菊枝はあくまで独りで死ぬのが嫌になったから刺したのであって、信久の苦しみを断つために刺したのではない。化物でなければ責められるべき独善が、化物を見る目が働くために見過ごされていた。直人の得心は化物の菊枝が語るからこそであり、だから直人は受け容れることも受け容れぬこともできなかった。

直人は、化物の菊枝と化物ではない菊枝の不分明《ふぶんみょう》を消していくと決意してあの朝を迎え、そして、菊枝の死を知らされた。想いだにせぬ縊死《いし》は、直人に化物の菊枝に跳《は》ね返されたという感を抱かせた。五月蠅《うるさ》いと、面倒《めんどう》と、手を払われたように思われ、語られた言葉も、ただ翻弄《ほんろう》するための言《げん》と感じた。が、長崎から戻るいまになって振り返れば、あのとき感じたのとはまったくちがう響きが聴き取れるのだった。

あのときの菊枝は翻弄などしていなかった。

菊枝は素《す》であり、ありのままを語っていた。

菊枝は真に独りで死ぬのが嫌だった。

家族を忌避《きひ》してきたとしか映らなかった菊枝が、最期《さいご》は家族の一人として死にたがった。

そしてなによりも菊枝は、「かわいそうな人」のままで逝《ゆ》きたくなかった。

それを言ったのは息子の藤尾《ふじお》正嗣《まさつぐ》だった。母の菊枝を語る言葉のなかに、繰り返し「かわいそうな人」が出てきた。

「かわいそうな人」

正嗣は「それがしがいくら母への不満を訴えても、父が母をわるく言うことはけっしてありませんでした」と言い、「おまえの母は立派な人である、ただ、人の慈《いつく》しみ方を知らないだけなのだと言うのです。逆に、そういうかわいそうな人なのだから、男子のおまえもそのつもりで支えてあげてくれ、と頼まれました」と言った。

そして、「あれで、それがしはずいぶん楽になった。子供だったからこそ、なのでしょう。かわいそうな人、をまともに受け容れて、なにがあっても、かわいそうな人なのだから、で済ますことが習いになったのです」とつづけた。

さらには、「それからはもうずっとそうです。父に頼まれた日から、あの日まで、子供の頃も、元服を終えても、御目見《おめみえ》にあずかっても、御役目を得ても、ずっと、かわいそうな人なのだから、です。逆に言えば、母に、それ以外の想いを抱いたことはありません」とも言い添えた。

あのときは、菊枝の酷《むご》さと、信久の包み込む力、それに子供だった正嗣の健気《けなげ》さが胸に残った。化物の菊枝から吹き荒れる風に懸命に堪《た》えながら、それでもなお菊枝を労《いたわ》ろうとする父子《おやこ》の姿が浮かんだ。

そのどこまでも優しい父子の像が、いまは見えなかった。

己れもまた菊枝に化物の予断を抱いていたことは否《いな》めない。そして、化物の菊枝が予断なのか予断ではないのかを明らかにする間もなく菊枝は逝った。

が、仮にそれは予断ではなかったとしよう。佳津《かづ》をはじめとする周りの者たちが語ったように、菊枝は我《が》の化物だったとする。いっぽうで、誰からも語られなかった菊枝も居たとするのだ。思い起こされるのは、化物の菊枝に挟まれた化物ではない菊枝を語った下女の松《まつ》の言葉だ。

「わたしにはよかったですよ」

菊枝のことを尋ねると、松はすっと言った。「あとになって、いろいろ奥様のよくはない噂《うわさ》が耳に入りましたが、わたしにはよかったです」。

「どのように」

「いろいろ教えていただいて。まだ二十歳《はたち》前でしたので、まるで下女奉公じゃあなくて行儀見習いに出たようで嬉《うれ》しかった。わたしはいま裁縫でなんとか身を立てることができているんですが、それも奥様のお陰です。見よう見まねの我流《がりゅう》を、足袋《たび》底《ぞこ》を縫うところから鍛え直していただきました。厚い足袋底で真っ直ぐ縫えるようになれば、どんなものでも真っ直ぐ縫えるとおっしゃって」

「裁縫は達者だったか」

平たい生地を人の躰を包む衣に仕立てる裁縫は、化物からいっとう遠い技のような気がしたことを鮮明に覚えている。

「それはもう。解《ほど》いても針目が見えぬほどでした。いまだに奥様よりも上手な縫手《ぬいて》に会ったことがございません」

いまから振り返れば松は、化物ではない菊枝を引き出す人だったのだと想う。頼まれ御用を重ねるなかで直人は、人には他人《ひと》の賢さを引き出す人と他人の愚かさを引き出す人が居ることを知った。同様に、他人の化物の面を引き出す人と、化物ではない面を引き出す人が居るのではないか。だとすれば、下女奉公を行儀見習いと見ることのできる松は明らかに化物ではない面を引き出す人であり、つまり、菊枝は鬼がすべてを統《す》べる化物ではなかったことになる。まったくの無なら松とて引き出すことはできない。化物ではない菊枝がたしかに居るから引き出せる。きっと、信久や正嗣との暮らしのなかでだんだんと鬼との反《そ》りが合わなくなり、化物から抜け出ようとしていた菊枝が居たのだ。

その語られなかった菊枝にしてみれば、夫からも子からも「かわいそうな人」と思われて生きつづけるのは甚《いた》く辛《つら》かっただろう。

「かわいそうな人」として扱うということは、家族の一人としては扱わないということだ。慈悲はかけるが、家族としては受け入れぬということだ。とりわけ、自分の息子に「なにがあっても、かわいそうな人なのだから」で済まされるのは、母親として耐えられなかったのではあるまいか。

菊枝は化物の菊枝と化物ではない菊枝を同時に生きていた。己れの裡《うち》の鬼を必死で振り切って母親たらんと振る舞おうと決意したとき、小さな我が子の瞳《ひとみ》に「かわいそうな人」が映るのはやりきれなくないか。

そのような目で見遣《みや》れば、己れが菊枝の裡の鬼を追いやる切札と恃《たの》んだ越後《えちご》の火葬の話にしても意味が変わる。

あの頃の己れは、越後の墓ゆえの離縁を、信久の菊枝に対する深い愛情をなによりも表わすものと受け止めていた。骨と骨とが直に交わる越後の墓に菊枝を入れぬための離縁は、菊枝の裡に棲《す》む鬼をも迎え入れる徴《しるし》であり、人が鬼ではない徴でさえあると想っていた。

が、これも語られなかった菊枝を据えればまったく様相が異なってくる。家族であろうとする菊枝の気持ちをなんら察することなく、そんな墓には断じて入りたくはなかろうと独断で決めつけ、あまつさえ、離縁にまで勝手に先走ったと取れないか。

最後の最後まで、家族の一人としては扱わないと通告したのと同じではないのか。そこに至るまでにも、一見、信久ならではの細《こま》やかな愛情の表し方に見えて、その実、徹底した藤尾家からの排除の動きが並ぶ。

越後の話も墓の話も菊枝には一切しなかった。

離縁したあとでさえ、住処《すみか》は信久が決めた。

おまえは「かわいそうな人」なのだからなにもやる必要はない。すべて家族に任せていればいいのだ、と。

藤尾家にとって菊枝がいかなる者だったかは、正嗣のあの言葉が端的に言い表している。「それからはもうずっとそうです。父に頼まれた日から、あの日まで、子供の頃も、元服を終えても、御目見にあずかっても、御役目を得ても、ずっと、かわいそうな人なのだから、です。逆に言えば、母に、それ以外の想いを抱いたことはありません」。

直人は藤尾信久を己れの裡の鬼を上手に馴《な》らした人と見なしてきた。馴らしすぎたかもしれぬほどに馴らした人と察し、その己れの鬼を抑えきった信久とて、伴侶《はんりょ》の鬼を馴らすことはできなかったと想ってきた。が、いまとなっては、己れの浅慮《せんりょ》と認めざるをえない。

信久は喘息《ぜんそく》で伏せがちだった我が子を除いて己れの世界に人を招き入れなかった。人も羨《うらや》む勘定組頭《かんじょうくみがしら》の席も縁戚《えんせき》づくりに頼らず、〝藤尾に聞け〟という符牒《ふちょう》のようなものさえ生んだ持ち前の博覧強記《はくらんきょうき》で勝ち取った。垣根を堅く張り巡らせ、三昧《さんまい》と花畑の世界を護《まも》った。垣根を通ることのできるのは正嗣一人だけ。菊枝は通さなかった。大番家《おおばんけ》の出自《しゅつじ》のみ容《い》れ、堅固な垣根の材とした。労わる様子でいて排除し切ったその振舞いは、信久の裡の鬼の仕業《しわざ》とは言えまいか。

だとすれば、あの事件は、夫と息子からずっと排除されつづけてきた菊枝の抗《あらが》いであり、さらには、溜《た》まりに溜まった、行き場のない家族への愛情の、破裂とも取れる。そう解したときのみ、無理だらけのあの事件から、手妻《てづま》のように無理が消える。

菊枝が語ったとおり、あのままゆけば菊枝は孤立したまま死なねばならなかった。「かわいそうな人」として独り、家族と見なされぬまま逝かねばならなかった。

菊枝は懐剣を振るうことで、藤尾の家には已れも居ることを思い知らせた。

菊枝は信久を刺すことで夫を、息子を取り戻したのだ。

「相手がわたくしだったら、あのひとは歓びます」と言ったのは菊枝の願望だろう。そうあって欲しかったのだろう。「かわいそうな人」ではなく、家族の一人として懐剣を手にしたと信じたかったのだろう。

さらに、だとすれば……と直人は思う。

菊枝を縊死に追い遣ったのは已れだ。

ただ、紐《ひも》を梁《はり》にかけさせただけでない。

信久を手に掛けて、家族の一人として死のうとしていた菊枝を独りで死なせた。

きっと菊枝は、大事に大事に、己れの命を断つ際《きわ》を計っていたのだろう。

「道連れと言いながら、貴方はまだ死んでいませんね」と直人が問うたとき、菊枝はなんということもないように、「なんだかそういう気分ではなくなってしまって。でも、そのうち死ぬんじゃないでしょうか」と言った。あのときはあしらわれたように感じたが、実は、家族としての己れを数すくない記憶の糸で綴《つづ》れ織《お》ってから逝くつもりだったのだろう。

だから一刻も早く、揚座敷に戻りたかった。戻って、家族という布を織り上げたかった。

なのに己れは、ずっと排除されつづけてきた菊枝に、最大の排除を、「細々《こまごま》と」「長々と」悦に入りながら伝えた。もはや戻っても、織る糸は消えている。

あくまで仮説、とは思えない。

いまとなってはたしかめようがない、とも思わない。

己れはこの仮説を、ずっと嘗《な》めつづけてゆかねばならないと思っている。

解説

木内昇

「おっ」と思わず声が出た。『半席』の続編が出ると耳にしたときである。片岡直人《かたおかなおと》と内藤雅之《ないとうまさゆき》が「なぜ」を追う姿に、また立ち会えるのだと喜悦した。

徒目付《かちめつけ》として勤めながら、組頭《くみがしら》の雅之が個人的に頼んでくる御用を直人は担《にな》う。いや、当初は半《なか》ば、担わされていた、といったほうが正しいかもしれない。小普請《こぶしん》世話役から徒目付となって二年余り、その頃の直人は勘定所《かんじょうしょ》に席を置かんと、日々役目に精進していた。片岡家は一代御目見《いちだいおめみえ》の半席である。ために、御家人《ごけにん》から旗本に身上がりし、永々《えいえい》御目見以上の家とするのが彼の最たる目標なのであって、頼まれ御用に惹《ひ》かれながらも、裏の仕事に関わり合って出世の機会を逸しては元も子もないと肝に銘じていたからでもある。

が、上役の雅之が「青くて、硬くて、不器用な若《わけ》えの」と評する通り、直人は実直な性分だ。断り切れずに渋々引き受けたお勤めでも、手を抜くことができない。どこか浮世離れした偽系図売り《にせけいず》、沢田源内《さわだげんない》との出会いにも助けられ、見抜く者として真相に迫っていく。

直人のお役目が、幕臣の監察をする徒目付という点も利《き》いている。町人を吟味する御番所《ごばんしょ》の与力、同心とは異なり、容易に表に出ない武家の暗部に分け入ることができる。かつ、役目上、処刑にも立ち会うとなれば、彼は見抜く者としてのみならず、時に見届ける者として一件に関わることとなる。

この時代の吟味は主に自白を促すもので、罪科が決まれば、めったにそれ以上は踏み込まない。動機を明らかにしたところで、情状酌量というわけにもいかない。つまり「なぜ」は、いわば余録である。それでも事件に巻き込まれた者は、「なぜ」を欲する。それが知れたところで死んだ者が生き返ることはないのに、理由を求めずにおられぬのは、理不尽を理不尽のままに終わらせることの耐えがたさからくるのだろうか。

ミステリとして高く評価された作品だが、直人という青年の成長譚《たん》としても魅入られた。ひとつひとつの事件の裏側にあるまことの動機を追ううち、彼は見抜く者としての意識を萌芽《ほうが》させていく。お役目の本筋とは異なる余聞《よぶん》に携わることで、徒目付という仕事を解し、自分のものとしていくのだ。仕事というのは、定められたことだけをこなせばいいのではない。表立った評価に繋《つな》がらなくとも、もう一歩踏み込んで務めてこそ己の役目の広がりと深みを体得できるのだと、成長していく直人を見詰めつつ得心した。

旗本に身上がろうと逸《はや》る気持ちが薄らぎ、徒目付を己の励み場と心得た直人は、続編の本作で勇躍登場するだろう――そう思い込んでいたのだが、豈図《あにはか》らんや、初っぱなから消沈の態《てい》である。いったい彼になにがあったのだ、と案じたときにはもう、この物語にからめ捕《と》られ、頭までどっぷり江戸の世に浸《つ》かっている。

異国の脅威にさらされ、海防への献策も盛んになってきた時世を背景に、本作ではふたつの事件が描かれる。

病を得て致仕《ちし》した勘定組頭の藤尾《ふじお》信久《のぶひさ》が、離縁した元妻・菊枝《きくえ》に殺《あや》められる。表の御用でも「なぜ」を追うようになった直人は、菊枝の動機を見定めんと奔走するのだが、「なぜ」の以前に、菊枝という人物がようとして見えてこない。息子の正《まさ》嗣《つぐ》ですら、母を「かわいそうな人」と諦《あきら》めて、隔てを置いてきた。越後国《えちごのくに》の代官所元締手代《もとじめてだい》から勘定組頭まで出世した信久は、大番家筋《おおばんけすじ》から娶《めと》った妻に引け目を感じていたのだろうか。離縁もまた、自分のような者に嫁がねばならなかった妻を不憫《ふびん》に思ってのことなのだろうか。菊枝はずっと信久と添わねばならなかったことに不満を抱いていたのか――そんな想像をしつつ読み進めていくと、最後の最後、見えていた世界ががらりと反転する。

寒がかった時季の大川《おおかわ》を、不得手な泳ぎで渡る蓑吉《みのきち》の物語もまた、思いも掛けない因果が潜んでいる。どこか人好きのする善人で、願掛けのために泳いでいると直人に告げた彼の、辿《たど》ってきた人生が露わになったとき、呆然となった。頁《ページ》を繰りながらずっと頭に浮かんでいた蓑吉の笑顔に胸が軋《きし》んだ。

ふたつの事件の顚末《てんまつ》は、謎《なぞ》を解く過程の凄みもさることながら、容易に解ききれない人という生き物の不如意《ふにょい》を深く訴えている。

時代小説とは、逝《い》った時を起こす行いである。

事象というのは往々にして、時を経るとその鋭さを失ってしまう。それは例えれば、上流ではゴリゴリと尖《とが》って歪《いびつ》だった石が、下流に流されていくうちに、角が削られ、心地よい手触りに変じるようなもので、たいがい御しやすく扱いやすい形に収まってしまう。私たちが日常で痛みや苦しみを得ても、「時が解決してくれる」とよく言われるのは、そういうことでもある。

時代物もまた、下流の石を拾って描くことは可能だ。長屋の人々はいずれも人情味に溢《あふ》れており、江戸人はみなさっぱりとして気《き》っ風《ぷ》がよく、英雄は痛快にして超人的な言動で跋扈《ばっこ》し、なぜか初老の男性が若い女性に懸想《けそう》をされ、事件は必ず理路整然と解決される——そうした時代物特有の定法《じょうほう》に則《のっと》れば、読み手は安心して受け入れることができるだろう。けれど後世の者が、かつて確かに生きていた時代を自分たちの掌《て》に合わせて取り扱った途端、その時代は呆気なく死んでしまう。

青山文平の小説は、本作に限らず一貫して、そうした手頃な定法を遠ざけてきた。かつて在ったものを、在ったときのままに描くことを徹底している。登場人物たちは創造でも、彼らの生きる舞台については、下流の丸い石を拾うのではなく、険しい沢を登って上流の尖った石を取りに行って描いている。時の流れの中で埋もれてしまった史実を丹念に掘り起こし、当時の姿のままに小説の中に落とし込むのだ。

本作であれば、三昧《さんまい》という越後特有の骸《むくろ》を焼く火屋《ひや》がそうだろう。土葬が主流であった時代に火葬をし、墓の室《むろ》に骨をまく風習がかの地にはあった。家族の骨が銘々の壺《つぼ》に入れられることなく、じかに触れ合って一所に収まるその墓をもって、「同じ墓に入れたくなかった」と菊枝を遠ざけた信久の心根を読み解いていく。潰《つぶ》れ百姓の親に連れられ、生まれ育った村を出た蓑吉たち兄弟が担った乞食番《こじきばん》もまた然り。幼い者たちが虐《しいた》げられ、村の入口で番をする切なさと、その経験を内に秘めて生きてきた彼の闇《くら》がりを浮かび上がらせる。

氏の小説には「なんとなく雰囲気で」描かれたものが一切見当たらない。江戸の情景や小路に行き交う人々の様子、直人と雅之の行きつけである七五屋《しちごや》の喜助《きすけ》が支度する（読んでいると、腹の虫が鳴き出す）料理まで、ひとつの手抜きもなく描き込まれている。ディテールが確かだからこそ、登場する人物たちが生の人間になり得るのだろう。彼らの息づかいが、手触りをもって、こちらに伝わってくるのだ。「重みを撒《ま》かぬ声の色」「ごつごつと水を掻《か》く」といった、特異にして鮮やかな表現に、幾度となくハッとさせられるのもその作品の特徴で、ひとつひとつの言葉選びにどれだけ気を集めているのだろうと想像するだに溜息が出る。

安易な道には見向きもせず、険峻《けんしゅん》な道を好んで辿り、一巻を仕上げているのは、別段青山氏が天邪鬼《あまのじゃく》だから（もしかすると、そんな一面もおありかもしれないが）ということではないだろう。ここらへんで十分、というラインをぐいと越え、上流の石を摑《つか》みにいくのはきっと、過去にあった時代、生きた者への敬意からなのではないか、と思う。

本作の直人もまた、ここらへんでいいだろう、という仕事をけっしてしない。一枚一枚皮をはぐようにして、辛抱強く「なぜ」を追及していく。前作では、頼まれ御用の巧みな指導者でもあった雅之から、完全とは言えぬまでも独り立ちをした格好で、見抜く者として事件の底にあるものをたぐり寄せていく。菊枝を、蓑吉を、彼と共に追いながら、これは弾かれた者たちの物語なのではないか、と私は感じた。その人格のみならず存在さえもないがしろにされ、正しく受け入れられることのなかった者たちの精一杯の咆哮《ほうこう》が、事件を通して聞こえるような気がしたのだ。

人はたやすくわかり合えるものではない。自分の心とて、時に見失うのだ。だからたやすい薄い者であればなおのこと。直人はその条理を十二分に解している。縁のく、誰かの心裏にたどり着いたと安堵《あんど》せず、考え続ける。考え続けたところで、確かな答えにはたどり着けない。事件を起こした当人は向こう岸へ渡ってしまい、二度と声を聞けないからだ。解決、ということで言えば、すっぱりと割り切れるものではないだろう。だが、その割り切れなさこそが、人間が生きる姿なのではないか。

一方で、本作を読み終えた私は大きな安堵を覚えもしたのだ。まことの自分を表すことさえできなかった虚《むな》しさを抱えて生きた菊枝や蓑吉兄弟を、一歩も二歩も踏み込んで直人は理解しようとした。懸命に歩き回って材料を集め、本当の声を聞こうとしてくれた。幽霊のように生きなければならなかった彼らにとって、それは尊い救いなのではないか——そう思えてならないからだ。

（令和五年八月、作家）

この作品は令和三年三月新潮社より刊行された。

幸田文著　きもの

大正期の東京・下町。あくまできものの着心地にこだわる微妙な女ごころを、自らの軌跡と重ね合わせて描いた著者最後の長編小説。

垣根涼介著　室町無頼（上・下）

応仁の乱前夜。幕府に食い込む道賢、民を束ねる兵衛。その間で少年才蔵は生きる術を学ぶ。史実を大胆に跳躍させた革新的歴史小説。

梶よう子著　ご破算で願いましては　―みとや・お瑛仕入帖―

お江戸の「百円均一」は、今日も今日とてんてこまい！　看板娘の妹と若旦那気質の兄のふたりが営む人情しみじみ雑貨店物語。

梶よう子著　五弁の秋花　―みとや・お瑛仕入帖―

お江戸の百均「みとや」には、涙と笑いと、色とりどりの物語があります。逆風に負けず生きる人びとの人生を、しみじみと描く傑作。

梶よう子著　はしからはしまで　―みとや・お瑛仕入帖―

板紅、紅筆、水晶。込められた兄の想いは……。お江戸の百均「みとや」は、今朝もお店を開きます。秋晴れのシリーズ第三弾。

近衛龍春著　九十三歳の関ヶ原　―弓大将大島光義―

かくも天晴れな老将が実在した！　信長、秀吉、家康に弓の腕を認められ、九十七歳で没するまで生涯現役を貫いた男を描く歴史小説。

井上靖著　楼（ろうらん）蘭

朔風吹き荒れ流砂舞う中国の辺境西域――その湖のほとりに忽然と消え去った一小国の運命を探る「楼蘭」等12編を収めた歴史小説。

井上靖著　孔子

野間文芸賞受賞

戦乱の春秋末期に生きた孔子の人間像を描く。現代にも通ずる「乱世を生きる知恵」を提示した著者最後の歴史長編。野間文芸賞受賞作。

井上靖著　額《ぬか》田《たの》女《おお》王《きみ》

天智、天武両帝の愛をうけ、〝紫草《むらさき》のにほへる妹〟とうたわれた万葉随一の才媛、額田女王の劇的な生涯を綴り、古代人の心を探る。

池波正太郎著　闇の狩人（上・下）

記憶喪失の若侍が、仕掛人となって江戸の闇夜に暗躍する。魑魅魍魎とび交う江戸暗黒街に名もない人々の生きざまを描く時代長編。

池波正太郎著　雲霧仁左衛門（前・後）

神出鬼没、変幻自在の怪盗・雲霧。政争渦巻く八代将軍・吉宗の時代、狙いをつけた金蔵をめざして、西へ東へ盗賊一味の影が走る。

池波正太郎著　真田騒動

―恩田木工―

直木賞受賞

信州松代藩の財政改革に尽力した恩田木工の生き方を描く表題作など、大河小説『真田太平記』の先駆を成す〝真田もの〟5編。

色川武大著
うらおもて人生録
優等生がひた走る本線のコースばかりが人生じゃない。愚かしくて不格好な人間が生きていく上での〝魂の技術〟を静かに語った名著。

伊与原 新著
月まで三キロ
新田次郎文学賞受賞
わたしもまだ、やり直せるだろうか——。ままならない人生を月や雪が温かく照らし出す。科学の知が背中を押してくれる感涙の6編。

佐藤愛子著
こんなふうに死にたい
ある日偶然出会った不思議な霊体験をきっかけに、死後の世界や自らの死へと思いを深めていく様子をあるがままに綴ったエッセイ。

城山三郎著
そうか、もう君はいないのか
作家が最後に書き遺していたもの——それは、亡き妻との夫婦の絆の物語だった。若き日の出会いからその別れまで、感涙の回想手記。

城山三郎著
よみがえる力は、どこに
「負けない人間」の姿を語り、人がよみがえる力を語る。困難な時代を生きてきた著者が語る「人生の真実」とは。感銘の講演録他。

宇能鴻一郎著
姫君を喰う話
—宇能鴻一郎傑作短編集—
官能と戦慄に満ちた物語が幕を開ける——。芥川賞史の金字塔「鯨神」、ただならぬ気配が立ちこめる表題作など至高の六編。

泳《およ》ぐ者《もの》

新潮文庫　あ－84－4

令和五年十月一日発行

著者　青《あお》山《やま》文《ぶん》平《ぺい》

発行者　佐藤隆信

発行所　株式会社　新潮社

郵便番号　一六二―八七一一
東京都新宿区矢来町七一
電話　編集部(〇三)三二六六―五四四〇
読者係(〇三)三二六六―五一一一
https://www.shinchosha.co.jp

印刷・大日本印刷株式会社　製本・株式会社大進堂

ISBN978-4-10-120094-1 C0193